作家の値うち
令和の超(スーパー)ブックガイド

イラストレーション
矢ヶ瀬智子

ブックデザイン
鈴木成一デザイン室

作家の値うち

令和の超(スーパー)ブックガイド

文藝評論家

小川榮太郎

飛鳥新社

はじめに

本書は、現役作家の書いた面白い小説を探すためのガイドブックである。

読後思わず、「面白かった！」と嘆息の漏れる小説。

深い余韻を残す小説。

登場人物への共感で胸が張り裂けそうになる小説。

痛快な小説。

美しい小説。

言葉の力に圧倒される小説。

難解だが繰り返し熟読したくなる小説。……

*

私は約二年間、現役作家100人の小説を、日夜、あらゆる仕事の閑暇を縫い、自著三冊の刊行の合間を盗みつつ、ひたすら読み続けた。

その数、505作に及ぶ。

ひたすら小説の力を信じ、小説の面白さを信じ、それが現役作家によってもたらされ得るものであると信じ、読み続け、走り続けた二年だった。

「近頃の小説はつまらない」と、しばしば人は言う。

実際書店に足を運んでも、文庫本平積みの主流は、相変わらず司馬遼太郎、池波正太郎、藤沢周平らであり、季節ごとに繰り広げられる各種の必読書キャンペーンで顔触れが確定しているのは、夏目漱石、森鷗外、芥川龍之介から谷崎潤一郎、川端康成、三島由紀夫、安部公房、遠藤周作らに至る近代作家、彼らと並ぶ安定感のある現存の名前は、恐らく大江健三郎氏と村上春樹氏だけだろう。

早い話が、漱石、芥川や司馬遼太郎らの容貌や代表作が国民の共有財産として定着し、イメージされているようには、現役

作家らは、国民的な共有財産になっていないということである。この10年で文化勲章を授与された作家は河野多惠子氏と平岩弓枝氏の二名に留まる。本書で最大級の評価を与えている石原慎太郎、村上龍、宮本輝、北方謙三らの諸氏は、選の遥か彼方にいる。彼ら現存の大作家らが受勲の見通しさえないまま、今秋には、何と畑違いの長嶋茂雄氏が文化勲章を受勲するという始末である。

これは、「文学」そのものが、国民共有の公共の財産から、今や、業界＝文壇それ自身と一部のファン、好事家という狭いサークル内の私物へと下落していることを示しているだろう。

だが、私は声を大にして言いたい。

現役作家らの文学は決してつまらなくなってはいない、と。

充分、国民的と呼ぶに値する作家もいるし、文学史上に銘記され、国民共有の財産たり得る作品も多く生み出されているのだ、と。

ただし残念なことに、無条件にそう言い切ることはできない。

この20年ほど、年を追う毎に、現役小説家の平均的な創作水準が下落しつつあるのは厳然たる事実だからである。

文学の社会的地位の大幅な低下、人材難、書籍収益の激減が悪循環し、駄作の濫造という悲しい事態が進行していることは認めなければならない。

また、特定のイデオロギーの強制が、作家たちを縛りつつあるのも間違いない。

だが、それでも優れた作家はおり、素晴らしい傑作は今も確実に世に問い続けられている。

大家、中堅作家の中には、駄作の濫造へと堕落した者も多いが、今尚、文学的な誇りに身を投じて、傑作を物し続けている人たちもいる。映画やテレビドラマ原作の濫作を押し付けられ、潰されかけている若手が多い一方で、伸びしろを感じさせる才能溢れる新進の作家も存在する。

優れた作者はいるのである。

面白い小説もたくさんあるのだ。

しかし、多くの方は疑問に思われるであろう。

誰が本当に優れた作者で、どの小説が本当に面白いのか、と。

それが分からなくなっている。

そう。その通り。

「作家の値うち」が、誰も解らなくなっている。

それが、現代日本文学最大の問題であり、病理なのです。

*

価値のピラミッドが崩壊している。

世の中で知られている作者の新刊を読んだ。有名な文学賞を受賞した作品を読んだ。でかでかと宣伝されている作品を読んだ。テレビドラマ化、映画化された原作を読んだ。……

しかし、さっぱり面白くなかった。

おそらく、多くの読者がそうした経験をされているであろう。

そんな経験が繰り返されれば、現役作家の新作を人々が敬遠し始めるのは当然だろう。

だが、問題は更に複雑だ。

出版社やメディアが売り出しにかかる作者や作品が、必ずつまらないわけでは無論ない。

時に、本当に優れた作家や作品が大きく喧伝される。

しかし、多くの場合、つまらない作家や作品が大きく喧伝されている。

どの場合の絶賛が「本物」で、どの場合の絶賛が「偽物」か、一般の読者からは分からない。

こうして、読者は、「偽物」の大宣伝に騙されなくなるだけでなく、「本物」があっても、それを認識できなくなる。

現代小説そのものを敬遠するようになる。

その結果人々は言うのだ、「最近の小説はつまらなくなった

ね」と。

*

　では、現代小説においてなぜ「作家の値うち」が分からなくなったのか？

　価値観の多様化、評価軸の揺らぎ、様々な表現媒体の登場、批評理論の難解化、世界文学の多様な影響——そんな美学的な、もっともらしい説明は必要がない。

　遥か手前の話が生じてしまっている。

　どんな芸術ジャンルにもお約束事がある。能、狂言のようにお約束事の厳格なジャンルもあれば、現代アートのようにお約束事自体を無効化することまでも表現に含まれるジャンルもある。では、小説はどうか。小説は扱う対象がほとんど無限に広いから、約束事は曖昧にならざるを得ないが、大原則として「読者が興味をもって読了できる技量を備えていること」を外していれば表現とは見なせまい。難解な古井由吉の小説を、万人が通読できるとは思えないが、文芸、思想に通じた者の精密な熟読に堪える。それが古井作品の「値うち」である。他方、誰もが読める平易な小説の中でも、巧拙は厳然とある。ドラマ化される作品は枚挙に遑がないが、池井戸潤ほど、平均して読ませる力の充実している作家は稀有である。それが池井戸作品の「値うち」である。

　古井と池井戸では、対象とする読者は最も遠いが、共通することがある。

　いずれも、対象として想定されている読者層を充分満足させるだけの、極めて高度な技量を持っているという点である。

　現代文壇の最大の病理は、こうした基本的な了解事項、作品が小説として成立しているかいないか、上手か下手かという、一番前提的な共有がまるでなくなっていることなのである。

　ピアノが全く弾けていないのに世界一流のピアニストと認め

られ続けることはあり得ない。マウリツィオ・ポリーニとマルタ・アルゲリッチのどちらを好きかという選択肢はあり得ても、ド素人の私が弾くピアノとポリーニが同じ線上で評価されることはあってはならないし、実際にない。

出す料理がどれもまずいのに一流の懐石料理職人と認められ続けることはあり得ない。吉兆となだ万のどちらが美味いかという議論はあり得るが、私の作るだし巻き卵と吉兆を並べて喋々するなどあってはならないし、実際にない。

だが、現代の文壇では、小説として成立していない小説が有名な賞を取り、小説を書けていない作家が文壇の大御所として君臨するということが、実際に起きてしまっているのだ。

私が本書で目指したのはごく簡単なことだ。

素人レベルの作家や仕事と、プロのそれを、まずは弁別すること。

一流作家の価値を細かく論じるとか、創作理論や美学を基準にして作家を批評することではなく、普通の読者として面白いと感じられる作品を面白いとはっきり認定すること。

それに尽きる。

騙されたと思って、私が高得点をつけた小説を三冊、五冊、読んでみてごらんなさい。読者が期待を裏切られることは、そうはなかろうと、私は自負する。

小説の面白さとは何かという美学上の基準を、私は特に持たない。私は20世紀後半から欧米、そして日本を領してきたいかなる批評理論をも、重んじない。

小説は、小説を分析する理論家らのためにあるのではない。

一般読者のためにある。

批評家もまた、理論家ではない。むしろ理論や解析の有効性を疑い、一般読者と共に、アマチュアの立場で作品を味わい、自らの批評言語を一つの魅力的な読物として提出することが、批評家の役割であると、私は考える。

　その意味で、本書における私の批評的な立場は、ポストモダン以後の批評理論家らのそれとは全く異質であり、近代文学史上、最も読み巧者だったと私の考える正宗白鳥、川端康成、江藤淳という明治・大正、昭和、平成にかけての三人の文壇批評家を範としている。

＊

　本書には、先行版がある。

　平成12（2000）年4月に刊行された福田和也氏による『作家の値うち』である。20世紀最後の年に、当時新進気鋭の文芸批評家だった福田氏が現役作家、とりわけ文壇を牛耳っていた大御所を片っ端から厳しく論評して話題をさらった。

　福田氏にその仕事を提案したのは飛鳥新社の土井尚道社長だった。その経緯は福田版『作家の値うち』の前書きに詳しい。

　そして三年前、私は、土井社長から、『作家の値うち』の現代版を書いてみる気はないかと打診されたのだった。

　私は返答に詰まった。その頃、私は、多岐に渡る言論活動を整理して、批評対象を古典と歴史に絞る準備に入っており、現代作家の作品群と向き合う膨大な時間を想像すると、躊躇せざるを得なかったからである。

　が、土井氏の依頼は極めて誘惑的でもあった。自らの読書経験と、自らの言葉の力で、現役作家の作品と切り結ぶ。これは批評という営みの原点であろう。たとい、私が自らの仕事の軸足を、古典と歴史に絞るとしても、現在への生きた関心、現在に言葉で切り結ぶ意欲があって初めて、批評家の古典論、歴史論は、学術研究ではなく文芸批評たり得る。

　私は熟考の末、土井氏の提案を、有難く受けることにした。

　ただし、着手には手間取った。

　その頃、私は、前半生の総決算である『フルトヴェングラーとカラヤン』の上梓、それに続き先約のあった『保守主義者宣

言』、更に随筆を纏めた『國憂ヘテ已マズ』の執筆、整理に追われ、別の出版社と話の進んでいる『エドマンド・バーク『フランス革命の省察』を読む』の執筆も進行中だったからである。バーク論の目途が立ったため、これを中断して本書に取り掛かることを得たのが、令和元年の12月である。

飛鳥新社に読みを開始する旨連絡した。

翌令和2年の3月には、数人分の作家を論じたテスト原稿を届けた。

土井氏が私のテスト原稿を多としている旨の伝言を編集部から頂戴して安堵したのも束の間、驚くべきことに、何とその翌日、新聞で土井氏の訃報を知ることになる。数か月前までしばしば元気な姿を見せていた土井氏だが、癌が進行しており、私のテスト原稿は病床で読まれたのだと後で聞かされた。

本書は文字通り土井氏の遺言を預かる形になってしまった。心して取り組み始めたが、予定外の多忙さに絶えず襲われ、読みの開始から二年掛けての刊行となった。

ようやく、土井氏の墓前に報告できることになり、何よりもほっとしている。

*

本書は、多くの点で福田版『作家の値うち』を踏襲している。

評価対象を現役の作家に限定したのもその一つである。古井由吉氏が本書準備中に鬼籍に入られたが、逝去直前まで活動されていたことに鑑み、唯一例外の物故者となっている。また、カズオ・イシグロ氏は小説を日本語で書いていないという点で大きな例外だが、日本人夫妻から生まれ、6歳までを長崎で過ごしたことに鑑み、あえて選に入れた。

エンターテイメント、純文学からそれぞれ50人、計100人の作家を論じることも福田版と同様である。その選は、作家としての実績と、現役であることを突き合わせつつ、編集部と協

議して決めた。エンターテイメントでは福田版の後、ジャンルが一段と多様化し、SF、ファンタジー、ライトノベルなどが大きく伸びたため、境界線をどこに引くかに迷ったが、伝統的な文学ジャンルを軸に据えることにした。

　採点を作品ごとに100点満点でつけてゆく方針も福田版から踏襲している。無茶なやり方であることは分かっている。芸術を「採点」するという行為そのものが下品ではないかという素朴な疑念を、私は甘受する。実際問題としても、小説は、極めて雑多、多様なジャンルであって、フィギュアスケートやピアノのコンクールのようにはゆかない。長短も素材も対象読者も大きく異なるものを一律に、技術点、芸術点、構想点など項目別に採点し、加算する方法にはなじまないからだ。だが、文壇の評価能力の崩壊に抗するには、この一見野蛮な方法こそが、批評家も逃げ隠れできない点で公正だろう。更に同じ採点方式なら100点満点式のほうが、五段階や十段階の評価よりも、同じ10点の範囲内での細かな印象の違い、主観性を盛り込める。

　私はこの方式を踏襲することにした。

　しかし評価基準については、私は次頁の通りとし、福田版とは若干の相違がある。

　個別の作品評は、福田版よりも丁寧に書き込んだ。

　福田版は快刀乱麻を断つが如き二、三行の短評が中心だが、私は可能な限り、紹介と具体的な作品評を加えた。

　これは大きな負担だったし、リスクも大きい。具体的に踏み込んだ批評は、私の読み違えや、評価根拠の薄弱さを露呈しやすいからである。だが、私はあえて危険を冒すことにした。

　評価根拠なき酷評は作者に失礼だし、批評家自身も批判に晒され得るのでなければ公正を欠くだろう。

　それに批評を読む楽しみというものもある。

　私たちは、自分が読んだり聴いたり見たりしたものについて、他人がどう評価するのかが気になる生き物である。日常生活で

90点以上：	世界文学の水準に達している作品
80点以上：	近代文学史に銘記されるべき作品
70点以上：	現代の文学として優れた作品
60点以上：	読んでも損はない作品
50点以上：	小説として成立している作品
49点以下：	通読が困難な作品
39点以下：	人に読ませる水準に達していない作品
29点以下：	公刊すべきでない水準の作品

も、私たちは人の噂話が大好きである。人間とはそもそもが批評的な存在なのである。

　その意味で、本当の本好きが本書をガイドにしてくれれば、面白い作品に出会えるに違いないし、既に現代文学のファンであれば、私の評価とご自分の評価の相違に刺激され、何か一言したくなる——という程の分量は作品評に割くことにした。同感しきりという方もいれば、逆に、小川の読みはここがこう間違っているとか、こんな素晴らしい作家を理解できないとはトンデモ評論家だと憤慨される方もいるだろう。それもまた、本書の果たすべき役割だろうと思っている。

*

　福田氏は「はじめに」の最後を次のように語り終えている。「私の評価に満足しない読者はたくさんおられると思う。（略）レストラン・ガイドにおいて、『ミシュラン』にたいして『ゴー・エ・ミョ』があるように、本書にたいしても、対抗する評価のガイドが出現してしかるべきだろう。さまざまな評価が提出さ

れることによって、文学の価値にたいする理解と議論は深まり、小説の読者層が耕され、著者・編集者は緊張を強いられ、日本文芸の可能性は広がると信じている」

　私も同じ言葉で本書を閉じたい。

　21年前の福田氏の願いは、虚（むな）しく封じ込められたまま、その後、文壇事情は悪化し続けて今に至っているからである。

　福田版『作家の値うち』刊行当時、氏への異議申し立てはほとんど文壇から上がらず、その代わり多くの作家や編集者が、氏を忌避（きひ）し始めたとも聞く。別ヴァージョンの『作家の値うち』も出なかった。幸いにも福田版と本書では、100人中49人まで人選が重なる。福田氏と私の評価の違いを楽しんで頂くことも一興であろう。

　そして、何よりも、今度こそは出版社、文芸誌、その編集者や批評家、また著者自身によって、遠慮会釈のない作家論、作品論、文学賞の是非、新人発掘のあり方の再考など、議論が沸（ふっ）騰（とう）することを心から願う。

　優れた文芸の実作と生き生きとした批評の応酬、循環は不可分な現象である。隠微な業界の論理と人事利権から、文学を解放し、日本文学史の高峰をここで絶やさぬことが、私が本書に賭けた夢である。

　終わりに一言。

　「批評とは人を褒（ほ）める特殊な技術である」とは小林秀雄の名言であった。本書を、その批判や否定の相ではなく、むしろ称賛の相においてこそ、積極的に受け止めてほしい。素晴らしい作家や作品の発掘の一助たり得れば、それが批評家にとって、何よりの幸せなのである。

令和3（2021）年10月28日

小　川　榮　太　郎

目次

I　エンターテイメント編

［凡例］
1 = 作家は、エンターテイメント編、純文学編とも、五十音順に並べた。
2 = タイトルの次に示す年号は、初版本の刊行年を示す。
3 = 各作品末尾には、受賞歴や最新版の出版元を示した。

Ⅱ 純文学編

Ⅰ　エンターテイメント編

朝井まかて Asai Makate

1959年生

「日本の女」を、現代日本の女が描く。

千年以上前に豊饒な女房文学の傑作を持つ我が国では、近代以後も女性作家は多く出たが、ここまでの覚悟と矜持をもって歴史小説に取り組んだ者は稀有であろう。フェミニズム、ジェンダーなどイデオロギーに支配された男女観の渦巻く今に、男女それぞれの業を見落とさず、しかしそれぞれの性を昇華された美に歌いあげた反時代性は、天晴れである。

朝井は、日本の文学伝統が、長年そうしてきたように、イデオロギーや社会通念に毒されず、人間そのものを見、人間そのものを描く。その時、何と女たちは、精気に溢れ、荘厳され、世界に美しく屹立して見えることだろう。小説家としての筆力も、現代最高峰の一人と言ってよい、文体、着眼、取材、構成、人物造形など全てにわたって。

72点 『恋歌』(2013)

幕末水戸藩を、天狗党の中士に嫁いだ歌人中島歌子を軸に描く。歴史とそれを生きた人間への愛と洞察に満ち、みなぎるような筆力がある。もっとも、前半はいささか焦点が定まらない。だが、水戸藩の内紛の結果、天狗党の妻子らが凄惨な投獄、刑死を遂げてゆく後半からの、冷静かつ内奥に秘めた激烈な筆致、日本の子女の姿を描く高貴な文体は感動的である。語り手を歌子の弟子にして、時代の変遷の大きさ、諸行無常の響きを醸す構成も充分効いている。文章が一部稚拙だが瑕瑾に留まる。

【直木賞｜講談社文庫】

84点 『阿蘭陀西鶴』(2014)

西鶴の盲目の娘の視点から描く西鶴一代記である。日本における近代小説の巨匠西鶴への、敬意を込めた挑みとも言うべく、文章に漲る静かな覚悟と物語る喜びに、私は酔った。『恋歌』に残っていた文体上の稚拙さは消え、成熟と安定と精彩ある表現によって、間然するところがない。台所仕事の仕草、食物の色艶ある描写に始まり、盲者の心の独自の働き方を丹念に紡ぎながら、西鶴の人間像に迫る筆力には、脱帽しかない。談林風俳諧から、芭蕉の出現、西鶴の浮世草紙と近松門左衛門の浄瑠璃への進展などを綱吉治下の世相と交え、布置も大きい。

【織田作之助賞｜講談社文庫】

90点 『眩』(2016)

葛飾北斎の娘の絵師葛飾応為の一代記。江戸の女の気風のよさ、疾駆する日々、巨魁北斎の堂々たる父性とその顔貌——。ここまでくると達者なんてものではない、芸道の大家に挑みながら、自らも「小説」を自家薬籠中のものにした、溢れるばかりの筆の奔りである。

「三流の玄人でも、一流の素人に勝る。なぜだかわかるか。こうして恥をしのぶからだ。己が満足できねぇもんでも、歯ぁ喰いしばって世間の目に晒す。やっちまったもんをつべこべ悔いる暇があったら、次の仕事にとっとと掛かりやがれ」とは、北斎に借りた作者自身による、これまた見事な啖呵。

【中山義秀文学賞｜新潮文庫】

65点 『悪玉伝』(2018)

吉宗治世下、公事に巻き込まれた大坂商人を描く。大坂と江戸、銀本位制と金本位制、商人と武家、趣味人の主人公と野暮な吉宗——大坂の大店の跡目争いが、江戸幕府と大坂商人との通貨を巡る争いという巨大な経済政策に関連付けられる。が、手放しで成功作と認めるわけにはゆかない。朝井の他の諸作と違い、魅力的な女性が登場しない。吉宗、大岡忠相ら幕閣の詮議の描写が拙く、対決の場面の興趣に欠ける。自白の強要に応じない主人公が隠し持つ切り札も大味過ぎる。そのため、前半力を込めて描かれた主人公の真っ当な人生が踏みにじられたまま終わり、鮮やかな幕切れがそこだけ浮いてしまう。

【司馬遼太郎賞｜角川文庫】

80点 『落花狼藉』(2019)

吉原遊郭創業に取材した野心的な作品である。それが外道の業であること、しかし人の性に根差した根深い業でもあること、その世界を華やかに荘厳する「誇り」を、どう生み出すかに賭けた人々の生き死にを、創業者の女将を主人公として描く。遊女たちの、滴るような人としての立派さはどうであろう。これぞ日本の色の道の伝統に立って男女の真実を直視した雄勁な傑作である。

ただし主人公を長寿に設定して、吉原の半世紀を描く構想に比して、肉付きはやや薄い。後半は吉原遊郭史概説の趣を呈し、その不満を書こうかと思っていたが、終幕が余りにも鮮やかで、身震いするような感動が来た。

【双葉社】

朝井リョウ Asai Ryo

1989年生

真面目で清潔感ある作風だが、人間観が平板で幼く、それに応じて、作品も主題を図式化したような上滑り感は否めない。自分の手持ちの駒で作品を濫造する人たちとは違い、新作の度に自らに新しい課題を課しており、その志は買いたいが、それだけに生きた人間そのものを写生する作家の目を養い、他方で人間観そのものを磨く生きた思想の研鑽にも励んでほしい。こんな言い方が失礼なのは承知しているが、伸びしろがあると感じての老婆心である。

54点 『桐島、部活やめるってよ』(2009)

17歳、高校生の青春群像。淡く綺麗にまとまっている。適度に葛藤や感傷が挿入され、読み口は悪くも浅くもない。が、模範的過ぎ、強く印象に残るキャラクターがいない。容姿のいい高校生俳優を多数使えばそれなりの映像作品にはなるだろう。題名の勝利ということに尽きる。【小説すばる新人賞｜集英社文庫】

38点 『何者』(2012)

就職活動中の男女四人の大学生らが主人公。就活のために情報交換し合う和気藹々とした付き合いと、SNSの偽アカウントで呟かれている本音のずれが後半クローズアップされる。きちんと書けてはいるが、平板すぎ、今の平均的な大学生の精神年齢相応の写生にしかなっていない。文学以前。

【直木賞｜新潮文庫】

62点 『世にも奇妙な君物語』(2015)

テレビドラマ『世にも奇妙な物語』を少年時代から好きだったという作者が小説で試みた「奇妙な物語」の短編集。構想はそれぞれに新鮮で、読み飽きはしない。が、どの作品も理屈っぽい。突き抜けた不気味さがない。また人間観、社会観が幼い。例えば第二話「リア充裁判」は、国が人々に「コミュニケーション能力」を強要する近未来小説だが、コミュニケーションのあり方を強制する不条理を批判するはずの小説自体が、特定の価値観——ここでは対人関係を軽んじながらSNSによる「リア充」を演出する若者——を断罪してしまっている。私には、理屈っぽさと人間観の幼さは表裏の現象のように思える。

【講談社文庫】

41点 『正欲』(2021)

真面目な社会派小説だが、説明的なルポルタージュレベルで、文学としては承認し難い。児童ポルノ所持者の逮捕を軸に、その関係者らに記述のネットワークを広げ、性の多様化、水フェチ、風船フェチ、性的搾取、不登校、引きこもり、ユーチューバー……など現代的な主題が俎上に載せられる。児童ポルノ愛好者、人間に性欲を感じない者を軸に、社会は個々人の性的嗜好を裁けるかという主題を描くが、児童ポルノ愛好者の描き方に姑息な逃げがあるため、問題小説としては不発。その上、登場人物が生きた人間でなく、主題を担う道具に堕している。生きた人間の内面に遡行する想像力の不足。

【柴田錬三郎賞｜新潮社】

浅田次郎 Asada Jiro

1951年生

多様なジャンルの作品を残しているが、本質は人情劇の書き手と言うべきだろう。短編小説できれいに読者を酔わせたり楽しませる手腕は確か。が、人間理解が定型的なので、深みある感銘は求め難い。また、著者による世界の構造的な把握が要求される長編小説は、浅田のホームドラマ的な作風ではこなせない。後半、進行が極端に停滞したり、雑駁（ざっぱく）になるケースが多い。「平成の泣かせ屋」の異名を持つが、映画化の逆照明を受けた印象であろう。原作にはそこまでの力は感じられない。

52点 『プリズンホテル』(1993-97)

ヤクザが経営するホテルに吸い寄せられるように集まってきた客や従業員たちの人間模様。我々読者は、この独特なホテルの二泊三日の逗留客（とうりゅうきゃく）として、大小様々の人情劇に接する。一気に読ませるし、一度調子づくとそここことに笑いの渦が湧き立つという案配。

脇はよく書けている。対象と距離を置く批評的な筆致から生まれる笑いは重層的で、そういう部分は読ませる。他方、私小説的な部分、口語の粗雑さや、クライマックスで「泣き」に持ってゆく部分の見え透いた手口は興ざめ。【集英社文庫】

56点 『蒼穹の昴（そうきゅうのすばる）』(1996)

清朝末、西太后（せいたいごう）時代の政治ドラマ。主軸は宦官春雲（かんがんちゅん）、新官僚梁文秀（りょうぶんしゅう）の成長小説として展開しつつ、守旧派と革新派、袁世凱（えんせいがい）、その上列強までも首を突っ

23

こんでの政治闘争を描いている。この時代を批評的に浮かび上がらせる視点を、ニューヨークタイムズと萬朝報の記者に設定する一方で、一番大きな時代描写の弧線は、清朝最盛期康熙帝時代との時間軸の往還の中で描く。以上のいずれもが構想倒れではなく、印象的で明確な人間像、場面構成に達している。ドラマツルギーの二元性、複視点、時代往還という立体的な構造にもかかわらず、非常に読みやすいのは、力技というべきだろう。

しかし台詞の雑駁、人物の類型性、人間観の浪花節的割切り、クライマックスの図式的な設定などが、著しく興を削ぐ。特に前半部分での会話の、あまりに現代的に砕き過ぎた薄味で雑な文章は許容し難い。しかも、この作品では、後半に向け、それが歴史小説風の文体へ、安直にずれこんでゆく。書籍にする時に改稿すべきであろう。第二の難点は、後半筋の進行が停滞し、冗漫になること。本作に限らず、浅田の長編はいつも、後半で書き飽きしているとの印象が拭えない。【講談社文庫】

65点 『鉄道員』(1997)

ほどよい筆致で現代風俗の諸断面に「人情」の機微を見る作品を集めている。テレビドラマの脚本レベルかと思わせる典型的な「泣かせる」台詞まわし、孤独な人間の悲哀とその人情劇的救済という作劇法に至るまですべてパターン化しているが、読み飽きはしなかった。定型にわずかずつ揺らぎをあたえ、作品風景——人物の年齢、風貌、環境、方言など——で多彩な世界を作り出す技術によっている。ここでは浅田の人間への優しい眼差しが文学としての

「世界」を作ることに成功している。

【直木賞、日本冒険小説協会大賞特別賞｜集英社文庫】

30点 『珍妃の井戸』(1997)

駄作。『蒼穹の昴』の好評から依頼された作品と思われる。珍妃の死を巡り、複数の対立矛盾する証言を併記して、事柄の真相に迫るミステリー仕立てだが、事件そのものと関係者の性格描写の双方において、複数の証言で迫るだけの実質がない。**【講談社文庫】**

67点 『壬生義士伝』(2000)

濃密な文体、生きた言葉の力で開幕し、傑作かと思わせるが、中盤以降冗漫な個所が増え、後半は明らかに蛇足。南部藩を脱藩し新選組に入った剣客を主人公とし、その生き死にを、大正時代に生き残っていた何人もの関係者への取材の体裁で、縦横に描く。芥川龍之介の『藪の中』のような趣向だが、要は同じ人物らの同じ事実が何度も語り直されることになるわけで、これだけの長編ともなれば、さすがに途中で退屈する。新選組の群像を描き、また武士道や江戸社会の不条理と美しさを重層的に描く前半は類稀な傑作と言えるだけに、後半の失速と現代ヒューマニズム風の始末の付け方が実に残念。

【柴田錬三郎賞｜文春文庫】

46点 『終わらざる夏』(2010)

大東亜戦争末期から終戦後のシベリア抑留までを、複数の主人公たちを跨がって描く大作。緻密な文体で丁寧に書き込まれているが、戦後平和主義と反軍的な志向によって、あの戦争を戦っていた瞬間の国

民の心のありようと余りにも乖離している。ソ連参戦、シベリア抑留の描き方も生温く、構想の大きさに比して、戦争に翻弄された主人公らの運命は宙に浮き、竜頭蛇尾のまま終わっている。

【毎日出版文化賞｜集英社文庫】

安部龍太郎 Abe Ryutaro

1955年生

「週刊新潮」連載の『血の日本史』で、日本史を一年で通覧する過酷な課題をこなしたときに、安部の作家としての命運は定まった。そこで短く示された独自の歴史解釈を長編小説としてゆくことが、安部のその後の行路となったからである。『等伯』までの緊張感が、近作から失われ、歴史への肉薄より、安直なストーリー、安っぽいヒューマニズムに流される傾向が訝しい。緻密な考証、徹底的な文献の精読、緊張感ある辛口の人間造形を通じて歴史の重層的な姿を浮かび上がらせる本来のあり方を今後もなお、強く期待したい。

75点 『血の日本史』(1990)

古代、磐井の乱から西郷隆盛と大久保利通の確執まで、日本史を短編小説で網羅する鮮烈なデビュー作。個々の歴史解釈には当然様々な異議があろうが、簡潔で品格ある文体、史観の斬新さ、一気に読ませる物語としての力量を備えた現代歴史小説の必読書であろう。

【新潮文庫】

89点 『信長燃ゆ』(2001)

新時代を画する傑作である。信長が本能寺の変で斃れるまでの一年を緻密な政治劇として描き切る。まずその筆力の豊かさ、資料と研究に精通した上で描かれる時代と人物の鮮やかな姿に圧倒される。
明智光秀の謀反については、かつての怨恨説が退けられて以来諸説が立てられ、単独での決行説と組織的な陰謀説に大別されるが、本書は朝廷の重鎮近衛

前久による陰謀説に立つ。だが、単なる新説、謎解き小説とは全く異なる。信長＝近代的な合理主義者＝南蛮＝キリスト教と、朝廷＝非合理な慣習＝日本の国体＝神道との、世界観の相克を描く、壮大な世界観小説なのである。しかも信長と天皇伝統の激突を、どちらの側にも偏らず描く。天皇の国民感情に深く根差したありよう、他方で信長に日本を西洋列強と伍し得る国家に急拵えしようとした近代性を認め、作者はどちらにも軍配を挙げていない。事実、古代の蘇我、物部の争いから明治維新、昭和の戦争に至るまで、進歩主義による強靭な国家形成と天皇制度の護持とは、永遠に解決不可能な——解決してはならない——日本の本質的な二元性であった。
作者の洞察は最も微妙なその勘所をよく穿っている。

【日本経済新聞社】

79点 『天馬、翔ける 源 義経』(2004)

一気に読ませる。重層的で精密、歴史への洞察に満ちた大作だ。「天馬、翔ける」と作品名こそ鮮やかだが、実際には義経の颯爽たる一代記であるよりも、頼朝との根深い確執、その背後に一層大きな歴史的転換点をなす後白河法皇と頼朝の相克を描く。主人公は「歴史」そのものと言うべきだろう。『平家物語』、『吾妻鏡』への新たな観点からの批評でもある。
しかし、これは作としては諸刃の剣となる。歴史上の役割を自覚せぬ義経をそうした歴史的な布置の中で描けば、この人物の目的なき漂流が物語の密度を薄くしてしまうからだ。後半は義経と静御前との恋着が創作されるが、余り成功しているとは思えない。

【中山義秀文学賞｜集英社文庫】

59点 『等伯』(2012)

安土桃山時代の大画家長谷川等伯の一代記である。芸術家の成長小説で、狩野派全盛時代に主流を取ろうとする等伯の野心と、千利休、禅僧らとの交流の中で無我の画境を得ようとする求道心との相克を描くが、調子は余り高くない。壮大な史観と緊迫した文体で司馬文学を乗り越えた観さえある『信長燃ゆ』から見ると、吉川英治『宮本武蔵』の素朴な芸道小説に本卦帰りした物足りなさを感じる。緻密な心技の行使だったに違いない等伯最高傑作『松林図』の制作を描く末尾も、がむしゃらな気合で乗り切ったような話になっている。これはなかろう。

【直木賞｜日本経済新聞出版社】

49点 『維新の肖像』(2015)

昭和戦前、イエール大学で教鞭をとり続けた歴史学者朝河貫一が反日気運の高まるアメリカで、二本松藩士だった父の手元記録を基に戊辰戦争の真相を描くという趣向である。一方的な史観で歴史を裁断しない今までの安部と打って変わり、薩長断罪、明治国家断罪、日清日露も日本の好戦性に帰され、満州事変、上海事変を卑劣と断じる、戦後史観迎合の一冊。しかも肝心な史論の軸が長州による孝明天皇暗殺という陰謀論、イエール大学で朝河が受けた嫌がらせの原因にも秘密結社スカル＆ボーンズを持ち出すのはいかがなものか。

【潮出版社】

43点 『平城京』(2018)

平城京造営を巡る歴史小説だが、歴史的な把握が大

雑把、あらましが創作で、古代史の息吹が感じられない。造営過程で生じる天智天皇派と天武天皇派の大陸政策、継嗣問題、百済再興を巡る陰謀の物語だが、記紀萬葉、祝詞、律令、神社仏閣に関する諸資料の渉猟の痕跡が見られない。少年時代の阿倍仲麻呂、吉備真備が登場するが、小説が乳臭くなるだけで意味が感じられない。会話も世話に砕けた大阪弁と標準語の混在は安っぽい人情噺のようで、居心地が悪い。　【KADOKAWA】

有川ひろ Arikawa Hiro

1972年生

2019年にペンネームの表記を「浩」から変更。自衛隊を主題とした一連の作品と、軽快な筆致できれいに書き流されるヒューマンドラマに作風が大別されるが、いずれにも見るべきものがある。マスコミ、アカデミズムが人々に強要しようとする一連の価値観への異議申し立てが底流にある。そうした現代日本の価値観上の対立を構図として浮き彫りにし、優れた文芸作品として統合したのが航空自衛隊を舞台とした『空飛ぶ広報室』であろう。主人公の一方にテレビ局の若い女性ディレクターを、他方に若手の航空自衛官を配し、自衛隊への偏見や悪意を、隊員たちの人間力がどう克服してゆくかがつぶさに描かれている。他方で『阪急電車』や『植物図鑑』のような、繊細な心の動きを描く女性作家としての優しい手腕も優れている。本人は今でもライトノベル作家を称しているが、むしろ伝統的な文芸の読者にこそ読んでほしい作家。

57点 『塩の街』(2004)

いわゆる自衛隊三部作の初編で陸上自衛隊を扱っている。

宇宙から飛来した巨大な塩の隕石がきっかけで人がみるみる塩の結晶と化してしまう。日本も半年で人口の三分の二に当たる8千万人が塩と化して死ぬ。その状況を打開すべく伝説的な自衛官が特殊計画を遂行する。その主筋に高校生女子と自衛官との純愛が絡む。文章は粗くないのだが、いつ自身が塩と化して死ぬか分からないはずの登場人物らが日常的な

心理状態を維持していることがまず奇異であり、その状態を打開すべく動き出すのがごく数人の若者たちであるという状況設定も受け入れ難い。純愛部分の猛烈に甘ったるい紋切型と死に覆われた地球の状況設定との乖離(かいり)には眩暈(めまい)がする。筆力も筆圧も抜群にあるのだが。

【電撃ゲーム小説大賞｜角川文庫】

51点 『図書館戦争(としょかんせんそう)』(2006)

主人公は図書館防衛隊という検閲から図書の自由を守る女の子。成長小説としても、周囲の人間模様の描写も秀逸である。ただ、よくできた映画の脚本という読み口で、私には文学として楽しむのは難しかった。

【角川文庫】

69点 『阪急電車(はんきゅうでんしゃ)』(2008)

阪急今津線(いまづせん)を舞台に、一駅ごとに小さなドラマを紡いでゆく素敵なヒューマンコメディ。着想も作りも独創的で、しかも人としての背骨の通った生き方への率直な共感に貫かれ、とりわけ若い男女が凛(りん)として描かれているのが気持いい。だいぶ甘口だが、作者の心届きの丹念さが、食傷から作品を救っている。

【幻冬舎文庫】

78点 『空飛ぶ広報室(そらとぶこうほうしつ)』(2012)

航空自衛隊広報室を舞台にした自衛隊小説の傑作。テレビドラマの台本風にすっきり整理されきった文章が前半物足りなかったが、後半の筆の伸びは素晴らしい。鼻息荒く長期取材に乗り込んできたテレビ局の若い女性ディレクターと隊員たちの交流、ディレクターの自衛隊への敵意、徐々に育まれる友情、

隊員一人一人の抱えるトラウマ、洒脱でとぼけた
──しかし理想的な父性としての──広報室長。甘
さを控えた人間賛歌、ラブコメ、自衛隊を描いての
リアリティという条件を全て満たし、終盤は充分な
間合いで強い感動が来る。刊行直前に東日本大震災
が発生、松島基地が被災したことを踏まえて書き加
えられた終章はほぼノンフィクションだが、本編に
事実の重みを与え、感銘深い。モデルとなった航空
自衛隊元広報部長荒木正嗣による解説も読後に読む
と胸に迫る。　　　　　　　　　　【幻冬舎文庫】

有栖川有栖 Arisugawa Arisu

1959年生

新本格ミステリーを代表する一人だが、何よりも物語ることへの喜びが溢れているのがいい。巧みに口語を配しつつ作品の品位を落とさない文章の軽妙な息づかいは読書のみが与え得る喜びだ。登場人物の一人が推理作家である有栖川自身（エラリー・クイーンに範）であり、且つワトソンの役割を有機的に担う（この点、クイーンと逆）。この構図がユーモアを生む。トリックの斬新さが本格派の名を裏切らないだけでなく、横溢する「語り」と無理のない人間劇によって、読者を裏切らない。アガサ・クリスティーやエラリー・クイーンのように、シリーズ連作に安心して身を委ねられる。日本が生んだ最良のエンターテイメント作家の一人と言えよう。

84点 『双頭の悪魔』(1992)

本格ミステリーの一時代を画する代表作である。江神二郎シリーズの第一弾ともなる。資産家が四国の山奥の僻村に有為な芸術家を呼び、外界から隔離されたユートピアを作った。そのユートピアで起きた連続殺人事件と、そのすぐ外側の村で起きた殺人事件。豪雨で外界との通信や交通手段を絶たれた中で、ばらばらに進む事態の真相が、最終幕、江神の推理で一気に明らかになる。複雑な構成、華麗なトリック、舞台装置の妖美さ、芸術家らの特異なパーソナリティ、論理的な推理。二読、三読の楽しみに堪え得る名作である。

【創元推理文庫】

69点 『46番目の密室』(1992)

「密室殺人」というジャンル自体への批評が同時に密室推理になっている。いかにもマニエリスティックな試みだが、飄逸な語り口が、そういう野心を表立てず、充分高い作品完成度に結実している。もっとも、完成度は高いが、逆にこじんまりとまとまり過ぎて痩せた印象を与えるのも事実。

【講談社文庫】

74点 『ロシア紅茶の謎』(1994)

第一短編集。エラリー・クイーンの国名シリーズの向こうを張って、こちらは短編小説を国名でまとめてゆく趣向。人間劇としての適度な味わい、トリックの古典的な意味での意外性、語りの巧みさで、短編推理小説の喜びに新たな一ページを加えた佳作ぞろい、国際的な水準でも通用する作品群だ。表題作及び末尾収録の中編「八角形の罠」は特にいい。

【講談社文庫】

67点 『海のある奈良に死す』(1995)

重層的、構造的な謎、人と人との対位法的な関係の中から、徐々に浮かび上がる事件の「本質」、そのプロセスの味わいと謎を追う快さに比べて、犯人当てそのもののいささか呆気ない幕切れ——全てが本格ミステリーの傑作の条件に合致している。

【角川文庫】

72点 『乱鴉の島』(2006)

作者初の孤島ミステリーである。有栖川作品では探

偵コンビが明るく剽軽なので、孤島ものでもおどろおどろしい空気の澱みはない。本格ミステリーとしての構えよりも、孤高の詩人とそこに集う謎の人々、鴉の乱れ飛ぶ島での物語にエドガー・アラン・ポーの「大鴉」をはじめ、ゴッホの「鴉のいる風景」、末尾ではノアの箱舟の鴉までを点描しながら、クローン人間製造を巡る思惑で物語は進む。安定のクオリティ。人間の生と死とクローン技術を絡め、後半思索を深めてゆく物語は、謎解きを超えた味わいを与えてくれる。

【新潮文庫】

65点 『カナダ金貨の謎』(2019)

国名シリーズ十冊目、現在までのところ最新作である。臨床犯罪学者の火村英生と推理作家の有栖川有栖のコンビが活躍する。中編三本に楽屋落ち的な短編二本を差し込んでいる。筆はだいぶ枯れてきたものの、推理小説としての深みや切れ味は充分。ただし最後の一編「トロッコの行方」はじっくり構えた力作にもかかわらず、早い段階で犯人の目星がついてしまう。

【講談社文庫】

池井戸潤 Ikeido Jun

1963年生

金融や企業の実態、法、理論に精通した上で、銀行小説、企業小説の書き手として圧倒的な筆力を持つ。スピード感ある文体と人間把握の確かさが両立している。デビュー作『果つる底なき』の深みある作風を見れば、本格小説の書き手としても傑出していることは明らかだが、近年は半沢直樹シリーズに代表されるように、単純明快な作風に徹している。もっとも、能ある鷹の爪は隠しようもない。ふとした人間の心の動きの素描などに他の作者にない冴えや発見がある。それでも、そろそろ高度に練り込まれた重厚で質の高い本格小説へと舵を切ってほしい。これだけの才は、いつの時代にも稀なのだから。

84点 『果つる底なき』(1998)

三菱銀行の法人融資担当だった著者が銀行ミステリーともいうべき新ジャンルでデビューした作品。文体、構想、人間造形、物語の展開の全てにおいて完全な成熟に達している。バブル崩壊後の不良債権問題、金融機関の相次ぐ破綻の時代に、銀行と企業の融資を巡る攻防や陰謀を描いて間然するところがない。主人公がアウトサイダー的な正義派の行員で、登場人物の善悪は明瞭なハードボイルドだ。人間ドラマとしての陰影や情念は単純化されている。が、浅薄、平板さは全くない。いささか人を殺しすぎとの読後感は残るが、高水準の作によってジャンルを創出した功は大きい。 【江戸川乱歩賞｜講談社文庫】

74点 『オレたちバブル入行組』(2004)

後に半沢直樹シリーズとして爆発的な人気テレビドラマとなる第一作。大手都市銀の融資課長半沢直樹が、自身の身に降りかかった不正を暴き、「十倍返し」の復讐をする。バブル崩壊、不良債権、不正融資、倒産などで銀行の権威が失墜する平成10年代の世相を背景に、バブル全盛期にエリートとして入社した半沢ら「失われた世代」が、バブル世代の悪をキリキリと追い詰めてゆく痛快劇の体裁をとる。

実際には都合のよい僥倖が重なって痛快劇が成立するのだが、無理や嘘を感じさせないのは人物造形の捌りが効いているからであろう。また、組織の現実に通暁した社会派ノンフィクションとしても隙がなく、単なるサラリーマン痛快劇とは次元が違う。

【文春文庫】

71点 『鉄の骨』(2009)

ゼネコンの談合を、ゼネコン各社を軸に、フィクサー、大物政治家、銀行、検察のパワーゲームとして多角的に描いた力作である。その視点の多角性、一気に読ませる力量共に尋常ではない。ただし『果つる底なき』の粘着力ある文学的な「味」は消え、文体や構想は単純化されている。

更に言えば、談合を必要悪か、犯罪かとする二択の視点には物足りなさが残る。私は公正な自由競争が社会善だとは考えない。自由競争とは言い方を変えれば弱者の容赦ない淘汰だが、人間の大半は現実には弱者である。その意味で談合には、良き慣習・人間智の側面もある。自由競争か、談合かは、実は大

きな人間観、社会正義の問題を内包する。池井戸で
あればそこまでの踏み込みが可能だろうと思う。

【吉川英治文学新人賞受賞｜講談社文庫】

69点 『下町ロケット』(2010)

宇宙ロケット開発の研究者が打上げに失敗した後、
父の創業した町工場を継ぐ。そこでロケットに不可
欠な世界最高峰のバルブシステムを完成させ、大手
企業相手に丁々発止と渡り合い、ついにロケット
打上げに漕ぎ着ける。いつもながら企業小説として
のディテールは正確に仕上げられているし、どんで
ん返しに次ぐどんでん返しがこれでもかと続き、一
気に読ませる。憤らせ、嘆かせ、安心させ、最後に
泣かせる。縦横無尽の筆力である。話の書割が非常
に分かりやすく、善玉悪玉も明々白々。娯楽小説に
徹した仕事である。

【直木賞｜小学館文庫】

79点 『ノーサイド・ゲーム』(2019)

低迷する社会人ラグビーチームに、本社企画室の切
れ者がマネージャーとして入り、強力なチームに再
生する。ラグビーチームの廃部を狙う辣腕の取締役
との場外乱闘とラグビーチームの成長とが巧みに配
分され、ラグビーの試合の感動のとよめきでフィ
ナーレを迎える。あこぎなまでに感動を演出する作
者の確信に満ちた手管の数々は、分かっていても巻
き込まれずにはいられない。
何を読んでも爽快な感動があるというのは作者に
とって一つの勲章に違いない。単純明快な小説だが、
あえて高得点を与えた所以である。　**【ダイヤモンド社】**

伊坂幸太郎 Isaka kotaro　　　　1971年生

軽快な筆致、機知縦横、筆力充溢。しかし、人間性の悪を追求し、小説形式の可能性を探求する純文学としての要素を強く内包する。伊坂作品では、小説の愉悦と思想的な探求が、その内深くにおいて雁行する。ユゴーとバルザックは共に大ベストセラー作家だったのだし、ミステリー仕立ての本格的な思想小説はドストエフスキーの常套手段だった。純文学＝私小説という日本近代文学の特殊性を離れて見れば、伊坂はむしろ、近代小説の王道を行く数少ない現代作家と言ってよかろう。

56点 『オーデュボンの祈り』(2000)

遠近法の不確かな習作を延々と読まされているような気分になる。仙台近海の2200人が住む島。存在が認知されていない上、ただ一人を除き日本本土とは交通がなく、幕末から鎖国が続く。未来を予見できるカカシ、罪人を射殺することが「ルール」として許されている男、真実と逆のことしか言わない絵を描かない画家などシュールな設定。小説は、仙台市でコンビニ強盗未遂のまま島に連れ去られた主人公を軸に進行するが、娯楽としては重すぎ、日本の閉鎖性への戯画、文明批判、時間論など問題小説としては思わせぶりなだけで不発だ。とりわけ未来を予見できるカカシが殺されたが、なぜカカシは自身の死を予言できなかったのかという問題設定は全くの期待外れ。せめて半分の分量で書き切ってほしい内容。

【新潮ミステリー倶楽部賞｜新潮文庫】

伊坂幸太郎

84点 『重力ピエロ』(2003)

優れた思想小説である。DNAの暗号を用いたミステリー仕立てだが、感銘の中心は謎解きにはない。近代の人間観、法治国家システムという功罪半ばする人間の「檻」を、根源から、しかし爽やかに吹き飛ばし、ハンニバル法典や仇討ちという古来の道徳的な裁きの真実性を、強靭な思考の鋼を通じて打ち出す。もっとも前半はいささか冗長、説教臭さが残り、気の利いた会話も上滑りの感が否めない。また、文体自体が叡智的世界への道しるべとなっているカズオ・イシグロや古井由吉の域には及ばない。それでも後半、作そのものが巨大な重力場と化してゆく様は見事である。強姦の結果生まれた主人公の弟、春。堕胎せずにそれを生み、息子として育てた父を、長兄の主人公の視点から描く。性とは何か、遺伝子とは何であり、人間的な絆とは何か、人間の悪の底深さ、社会的制裁とは何か——。著者の反近代的な価値判断はしなやかだが、雄々しい。　【新潮文庫】

77点 『グラスホッパー』(2004)

三人の殺し屋と、妻を殺された男が交互に語り手となり、ばらばらだった物語が次第に濃密な一つの時空になだれ込んでゆく。ハードボイルドとしての骨格を持ちながら、コメディ、オカルトの要素が混在し、どこまで真面目に受け取ってよいかを含め、読者を挑発して已まない。奔放に才腕を濫費し過ぎていて、文学的リアリティを欠くが、そのこと自体才能ある作家の特権であろう。　【角川文庫】

49点 『ゴールデンスランバー』(2007)

失敗作。50歳の既得権益打破派の首相がケネディと似た状況で暗殺される。真の黒幕が分からぬまま、何らかの政治権力による仕掛けで暗殺実行犯にでっち上げられた主人公が苦境を打開する物語である。本書の大半が主人公の二日間の逃走劇に充てられ、しかもその主人公はノンポリで単なる巻き添えなのだから、政治小説、陰謀小説とはみなしがたい。主人公の性格も受身で魅力がなく、脇役も含め、長編小説に堪え得るだけの重量がない。警察上層が了解済みの陰謀に一般人多数が参加する設定は荒唐無稽。多数の人間を巻き込んで、架空の実行犯を捏造するくらいなら、ケネディの時のように実行犯を抱き込んでおいて、犯行後ただちに殺してしまった方が早い。

【山本周五郎賞、本屋大賞｜新潮文庫】

64点 『逆ソクラテス』(2020)

小学生を主人公にした短編連作集である。教育的な勧善懲悪でありながら、大人の小説たり得ている。いじめ、躾など現代の教育現場で最も面倒な主題を扱って極力ごまかさず、しかも軽快な笑いや救いがある。文章のディテールが緻密、熟練の力技、隠れ業が駆使されている。悪をなす人間を社会から隔離しきることはできない。その時、悪に対して如何に対峙すべきかという答えのない質問に作者の与えた答えは、少年小説相応に楽観的だけれとも。

【柴田錬三郎賞｜集英社】

石田衣良 Ishida Ira

1960年生

青春や性を描いて、これだけ美しく、通俗に流れぬ作者は稀である。作家としての才能、文章の香りと彩り、技量いずれも高い。とりわけ『池袋ウエストゲートパーク』連作、『娼年』連作の初期に歴史に残る傑作を残している。単なる物語の名匠ではなく、時代批評も鋭利で、それは『北斗』に端的に表れているが、私としては、更になお、この作者には、瑞々しい性の叙情を謳いあげ続けてほしい。現代日本で性そのものが奇妙な検閲対象になっている。著名人の情事が異様なまでに攻撃対象になり、どこからがハラスメントか分からない性的糾弾も止まない。一方で若い男性の草食化によって女性たちは恋愛からも性愛からも遠ざかり続けている。石田には、反時代的性愛小説に挑む力量と資格がある。

91点 『池袋ウエストゲートパーク』(1998)

リズミカルな文章、豊かなイメージ、これほど美しい小説は稀であろう。池袋西口公園に集う10代の不良たちを、18歳の主人公の語りで扱う連作中編集。若さと成熟の奇跡のような融合に陶然とする。暴力、性風俗、麻薬などが出てくるが扱い方は極めて潔癖で、むしろ、古典的な青春小説と言うべきであろう。作によって出来不出来はあるが、私は最終編「サンシャイン通り内戦」をとりわけ愛する。池袋で二つの不良グループが対立抗争を深めてゆく――『ウエストサイドストーリー』の構図そのものだが、主人公のキャラクターが充分に育っており、対立の背後を探ってゆくサスペンスと解決、美しい初恋、友情

……。暴力と死がありながら、何という潤い。セックスの場面の素晴らしいこと！　短いけれどこんな性の喜びと豊かさと祝福を感じさせる性描写は滅多にあるものではない。末尾、もう一つ辛味と抑制がほしいが、この甘さも青春小説の特権か。

【オール讀物推理小説新人賞｜文春文庫】

79点 『娼年（しょうねん）』(2001)

女性に体を売る20歳の娼夫が主人公である。控えめながら上質の香り、品位ある文体。興味本位な風俗小説ではなく、女体の神秘、女性の性欲の奥深さと多様さが探求される。スカウトされた大学生主人公の成長小説としても、女性クラブのファミリーたちの絆（きずな）の物語としても一級品である。末尾、劇的な展開が生じて、次作への期待を高めて終わる。

【集英社文庫】

58点 『眠（ねむ）れぬ真珠（しんじゅ）』(2006)

45歳の女性版画家が17歳年下の男に恋をする。女として老いのとば口に来ているという負い目、逆に自負、中年に至って燃える性欲を逗子（ずし）を舞台に描く。石田の技量はいつも通り充分なので消閑（しょうかん）には悪くないが、調子はさして高くない。通俗小説と呼ぶべきであろう。

【島清恋愛文学賞｜新潮文庫】

73点 『逝年（せいねん）』(2008)

『娼年』という表題が「少年」を掛けたものであることがこの第二作で明らかになる。質の高さを維持したまま、主人公を娼夫の世界に目覚めさせたクラブのオーナー女性がエイズで死ぬ過程を描いてい

る。性愛の多様性が探求されるが、性同一性障害の葛藤を描いているのは先駆的であろう。もっとも、この場面は性の多様性というイデオロギーに観念的に付き合いすぎているように、私には思われる。前作よりも筋立てに起伏がある分、精妙さが幾分落ちてもいる。　　　　　　　　　　　　　　【集英社文庫】

78点 『北斗 ある殺人者の回心』(2012)

両親から虐待を受けた少年自身が殺人犯となる。悲惨な虐待、荒廃する心、救済、里親に心を開いて幸せを味わう高校時代、里親の早すぎる死、入院治療中に出会った高額の波動水詐欺、殺人事件、法廷……。見事な書割、牽引力で一気呵成に読ませる。これは容易な手腕ではない。物語の力をこれだけ無条件に駆使できる作家は稀なのである。また社会小説としても現代の深刻な倫理問題を縦横に扱い、あらゆる立場に公正に、また、裁判過程での主人公の心の揺れも緻密な跡付けを重ねている。ただし全体にやや類型的で、人間観は楽天的過ぎる。この素材から導かれる現実は遥かに陰惨な終わりなき葛藤、絶望、憎悪であろう。　　　【中央公論文芸賞｜集英社文庫】

50点 『爽年』(2018)

『娼年』三部作の完結編。近年の日本の草食系男子、収入だけで男を見る若い女性、夫婦間のセックスレスなどを反映した性的な貧しさへの警世の色が濃くなり、小説としてはエピソードの羅列と唐突な幕切れで、新たな魅力はない。　　　　　　　　【集英社】

コラム1　そもそもなぜ私たちは小説を欲するのか

　私たちは、言葉の海の中を泳いで生きている。言葉は私たちの周囲、そして何よりも私たち自身の脳裏を、絶えず無数に飛び交い続けている。

　その多くは益体(やくたい)もないつぶやきであり、愚痴であり、溜息(ためいき)であり、さもなければ処理すれば使い捨てられる情報や記号である。

　私たちは、そうした消費される言葉の、無限の海を生きている。

　また、私たちは、家族や隣人の、あるいは友人や職場の同僚の、面白くもない長話に延々とつきあわされて閉口する経験を誰しも持っているだろう。

　人の長話にはしばしば退屈し、耐えかねる私たちが、なぜ小説を飽きもせずに読もうとするのか。

　膨大な言葉に囲まれていながら、私たちは、なぜその上さらに言葉を欲するのか。

　消費される言葉、消耗させられる言葉ではなく、逆に、栄養になる言葉が欲しいからではないか。

　物語によって想像の世界に遊ぶ。

　言葉そのものの味と香りを楽しむ。

　美しく心地よい言葉を読む。

　磨き抜かれた言葉のみが持つ魅惑——それこそが私たちが小説を読もうとする本質的な動機なのである。

　今や、漫画、映像などをはじめ、メディアは多様化している。

　言葉を一つ一つ消化しなければならない小説よりも、映像や音声、立体的な動きを伴う方が、はるかに負担なく内容は頭に入るだろう。

　それにもかかわらず、なぜ私たちは、言葉を読もうとするのか。

　言葉には、純潔と、想像の自由があるからである。

　磨き抜かれた技をもって書かれた言葉は本質的に静かだ。静寂の中から意味が立ち現れる。その純潔は人の心を安らがせ、内なる充実を生み出す。

　そしてまた、そこには想像の自由がある。「戸が開き、女が入っ

てきた」と書かれているだけでは、戸の種類も、女の年恰好も分からない。その分からないものから、徐々に世界を組み立ててゆくのは作者と読者との共同作業である。漫画や映像では、こうした自由は一切ない。我々は、そこでは一方的な受容者となる。

　逆に言えば、小説の言葉は、高度の技芸によって、読者を誘導しなければならない。ただ単に「鮨がうまかった」と書いても、読者の心に鮨の味や匂い、鮨屋の独特の雰囲気が伝わるわけではない。かと言って、寿司ネタの解説や美味を伝える形容詞をごたごた並べ立ててもうるさいだけである。では、どうしたら、読者を鮨の魅力に導けるのか。試しに志賀直哉の『小僧と神様』を注意深く読んでごらんなさい。直哉の、平易だが世界を開示する、選び抜かれ、磨き抜かれた言葉によって、読者は、小僧と共に生唾を飲み込んでいる自分に気づくことだろう。

　現代の作家の中で、鮨を書いて生唾を生じさせる仕事をしている人がいるだろうか。もしそうした作家がいたならば、その作家こそが、あなたにとって「人はなぜ小説を欲するのか」の答えである。

伊集院 静 Ijuin Shizuka 1950年生

伊集院の作品には、香りがあり、人がいる。読後の印象を思い出そうとすると、確かな人の気配、手ごたえ、そして何よりも登場人物たちの静かな後ろ姿が脳裏に浮かび上がる。単なる熟練では片付かない。人間への厳しい愛、作家稼業という業を引き受ける覚悟、日本の先人、歴史への深い敬意が、その作品を清冽、清廉なものにしている。昭和文学まで連綿と続いてきた日本の文学伝統を深いところで継ぐ数少ない現代作家である。

81点 『乳房』(1990)

中年の男の孤影が美しい短編集である。その後の世代の作家らの文体が急速に無機質化している中で、ちょっとした言葉の一刷毛に人間の息吹が通い、街の人いきれが感じられる。それが池袋だろうが、漁師町の場末だろうが……。筋書きや技巧がどうというより、文章を読みたいときに手に取れば、必ずそこで作家に出会え、登場人物たちに出会える。そんな短編集である。久世光彦の解説が素晴らしいことにも一言しておきたい。読む楽しみを加えてくれるような解説に出会うことは今や滅多にないが、ここでは言葉と言葉、命と命とが、両者の間で鋭く切り結び、それが本書の勘所にさえなっている。

なお、表題作『乳房』は伊集院の亡妻夏目雅子の病床を扱ったもので、作者にとって苦しい仕事だったろうが、読者もそのことを意識せずに読むことは難しい。哀憐の余情限りない。

【吉川英治文学新人賞｜文春文庫】

74点 『受け月』(1992)

野球をモチーフとした連作短編集。陰影深い大人の言葉を存分に味わえる。人生の断片を切り取って単に巧みな物語であることを越え、深く澄み、諦念と優しさを帯びた言葉で、それを荘厳する。短編小説を読む意味を解き明かす貴重な仕事と言えよう。冒頭と最後に、分かりやすく、共感を呼びやすい作を置いており、それも名品だが、より陰影の微妙で、登場人物の人生の行方の定かならぬ他の諸作の、熟読を誘う機微に一層の価値を認めたい。

【直木賞｜講談社文庫】

89点 『機関車先生』(1994)

美しい物語だ。伊集院版の『坊っちゃん』と言うべく赴任した学校の先生を巡る小説である。狙いや設定はあざといまでに読者の心の機制を突くよう組み立てられているが、作為の跡や作者の底意を感じさせない。素直な気持ちでゆっくりと心を籠めて読めば、作も素直に応えてくれる。作者の手管に騙されまいと構えるより、こうした美しさには身を預けた方がいいと私は思う。それ以上については、文庫巻末に付せられた大沢在昌の素晴らしい解説に譲る。

【柴田錬三郎賞｜集英社文庫】

71点 『ノボさん　小説正岡子規と夏目漱石』(2013)

子規を主人公とした伝記小説である。明治時代の日本とそこに生きる人々への作者の愛と敬意が気持よく、その上で、子規の闊達さと苦悶とが伸びやかに描かれる。近代文学の開拓者としての子規と漱石と

の別格ともいえる役割を描き、評伝としての客観性も保持している。とりわけ子規が「べーすぼーる」に熱中する場面を描き込んでいるのは印象的。

【司馬遼太郎賞｜講談社文庫】

92点『いとまの雪　新説忠臣蔵・ひとりの家老の生涯』(2020)

伊集院静による「忠臣蔵」である。最新作だが筆力は全く衰えず健在そのものだ。大野九郎兵衛や寺坂吉右衛門の役割を深読みする従来型のヴァリエーションをこなしつつ、それを越え、大石内蔵助良雄と綱吉・柳沢吉保、更には元禄の奢侈との対立を描く壮大な一編。読み飛ばせない濃密な文学空間でありながら、急ぎ読み進めずにはいられない。感情を強く揺さぶり感涙を誘う作品ではない。時代小説としても人間劇としても抑制された深みある作品である。冷静に後日談を語りゆく最終章の末尾の美しい残照に、私はしばし茫然とした。　　　　**【KADOKAWA】**

上橋菜穂子 Uehashi Nahoko　　　1962年生

日本のファンタジー分野における第一人者である。この数十年、娯楽小説の範囲が拡大し、さらに、漫画、映像作品、ゲームソフトとの影響関係や国際化も複雑化する中で、本書も、どこまでを採点対象とするか、かなり迷った。だが、上橋を小説分野の重要な第一人者として外すことはできない。事実、その代表作である『獣の奏者』は物語としての愉悦、神話的なイメージの豊かさ、そして何よりも美しさと完成度によって、現代文学を代表する業績の一つに数えられる。上橋の真骨頂は、神話の解読、世界観、思想性の探求ではなく、純然たる物語作者としての天稟にある。だが、それは今や何と貴重な天稟であることか。美しい言葉、美しい物語の書き手は、年々稀になり続けているのだから。

83点 『獣の奏者』(Ⅰ・Ⅱ)(2006)

国家、政治の酷薄さと、人を含め「獣」という存在の冷酷さとを直視しつつ、神話的で壮大なファンタジーが繰り広げられる。主人公の少女エリンは宮崎駿のナウシカを想起させる神話的光彩を放つが、感傷と安易な超人性は厳しく抑制され、人間の成長劇として高い説得力を持つ。また、少女の人間ドラマと国家の物語が綿密に関連しつつ展開する様も見事である。

ただし人間理解、神話理解に深い踏み込みは見せていない。専ら物語として楽しむべき作品。Ⅲ、Ⅳ巻が後に執筆されている。

【マイケル・L・プリンツ賞｜講談社文庫】

55点 『鹿の王』(2014)

この数年の新型コロナ騒動に鑑みれば、さしずめ時代を先取りした感染症ファンタジーとでも名付けるべきか。噛まれると数日で劇症化して死ぬ黒狼病という感染症を巡り、それをワクチンで治そうとする医術の専門家、他方この病気を神のメッセージとして畏れる人々、そしてその免疫を持つ主人公を追跡する幾つもの部族らが絡み、複雑極まりない展開を示す。

だが、理屈っぽい。理屈っぽすぎる。

感染症の初歩的な解説と、次から次へと新たに登場する覚えにくい固有名詞、しかし別段豊かな物語世界が広がるわけでも、思想と幻想の飛翔があるわけでもない。主人公らも定型を超えた魅力を備えるに至っていない。　【日本医療小説大賞｜KADOKAWA】

冲方 丁 Ubukata Tou

1977年生

途轍もない能力、真摯な執筆姿勢を通じ、現代日本文学の頂点をなす一人である。文学作品として一般的な通用性が俄然高まるのは『天地明察』以後の、主として時代小説だが、中でも『光圀伝』は現代文学最高の達成。

初期『マルドゥック・スクランブル』から最近の『十二人の死にたい子どもたち』のような実験小説に至る、生と死を巡る真率な問い、人間間の信頼とは何かという倫理的な問題意識は評価するが、文学作品としての魅力や説得力の観点から高得点は与えていない。

今後は深みある時代小説のみならず、現代を主題とした前衛小説で世界に対して傑出ぶりを示してもらいたい。そうした要求に応え得る大器だと信じる。

59点 『マルドゥック・スクランブル』(2003)

初期ライトノベルの代表作。著者渾身の作品で、途方もないエネルギーが注がれているが、この段階ではまだ未成の大器というべきであろう。未来都市が舞台。15歳の少女娼婦が、爆殺されるところを危うく救出され、亜空間に蓄積している物質であらゆる物に変身できる鼠とともに、再生のための戦いに向かう。父親との性交、レイプ、売春による心の傷の癒しと、あらゆる未来型のハイテクが飛び交う戦闘場面が大きなアウトラインとなるが、前者は陳腐、後者はイノベーションを都合よく設定すれば何でもありになってしまう。映像作品にすればインパクトが出るだろうが、独立した文学としては、この人の

筆力を以てしてもいささか無理がある。

【日本SF大賞｜ハヤカワ文庫】

96点 『光圀伝』(2012)

天才的な努力の結晶であり、平成文学史に聳える巨山である。徳川光圀の伝記小説だが、大佛次郎、吉川英治ら光圀を扱った先行作品を大きく凌駕する。歴史上の光圀が詩文、歴史、世継ぎ問題における大義に命を懸けたその全重量を、作者自身も歴史の記述者として担おうとする。その覚悟のマグマには圧倒される他ない。

少年時代の光圀を描く筆致は吉川英治『宮本武蔵』を彷彿とさせ、宮本武蔵、沢庵、山鹿素行らと精神的に深い交渉をしている場面などはそのパロディであろう。父頼房との複雑な父子関係、兄を差し置いて世子となったことの義をどう立てるかという光圀終生の課題、近衛家から迎えた妻の生き生きとした姿、儒者林読耕斎との精彩溢れる交流など、三分の二が若き日に充てられている。これだけリアリティとコクのある歴史小説は類稀だ。また作者の筆が、人間の最も深刻な姿と笑いとを縦横に行き来する様にも驚く。

最後の三分の一が、藩主から隠居時代に充てられている。ここは小説よりも伝記としての性格が強くなっているが、筆に張力が漲り、いささかも読み飽きさせない。将軍綱吉との対峙、幕閣が急速に官僚化してゆく江戸幕藩体制の硬直、そして藤井紋太夫手打ちとは何であったかへの驚くべき回答と美しさの極みと言うべき幕切れ……。

30代前半でこれを仕上げたとは！　何ということだ

ろう。天才の若書きと単純には言えない。深い学識、様々な歴史観やイデオロギーへの理解と作品への止揚、武士の魂への真の理解、統治者や老熟者の心境を描き切る作者自身の成熟を要する。20代のトーマス・マンが『ブッデンブローク家の人々』を、三島由紀夫が『禁色(きんじき)』を書いたという以上のものが、ここには投じられている。最大限の敬意を表したい。

【山田風太郎賞｜角川文庫】

63点 『はなとゆめ』(2013)

『枕草子』を丁寧に下敷きにしながら、清少納言と彼女の仕えた中宮定子(ちゅうぐうていし)のサロン、及び定子と藤原道長の宮中での暗闘を描く。真正面から古典にぶつかり、浮薄なサロンの才女という清少納言像を逆転させている。定子の父道隆(みちたか)の病死後の、急激な没落の中で、定子、女房らと共に必死にその「華」を守る姿は痛々しくも美しい。生硬さは残るが、真摯(しんし)な力作とするに足りる。

【角川文庫】

64点 『十二人(じゅうににん)の死(し)にたい子どもたち』(2016)

大変な力技だが失敗作だと思う。自殺願望のある子どもを集め一酸化炭素中毒による集団自殺を図ろうと提案する管理サイトがあり、十二人の子どもたちが集まってきた。ただし、全員一致で決行が決まるまで、何か疑義があれば話し合いを繰り返し、その都度話し合いの継続か決行かの決を採るのが条件であるという。長編小説なのだから、話し合いは延々と続かざるを得ず、結局、決行は見送られるだろうことは予(あらか)め想像がつく。本作では導入で番狂わせを生じさせ、状況の混乱や心の複雑な駆け引きから、

自殺動機へと話を進めることで小説としての意味や緊張を保持している。緻密な実験作だが、空回りの印象は免れない。主人公が十二人とやたらに多いために読者の集中力がそがれるし、充分な葛藤を経て自殺を決意してきた十二人もの人間を、話し合いの継続で引っ張る設定にも無理がある。何より登場人物の多くが死に片足を突っ込んでいる気配がない。生き生きとしすぎている。

【文春文庫】

72点 『麒麟児』(2018)

紙幅のほとんどを江戸城無血開城にあて、肝胆相照らす勝海舟と西郷隆盛のありようを緊迫した政治劇として描く。徳川慶喜と幕閣が保身に汲々とし、薩長土肥の主流派が、権力奪取の野望を王政復古という美名によって覆い隠す中、ひたすら公と民を思う二人の英雄——。この極めて古典的な英雄像をそっくり踏襲して、すっきりと、真直ぐに、しかし政治劇としては綿密なロジックを組み立てながら描き、読み応えは充分である。小説というより、森鴎外や幸田露伴の史伝に近い。素直に敬読した。

【KADOKAWA】

大沢在昌 Osawa Arimasa

1956年生

ハードボイルドを日本の風土に消化して、硬軟自在に量産してきた。純粋なハードボイルドの傑作である『新宿鮫』シリーズもあれば、「狩人」シリーズや「魔女」シリーズをはじめ、別の趣向へと枝葉を広げて娯楽小説としての瑞々(みずみず)しい興趣を保持している連作もある。『心では重すぎる』のような真摯(しんし)な人間追求もできれば、『俺はエージェント』のようなコミカルな作品も生み出せる。質を保持しつつ、現在まで制作ペースが落ちない。娯楽小説として量産される仕事もマンネリズムに堕さず、質の点でも一定水準を超えている。大家の名に値する。

79点 『新宿鮫(しんじゅくざめ)』(1990)

後に連作となり、作者屈指の人気シリーズとなる『新宿鮫』の第一作。歌舞伎町で一人闇社会に挑む新宿署の刑事鮫島を主人公にしたハードボイルド小説で、警察ミステリー、娯楽小説の歴史を画する連作と評してよいだろう。この第一作は緊張感の高い硬質な文体、緻密なリアリズム、主人公及び副主人公たちの魅力的な人間像、濃密に立ち込める闇社会の空気感などどこを取っても隙(すき)のない傑作である。出来不出来はあるものの、シリーズが現在まで質の高さを維持しているのは驚異的。

【日本推理作家協会賞(長編部門)、吉川英治文学新人賞 | 光文社文庫】

67点 『毒猿(どくざる)』(1991)

新宿鮫の第二作で、世評が高いが、前作に較(くら)べると

だいぶ落ちる。設定に無理があり、話の筋も早くから見えてしまう。台湾ヤクザの大物が自ら使っていた殺し屋を敵に回す羽目になり、日本に逃げ新宿の暴力団にかくまわれているのだが、殺し屋が超人的すぎる。ここまで強い存在に設定してしまうと、ほとんど一人芝居に近くなる。ディテールも文章もうまいので、読み飽きはしないけれど……。【光文社文庫】

83点 『心では重すぎる』(2000)

重層的に現代の若者の心の闇、機構に迫る。内面的、問題提起的なハードボイルドであり、読後複雑な感銘を残す。少年コミックで伝説的な人気を誇りながら忽然と消えてしまった漫画家が今どうしているか──そのような依頼を受けた主人公は辣腕の私立探偵にして薬物依存症のカウンセラーでもある。漫画家の足跡を辿りつつ、渋谷で不良グループを率いていた依存症の高校生を救おうと奮闘する中で、二つのストーリーが、暴力団関係者のシノギ、マネーロンダリング、自己啓発セミナーなどへと複数の同心円を描き出す。ナイーヴなまでのモラル追求は時に説教臭いが、エンターテイメントとしても本格小説としても充分堪能させてくれるのはさすが。

【日本冒険小説協会大賞｜文春文庫】

66点 『パンドラ・アイランド』(2004)

小笠原にある人口千人ほどの離島での連続殺人事件。やや冗漫な出だしだが、有能な捜査一課の刑事が退職して、島の保安官として赴任した結果、表題通りパンドラの箱を開けたように過去の闇が噴き出し、複雑な展開を示し始める。実存的な問いを巡る

感銘はなく、技芸を駆使し「複雑さのための複雑さ」に割り切った作品である。謎解きの因子が多い上、事件の様相が拡大し続けるので読みやすくはないが、謎を追う興味は最後まで保たれている。

【柴田錬三郎賞｜集英社文庫】

49点 『海と月の迷路』(2013)

昭和30年代の長崎軍艦島の炭鉱を舞台にした長編ミステリー。少女が溺死体で発見され、新米の巡査が殺人の可能性を探るが、作品のテンポが遅すぎる。炭鉱の複雑な上下関係などが丁寧にひもとかれてゆくが、結果的に物語の重要な構造に関わってはおらず、中盤ようやく興趣が盛り上がってくるが、後半には逆に話の筋立てが見えてしまう。素朴で真面目な主人公も長編の主人公としては凡庸。

【吉川英治文学賞｜講談社文庫】

63点 『帰去来』(2019)

パラレルワールドを舞台にした警察ミステリー。娯楽小説として十分楽しめる。平成日本ともう一つの世界の日本。現代社会より遥かに進んだ世界ではなく、科学技術が遅れ、任侠が街で幅を利かせている昭和30年代風のパラレルワールドなのが面白い。趣向もかなり凝っている。主人公の女性警官のけなげな活躍ぶりは独特の艶っぽさがあり、男心をくすぐる。

【ソノラマノベルス】

荻原 浩 Ogiwara Hiroshi 1956年生

ユーモア小説の書き手として知られるが、笑いのセンスは余り買えない。どちらかと言うとドタバタ喜劇に近い。ユーモアそのものが主筋となる小説では、笑いをひねり出し続けようとする無理が感じられ、高得点を与えられなかった。むしろ『明日の記憶』『海の見える理髪店』のような感傷的なヒューマンドラマに美しい味がある。また、『噂』のようなミステリーでも充分に構成や意外性、時代性を打ち出して一家をなす力量がある。荻原の場合、ユーモアは隠し味として軽くまぶす程度が丁度よいのでは。

35点 『オロロ畑でつかまえて』(1998)

東北の山村奥地の村おこしを巡るドタバタ喜劇。主筋となる設定がナンセンス過ぎるし、笑いを取ろうとするための無理が多い。細部の笑いもユーモアというよりはネタやダジャレの乱発。

【小説すばる新人賞｜集英社文庫】

59点 『噂』(2001)

本格的なサイコミステリー。女子高校生を狙う快楽連続殺人を扱う。初期設定は大変秀逸で、細部も充分に練られている。ただし作品のテンポ感がよくない。作品の進行が、平均的な読者に結論が見えてくるペースより遅い場面が多出するのである。追う警察側内部の確執も、主筋を追う感興を意味もなく阻害している。犯人の意外性の打ち出し方、とりわけ帯にある「衝撃のラスト一行」は、衝撃というより無理がきつすぎないだろうか。謎、猟奇殺人、人物

の性格設計、展開それぞれ、素材の魅力は充分あるのだが、心理的な必然性による裏付けや人物の性格が充分に深められていない。ミステリーとしての完成度はこれからという印象である。

【新潮文庫】

43点 『神様からひと言』(2002)

大手広告代理店をやめ、「タマちゃんラーメン」や「瓶づめラッキョウ」を主力にする老舗の食品会社に就職した主人公とその周囲のドタバタ喜劇。笑いあり涙ありだが、取り立てて文学として論評すべき内容はない。空疎だったり稚拙だったりするわけではないが、消閑の具としてもさほど魅力はない。

【光文社文庫】

70点 『明日の記憶』(2004)

若年性アルツハイマーにかかった広告代理店の50歳管理職が主人公。小説というより、会社で担当しているプロジェクトや家庭生活をどうすべきかに苦しむ病状レポートと評する方がよい。54歳で固有名詞の記憶の欠落が深くなりつつある私自身、身につまされたが、文学としての主題追求性は余り感じられない。ただし末尾は非常に美しい。この末尾を読むためだけに通読する価値があると言っても過言ではない。

【山本周五郎賞｜光文社文庫】

62点 『海の見える理髪店』(2016)

家族の記憶を巡る短編小説集。ちょっとしたセンチメンタルジャーニーだが、作りは細かい。理髪店、時計屋の老店主などその道具立ては昭和戦中戦後の

記憶に遡る。一方、子供側から見た家庭的な不幸、子供の死を巡る小編も印象的。　　【直木賞｜集英社文庫】

奥田英朗 Okuda Hideo

1959年生

ユーモア作家としての一面と、昭和30年代を描く社会派ミステリー作家の一面を併せ持つ。前者の作品群が断然よい。人間への洞察が緻密で、愛情がこもっている。想像の広がりも伸びやかで、柔らかい辛辣さが大人の小説としての味わいを確かなものにしている。ところが後者では、まるで別人になる。性急な社会悪の断罪が作品を硬直させ、結果として人間への問い、社会への問いがかえって見失われている。この極端な分裂そのものに奥田の作家としての幅があるという言い方はあり得るのだろうが、私には謎。

76点 『邪魔』(2001)

穏やかで平均的な四人家族、不良高校生、刑事たちが、小さな放火事件を契機に遭遇し、それぞれ運命に翻弄されつつ、人生の歯車を狂わせてゆく。辛口ながら的確で引き締まった文体、緊密な構成には隙がなく、物語運びも息を吐かせない。ただし複数の主人公、準主人公ら一人一人の壊れ方に幾つかの無理があり、クライマックスとなる幕切れは不条理劇的破綻を呈するも、私には付いてゆけなかった。勿論、人間は、心理的な必然性を保ちつつ、読者に納得のゆくように壊れてゆくものではないだろう。だが、文学となればその「狂い」に文学的なリアリティを感じさせる条件の整備が欲しい。本作では、登場人物らは自ずから破綻するというよりも、作者の課した設定に翻弄されている。評価の上で若干の留保をせざるを得なかった。【大藪春彦賞｜講談社文庫】

72点 『空中ブランコ』(2004)

ハチャメチャな精神科医のもとを訪れる強迫症のスポーツ選手、ヤクザ、医師、作家たちを描く連作短編である。彼らは、いずれも、無茶過ぎて思わず失笑するようなやり取りの中で徐々に己の病因に気づき、癒されてゆく。短編に纏める必要上からであろう、強迫症状の出方がやや性急で無理があり、深みある作品というよりは良質のエンターテイメントとして楽しめる。なかでは「義父のヅラ」が神経症の切迫感と捧腹絶倒とが隣り合わせになった傑作。私はこの連作、すごく好きです。【直木賞｜文春文庫】

64点 『家日和』(2007)

家族を主題にした短編ユーモア小説集である。筆致に優しさが溢れているが、辛辣な世相批判もある。最後は必ず和ませる。物語に無理なく入れ、よどみない流れに乗りながら、心地よい小説を読んだと思わせる。予定調和の安定した短編は小説読みの楽しみの一つであって、現代の家庭生活の風景を描きながら、そうした楽しみを与えることは凡百の作家にできる技ではない。【柴田錬三郎賞｜集英社文庫】

33点 『オリンピックの身代金』(2008)

壮大な駄作。昭和39年の東京五輪開会直前、マルクス主義を信奉する東大の院生が、故郷秋田と東京の格差や、五輪の華やかな成功の陰で犠牲となる下層労働者の姿に憤慨し、なぜかヒロポンにも手を出し、爆弾テロを再三繰り返す。発想も行動も愚かすぎて共感しようがなく、格差の描き方も紋切型。警視庁

の公安課と刑事課が総力を挙げてこんなナイーヴな犯人を二か月半逮捕できないという筋書きもリアリティに乏しい。設定がばかげていると筆力があっても駄作になるという典型。【吉川英治文学賞｜講談社文庫】

24点 『罪の轍』(2019)

帯に「これぞ、犯罪ミステリの最高峰。」とあるがいい加減にしてもらいたい。犯人側も警察側も稚拙、展開が冗長。筆力があってもダメなものはダメ。これも『オリンピックの身代金』同様、昭和39年の吉展ちゃん事件を素材にしているが、この時代の日本を異様に暗く描きたがるのはなぜ？　　　　【新潮社】

小野不由美 Ono Fuyumi

1960年生

ライトノベルの大家で、ミステリーなどにも意欲作がある。が、いずれの分野でも、私には高評価を与えることは難しかった。人気シリーズ『十二国記』も子供の読物としてならともかく、大人の読むファンタジーとしては、物語の深みや複雑な味わいに乏しい。現代小説においても同様。中で一冊選ぶとなれば『黒祠の島』が、怪奇ミステリーとしても人間劇としても濃密な出来栄えでお勧めできる。

38点 『魔性の子』(1991)

ライトノベルの連続超大作『十二国記』シリーズの導入となる作品。とは言え、本作は基本的に現代日本の高校を舞台にし、異世界における十二の王国の物語は、ごく片鱗としてしか出現しない。いわば日常と異界との交叉を、こちら側の物語として語っているのだが、遠近法が未熟で読み心地が悪い。少年の頃に神隠しにあった高校生男子の周りで、彼を害する言動をする人間が、次々に怪我をしたり死亡する。それは祟りなのか、少年の復讐なのか、無意識下のエゴが超能力化したものなのか、それとも異世界からの干渉なのか——答えは最初から分かっているのに、作者が延々とその問いに低徊していて、煩わしい。終盤にようやく片鱗を見せる異世界の出現も唐突。それに幾らなんでも人を殺し過ぎ。しかも凄い数の不審死への、登場人物全員の反応が鈍すぎて失笑する。この世のことはこの世の常識にきちんと沿ったリアリズムで描いてくれないとお話を信じ込むことができなくなる。

【新潮文庫】

43点 『月の影　影の海』(1992)

『十二国記』の実質的な第一作。『十二国記』は異界に存在する十二の王国を舞台にした物語群で、最新作『白銀の墟　玄の月』新潮文庫版は50万部スタートという初版部数最高記録となった。本作では日本の女子中学生が突如異界に連れ去られ、そこでの冒険譚が繰り広げられる。現代日本を舞台にした描写より、異界の方が表現にこくがあり、描写も緻密だが、世界観や構図の大きさ、幻想の豊かさを感じさせるとまではゆかない。　【新潮文庫】

53点 『図南の翼』(1996)

シリーズ最高傑作の声もある。王が27年不在で乱れている国において王たらんとする困難な旅に出た12歳の少女の冒険譚。児童文学としては通用するのだろう。が、大人のエンターテイメントとして評価するには、単調、単純で、幻想小説としても冒険小説としても成長小説としても一級品とは言い難い。　【新潮文庫】

69点 『黒祠の島』(2001)

警察権の及び難い孤島を舞台に繰り広げられる怪異譚風ミステリー。緊密な文体で、怪異性も充分。ただし謎解きとしては、中核人物たちが謎の霧にぎりぎりまで包まれており、後からどうとでも作れてしまう解決法で、興趣は余り湧かない。筋書きにどうしても追いかけたくなる必然性がなく、引き締まった作の割には誘惑する力がさほどでないのは残念。　【新潮文庫】

31点 『残穢』(2012)

マンションを舞台にしたドキュメンタリー風の怪談話。次から次へと縁を辿り、自殺者や事件などの連鎖は偶然か、それとも霊異的な現象と言えるのかを問いかけながら、作品は進む。一種の高級漫談とも言えるが、要するにこの手の作品の面白さの決め手は一に掛かり文章にある。試しに、幸田露伴『連環記』、正宗白鳥『人間嫌ひ』、永井龍男『石版東京図絵』、吉田健一『瓦礫の中』などを読んでごらんなさい。何がなくとも「文章」だけはある、というほど、決定的に文章の力だけで読者を寄り切っている。現代の小説家らに最も欠けているのが、こうした文体の力である。本作も全くそれがない。理屈っぽい退屈な筋書きが延々と続く。　【山本周五郎賞｜新潮文庫】

恩田 陸 Onda Riku

1964年生

自身が無類の小説好きで、あり余る読書経験から、技巧や構成、着想を次々に作品として物してゆく。その多彩な作品構想力は大いに買いたいが、残念なことに、文体に真の個性が感じられない。物語の魅力を支えるディテールにこの人ならではの人間観が自（おの）ずからにじみ出る――そうした文章細部の喜びに乏しい。その意味で、凝った一連の仕事よりも、伸びやかな青春小説『夜のピクニック』を採りたい。他方、持てる教養や構成力は充分にあるのだから、『三月は深き紅の淵を』のように徹底的にペダンティックなミステリーであれば、更なる飛躍を期待できるように思う。

71点 『三月は深き紅（くれない）の淵（ふち）を』(1997)

非常に凝った四部作小説である。表題である『三月は深き紅の淵を』という作者不明の知る人ぞ知る小説――実在するのか否かも含め、その謎めいた書物を巡る迷宮で、ロレンス・ダレル『アレクサンドリア・カルテット』、入子（いれこ）式（しき）の構造、創作日記と創作が不可分となるアンドレ・ジイド『贋金（にせがね）作り』などの手法を組み合わせ、リアリズム小説と非現実的な空間、ファンタジーの揺蕩（たゆた）いに読者を誘う。読書経験に圧（お）し潰されそうな、しかしそこから新しい創作の喜びと自負が漏れ伝わるような……。文体や批評に稚拙（ちせつ）さが残り、特に第四章が不発に終わった感は否めないので得点を低くしたが、文学史を更新しようとする気概は敬したい。

【講談社文庫】

76点 『夜のピクニック』(2004)

素晴らしい爽やかな感動が体をさらさら流れてゆく。朝からまる一日かけて計80キロを歩きぬく歩行祭を卒業の記念とする高校三年生たちの青春小説。一冊の長編小説で24時間を描く力技で、その中に複雑な心のやり取り、体をぶつけて一歩一歩刻んでゆく若い肉体、主人公男女の確執と和解が描かれる。全体の物語の流れはやや緩慢、文章の密度もいささか緩いが、それも含め、時間の不思議さ、過去と現在、記憶と未来、今この瞬間のかけがえのなさに徐々に巻き込まれ、後半はその小説世界の豊かさに私は完全に説得された。

【吉川英治文学新人賞、本屋大賞｜新潮文庫】

49点 『ユージニア』(2005)

凝りすぎ。いや、勿論幾ら凝ってもいいし、謎が謎のまま、迷宮として作品が終わってもいいのだが、それに見合うだけの文学的な実質や精彩がないと付いてゆく気が中途で失せる。

金沢の古色蒼然たる大病院で帝銀事件さながらの青酸カリ系毒物による大量殺人事件が起きた。その事件から数十年後、事件が解き明かされてゆく。各章が別の証言者によって構成され、モザイク風に時空を超えて事件とその周囲の絵模様が見えてくる趣向だが、組み立ての凝りように比して、文体、人物などに魅力がない。

【日本推理作家協会賞（長編及び連作短編集部門）｜角川文庫】

29点 『蜜蜂と遠雷』(2016)

ピアノコンクールを舞台にした作品だが、私には読むに堪えなかった。ペダンティックな訳知り話がちりばめられるが、余りにも通俗的なクラシック理解に寄り掛かりすぎ。例えば吉田修一が歌舞伎の女形を扱った『国宝』のように、その道に充分通暁した上で、読み物として造形するという正攻法の手続きがない。華やかなコンクールでのスター誕生を描くのもいいだろう。だが、歴代の大ピアニストらは、市場価値や競争原理を勝ち抜いたのではない。市場価値は彼らの地道な日々、彼らの内面の戦いと音楽への沈潜の後に付いてきただけだ。本作のコンクールの描き方は、その点で転倒している。表面的かつ感傷的。

【直木賞｜幻冬舎文庫】

53点 『失われた地図』(2017)

バロックな幻想小説だが、世界観が幼稚で辟易する。日本各地の旧軍、戦跡関係地である錦糸町、川崎、呉などで、時空の裂け目から「グンカ」と呼ばれる軍人の怨霊のような存在が現世にあふれ出る。その裂け目を縫うというのが主筋。

それなりの水準は維持しているが、寓意小説としては、グンカ＝軍靴で、日本のナショナリズムが尖閣諸島などの領土争いと共に新しい軍国主義の時代を招くのではないか、しかし新生児の世代はそうしたナショナリズムの誘惑を退ける希望があるという話で、思想性も芸もなさすぎ。

【角川文庫】

角田光代 Kakuta Mitsuyo　　　1967年生

現代女性の悲惨さを描く。樋口一葉、与謝野晶子から、円地文子、幸田文らまでが描いてきた凜とした女性像は遠く過去のものとなった。平成の女性作家らは、これでもかという風に、男のエゴに振り回され、狂わされ、それゆえに男を軽蔑、忌避する女性像の上書きを繰り返す。

角田もまた、苦しみにほとんど悶絶せんばかりの女性たちを描くが、その一方的な被害者意識にはしばしば唖然とさせられる。筆力は高いのだが、人物や状況設定、作品構成など大きな枠組みに説得力を欠くため、実力が充分生かされていないのが残念である。

68点 『空中庭園』(2002)

巧まれた小説。しかも天性の筆の伸びもある。隠しごとをしないというルールを持つ父母姉弟の四人家族、父の愛人、祖母の六人が、各章ごとに、それぞれ話主となって物語は展開する。ラブホテルが家族の絆と崩壊の危うい臨界点として象徴的に扱われ、一見家庭崩壊を寿ぐ愉快犯的な悪乗りを重ねてゆくように見える。が、一人一人の心のひだに入りそれぞれの愚かさや悲しさに深く身を重ねる周到さにも欠けない。過去のトラウマに遡る回想シーンは冗漫だが、それを除けば筆は軽快。末尾に一定のカタルシスを与える着地もうまい。

『成熟と喪失』を書いた江藤淳ならば、現代思潮を象徴する作として取り上げたであろう。祖母、家庭という守るべき記憶と場所が、ラブホテル、愛人の

浸食を受け、良妻賢母神話の崩壊の中、女そのものの受難として現れる。そのような時代的主題を余裕ある文体で描く力量は称賛に値する。何だかわびしい話だけれど。　**【婦人公論文芸賞｜文春文庫】**

54点 『対岸の彼女』(2004)

35歳の女性二人が主人公。一種の自分探しの物語だが、二人共に身勝手すぎ、多くの読者の共感を得るのは難しいのではないか。結婚して35歳で再就職に挑戦している女主人公は、夫や家族の思いや家庭の意味がまるで見えておらず、もう片方の女性社長は、無計画なサークルのノリの経営者。現実に通用すると思えない設定。こうしたご都合主義は小説の説得力を激減させる。ただし、二人の女子高時代のいじめ経験において重要な役割を果たすナナコという副主人公は美しい造形。彼女の成熟、苦悩、破滅に合理的な理由を与えていないのもいい。この小説は彼女で持っていると私は感じた。　**【直木賞｜文春文庫】**

51点 『八日目の蟬』(2007)

惚れてしまった男の赤子を盗み、ひたすら逃亡する女。彼女の逃亡譚と、成人した娘を主人公とする後日談の二章構成である。前半、赤子を奪った女は行く先々で奇矯な出会いを重ね、ついに堕胎や不妊の女性をターゲットにしたカルト教団に身を投じる。この前半は子を盗む背景の説明抜きに、逃亡者自身の視点で非社会的な日々を描いており、共感と理解が困難である。主人公の内的な葛藤もほとんど描かれない。二章でようやく状況が説明され、大学生になった子供の視点で物語が進むが話の鮮度は落ちて

しまう。　　　　　　　　　【中央公論文芸賞｜中公文庫】

49点 『紙の月』(2012)

銀行の契約社員の女性が総額1億円を横領した顛末。複数の人間を循環しつつ物語は進むが、主人公以外にも心の空白に喘ぎながら買物中毒となって消費者金融に手を出し、家庭を失う数人が描かれ、さながら金に魅入られて破滅する女たちの略伝の趣である。しかし、他の諸作同様、心の闇に焦点を当てるより、劇的な転落そのものに叙述の中心があり、なぜ彼女らがそういう落ち方をしなければならないのかが得心ゆかない。人間が落ちる時に一々もっともらしい理由などないと言えばその通りである。しかしだからと言って動機なき人間の言動をそのまま描くだけなら、神話も物語も小説もいらない。よくわからない事件、言動に脈絡を与えようとする試みこそがあらゆる物語の起源であろう。　　【ハルキ文庫】

26点 『坂の途中の家』(2016)

乳児を殺害した母親の公判に補充裁判員として臨席することになった同世代の女性が主人公である。この主人公の僻みと他責と自己嫌悪の無限循環にはうんざりさせられる。夫とその実家が攻撃対象になるのもいつものパターン。子殺しにまで追い込まれたのは、周囲の様々な、優しさを纏った精神的な虐待が原因だという話になれば、暴言のみならず忠告も優しさも全て虐待になり得る。曰く「優しさにかえって傷ついた」。曰く「忠告のつもりだろうが心の傷を直撃した」。

結婚による葛藤は万古不易の主題だが、本作は主人

公と被告二人の、結婚や周囲への無理筋の自己弁護に終始し、ほとんど醜悪である。　**【朝日文庫】**

北方謙三 Kitakata Kenzou

1947年生

現代の文学シーンにおける真の巨匠である。冒険小説の新星として登場し、純文学として読んでも最高水準のハードボイルド小説を多作、その後、南北朝に取材した歴史小説から、『三国志』『水滸伝』など中国に材を取る巨編へと転じたが、いずれのジャンルでも最高峰の仕事を成し遂げている。

文章がいい、それも圧倒的に。文体がそのまま運動し、俊敏な運動がそのまま思想と化す。量産期だろうと、中国に材を転じた後だろうと、文体に崩れや不安定さが見られない。理屈抜きにとにかく読ませる。人間洞察の豊富さには唸らされる。

男の滅びが主題だと言ってもいいが、それでは話が簡単になり過ぎるだろう。

「弱さ」を正当化する現代日本の価値観への徹底的な侮蔑がここにはある。諧謔を通じて太宰治が、屈折した美学を通じて三島由紀夫が、体当たりの天稟で石原慎太郎が侮蔑した戦後日本を、北方は丈夫ぶりの一太刀で、直截に切る。

なお、近年の北方は『水滸伝』『楊令伝』『岳飛伝』、そして『チンギス紀』へと中国史を素材にした巨編を書き続けており、歴史への洞察、新たな物語の創生、筆力のいずれにおいても卓越しているが、これらを総合的に評価するのは小説ガイドとしての本書の能力を超える。同種の仕事についてはその最初の試みである『三国志』に代表させた。

68点 『弔鐘はるかなり』(1981)

ハードボイルドデビュー作。とにかく書けるだけ書

いてやろうとばかりに素材、技巧、情熱、構想をあらんかぎり詰め込んでいる。巧みに作って読ませる小説というより、作者自身の書きたいという情念が作品から叫び出している。その分中身を詰め込みすぎており、作品としての評価は留保せざるを得ない。主筋は、個人的な理由で容疑者を射殺して免職となった元刑事と、横浜の暴力団との力較べだが、主人公の悪びれぬ悪への徹底は北方終生の主題となる。

【集英社文庫】

79点 『檻』(1983)

日本の生んだハードボイルドの古典的傑作と言ってよいだろう。主人公が郊外の小さなスーパーマーケットの主であることの意外性、昭和50年代の日本の下町の臭いと硬質な文学世界のギャップに戸惑う暇もなく、読者は瞬時に物語世界に引き込まれる。冒険小説の定型通り、ニヒルで抜群に腕の立つアウトロー、女、老刑事などが登場するが、緻密な構想を背景に、過激なまでの文章の速度、暴力や肉体、血への忌避なき、しかし清潔で直截な表現、緩急自在なうねり、卓抜なクライマックス設定で読者を牽引する。表題『檻』の意味が解き明かされる末尾への力技も舌を巻く。あえて難を言えば全てにわたり処を得て、巧過ぎる。真の偉大な表現には作者が持てあます過不足の欠陥が不可欠、この作には、まだそれがない。

【日本冒険小説協会大賞｜集英社文庫】

71点 『渇きの街』(1984)

プリミティブな暴力に満ち溢れていながら、青春の清潔な叙情がある。お決まりの若き孤立したアウト

ローと老いぼれ刑事の対決だが、読み始めたらやめられない創意と鮮度の高さがある。つまる所文章の力である。文飾を省き、シンプルな短文を重ねているだけなのに、情景や心理を喚起する力が抜群なのである。作者の途轍（とてつ）もない視力には驚嘆させられる。ただし結末にいささか無理がある。作品が読み手に期待させるスケールの大きさに較（くら）べ、店じまいが性急過ぎる。　【日本推理作家協会賞（長編部門）｜集英社文庫】

70点 『武王の門（ぶおうのもん）』(1989)

後醍醐天皇（ごだいご）の息、懐良親王（かねよし）を主人公とした著者初の歴史小説である。『太平記』の翻案ならともかく、後醍醐帝亡き後の懐良親王となれば、史料も僅（わず）か、舞台は九州、全く未開拓な分野で一歩目を印（しる）す野心はさすが。徹底した研究、歴史観、人物造形の上に書かれているが、その分、いつも北方作品に漲（みなぎ）る圧倒的な筆勢はない。現代的な息吹で蘇（よみがえ）る若い皇子像と歴史への緻密な洞察の折り合いがまだ著者の中で付いていない。北方南朝物という魅力的な山脈に分け入るいささか忍耐を要する必須の入口。【新潮文庫】

72点 『棒の哀しみ（ぼうのかなしみ）』(1990)

暴力団の若頭を主人公にした連作短編。中盤から話の筋が明瞭になるから実態は短めの長編小説だが、冒頭数章は象徴的な筆の省きで、話の行方が分からず、不気味な気配が漂う。跡目争い、組の中での腹の探り合い、チンピラ気質が抜けぬまま跡目争いを制してゆく主人公。暴力、打算、哀しみ……。人物造形、ストーリー展開ともに隙がない。　【集英社文庫】

91点 『三国志』(1996-98)

偉大な歴史小説である。ライトモチーフは「馬」だ。巻頭、劉備は馬群と共に登場する。赤兎馬と呂布が美しい神話として羅貫中の原作の奥から甦る。大長編だが、弛緩も筆ムラもない。戦闘の描写が光るが、政治小説としても、心理小説としても十二分に読ませる。底流にあるのは劉備の尊皇思想と曹操の革命思想、孫権の経済優先という「国家観」の戦いであり、国とは何か、戦争とは何かという人間の根源的な主題だ。吉川英治以後ほとんどの『三国志』が羅貫中原作『三国志演義』の翻案であるのに対し、本作はより根源的な再創造と言うべきだろう。巻後半、英雄たちの死を描く筆の余情は深い。【ハルキ文庫】

88点 『煤煙』(2003)

著者の本領である悪漢を主人公としたハードボイルドだが、ここまで来れば、法とは何か、いや人間悪とは何かを問う思想小説と言うべきだろう。主人公は円満で優秀な弁護士から、「自分を壊したい」衝動に突き動かされ、アウトローの弁護士に生き方を変える。が、作は徐々に主人公の内面に向かう。それと共に、社会正義の偽善性への懐疑から、凶暴さの直接的な表現に変貌する。主人公は強靭な自己の所有者である。にもかかわらず、彼は自傷へと突き動かされる。衝動に理由はない。

作はいささか冗漫に始まる。が、徐々に読者を緊縛し始める。後半に至り、主人公の悪辣さはしばしば捧腹絶倒の喜劇と化す。笑いの隣に地獄がある。

【講談社文庫】

コラム2　文学は「国の力」である

　時代の盛衰と文学の盛衰の間には明らかに相関関係がある。文化は国力であり、人の力の基盤であり、その中核が、広義の意味で言葉を預かる文学だからである。

　近代日本は、吉田松陰の松下村塾、或いは西郷隆盛、勝海舟、山岡鉄舟らに代表される大人物の時代として幕を開けた。現存の作者による幕末維新小説は驚くほど少ないが、逆に言えば、子母澤寛、海音寺潮五郎、司馬遼太郎をはじめとする、過去の歴史作家がそれを書き尽くしてしまったが故とも言える。それほど、昭和までの日本人は幕末維新の人間像、その人物の力を、文学作品を通じて汲み取り、自分の人生に活かしてきた。

　その昭和年間、日本は世界に抜きん出た経済成長の国で、その頃、財界人たちは、漢学者で歴代総理の指南番と言われた安岡正篤を招いて研究会に余念がなかった。

　安岡人間学が、財界人の間で隆盛を誇っていたころ、文壇では文芸評論家の小林秀雄が人生の教師と呼ばれ、吉川英治の『宮本武蔵』や『新・平家物語』、司馬遼太郎の『竜馬がゆく』などが、数百万部を超える売上を示し続け、池波正太郎の『鬼平犯科帳』の人間模様が人々を夢中にさせた。

　他方、社会犯罪を描く松本清張、人間の病理を抉り出していく三島由紀夫や大江健三郎、前衛的な手法で人間の意識と無意識の境界を彷徨うような安部公房——こういった作者らの、いわば病理と人間の業への呵責ない探求も頂点を迎える。

　安岡人間学、『竜馬がゆく』、小林秀雄、大江、安部らの間に横たわる距離はいかにも大きく見えるかもしれない。だが、言葉を磨き、天才を磨き、人間を光からも闇からも探求して已まない旺盛な活力の多様なあり方を、これらの名前が象徴しているのは間違いないし、そうした人間探求の時代、文学の全盛期と、日本の栄光の時代が重なるのは、厳然たる事実である。

　今ほど、人間の裸の魅力、本音、時に暴力的なまでに放散される

人間的なエネルギーが抑圧されている時代はない。世の中が他責に満ち、誰もが攻撃されることを恐れ、小さく生きることを強いられている時代はない。

　文学こそがそれを破る先達になるべきなのだが、そのエネルギーを内蔵した作家はいるのだろうか？

　抑圧と強制の主体が政府ではなく、メディアにあるような時代、あえてその空気をぶち破り、かつ一流の表現者にして人気作家であり得るような逸材は出現するだろうか？

　魂の叫びがそのまま技芸でも天才の発露でもあって、反時代的精神の狼煙（のろし）でもあるような作家が、どこかに育ちつつあるのだろうか？

北村 薫　Kitamura Kaoru　　　　1949年生

筋立てや筆力で読者を強力に牽引（けんいん）するというのでなく、文章の静かな味わいを通じて、読者を深く慰撫（いぶ）する真の大人の文学。純文学を含め、最も高雅な、文体、叙情の精妙と知性と作の興趣とを兼ね備えた作家の一人である。近年、小説よりも批評的な文芸エセーに仕事の重心が移っている。本心を言うなら更なる創作を期待したいが、作家の自然で美しい老い方を敬意を以（もっ）て見守るべきなのであろう。

76点　『空飛（そらと）ぶ馬（うま）』(1989)

女子大生が語り、噺家（はなしか）春 桜亭円紫（しゅんおうていえんし）が探偵役。後に人気シリーズとなるが、通常のミステリーと異なって殺人事件を扱わず、日常生活の些細（ささい）な「謎」を巡り、暖かみのある人間模様を重ねた短編の連作である。落語の噺を下敷きに、古今東西の文芸作品を縦横に引用するが、ペダンティックな力みや嫌みがまるでない。本好きが無理せず、本当に楽しんで書いているという印象。上質な紅茶の香り、聡明で愛らしく清潔な語り手の女子大学生、円紫師匠の人を見る目の類稀（たぐいまれ）な暖かさ。読み急いではいけない。時間そのものを味わうために読む贅沢（ぜいたく）な小説である。

【創元推理文庫】

88点　『スキップ』(1995)

昭和40年代初頭に生きていた女子高校生。ある日目を覚ますと時代は平成、既に結婚し一児をなした42歳になっていた。25年の時をスキップした彼女はどう生きるか。記憶喪失と言ってしまえばそれまでだ

が、それを時を生きる主体の側から綿密に描く。意識は高校二年生なのに、こちら側の世界での彼女の仕事は高校三年生の担任である。娘は自分がスキップする前と同じ17歳、夫は同じく高校の教師という設定が絶妙で、小説として気軽に楽しめ、17歳の娘がいきなり42歳の肉体を纏(まと)い、自分と同じ年の娘を持ち、上級生の担任をするという倒錯的な状況のもたらす悲喜劇を情感豊かに描く。家庭小説としても学園小説としても、人間的な共感に溢(あふ)れ、しかも甘さや甘えがない。困難な設定だが、著者の独善や計算違いがない。座右に置きたくなる傑作である。

【新潮文庫】

83点 『街(まち)の灯(ひ)』『玻璃(はり)の天(てん)』『鷺(さぎ)と雪(ゆき)』(2003,07,09)

昭和初期の華族を舞台にした通称ベッキーさんシリーズ。当時の時代相、人々の姿を生き生きと、しかも考証の上でも斬新な視点を導入した昭和史小説として、文学史上でも屈指の作品群である。三部作に、昭和への著者の愛惜と、歴史解釈、時間論が、深々と、またゆったりと展開されている。三部作を纏(まと)めて読んでいただきたい。『鷺と雪』最終話への伏線と展開は、いつもながらのゆとりを有しながら、圧巻である。

【直木賞｜文春文庫】

52点 『八月(はちがつ)の六日間(むいかかん)』(2014)

30代後半の女性編集者が語り手の登山小説である。この作者らしい暖かみはあるが、編集者の日常に余り精彩がなく、非日常に突き抜けた自然との対峙(たいじ)が感じられるほどでもない。登山という決まったパターンが繰り返されるが、後半に行くほど鮮度が落

ちてしまう。　　　　　　　　　　　　　　　　【角川文庫】

採点不能　『太宰治の辞書』(2015)

私と円紫シリーズの第七作という売り出し方だが、それは無理というものだろう。太宰、三島らの小説の中のちょっとした「謎」を起点にした文学史探訪記と文芸評論の混在したもので、円紫が瞬時顔を出すとは言え、小説らしい展開はない。読み物としては興趣深い。三島由紀夫の座談、芥川龍之介の「花火」と江藤淳の論評、太宰治の「生れてすみません」の由来や『女生徒』中ロココについて評されている一節を巡る考証──それこそ本好き垂涎の好著で、しかも作家論、作品論、人間論としても柔らかでいながら、深い。しかし、小説ではありません（笑）。

【創元推理文庫】

京極夏彦 Kyogoku Natsuhiko

1963年生

民俗学——それも民間信仰や妖怪学——及び江戸戯作に連なる小説世界を展開し、熱狂的なファンを持つ。長大で複雑、重層的な作品世界の構築は壮観だ。だが、怪異な世界を扱っているにもかかわらず、その人間観は、近代合理主義にほぼ完全に依拠している。江戸戯作に範を取った作品群も、江戸人情本の、現代の通俗ヒューマニズム風の感傷化に近い。文学を人間への深切な関心を動機とする創造と考えるならば、京極には、そうした人間への関心が欠けているように見える。人間不在の時空的構造と意匠の華麗なる異世界。

76点 『魍魎の匣』(1995)

探偵である京極堂と榎木津が活躍する第二作。大変な力作である。敗戦後の日本の空気が、丹念な筆致の中から自然に浮かび上がる。二人の美少女の登場する冒頭の詩味が、作品世界の全体を満たされぬ美への夢として性格づける。各章毎に差し挟まれる「小説断片」が、綴れ織りのように、徐々に悲劇の全貌をあらわしてゆく。

怪しげな怪奇小説家、少女の猟奇的連続殺人事件、悲惨な下層生活と金満家との対比、郊外の謎めいた研究所——これらが舞台仕掛けではなくて、夢を織る生地として艶めかしく生動している。詩想の水脈の、清冽な妖気は凄まじい。

欠点は、探偵二人に人間的風格と魅力がないこと。合理主義的で浅薄な人間観が底にちらつくこと。作者の考証癖が物語を豊かにする力として渾然と働く

よりは、煩雑さによって物語を停滞させがちなこと。

【日本推理作家協会賞（長編部門）｜講談社文庫】

64点 『嗤う伊右衛門』(1997)

鶴屋南北の四谷怪談の、鮮烈な換骨奪胎である。原作の化政文化らしい末期市民社会的な頽廃味を廃し、強烈な人間像が、生の限りをぶつけ合いながら、ことごとくすれ違ってゆく。江戸戯作的な雰囲気は巧みに仮構されているし、台詞もよい。が、原作の得体の知れなさに較べ、人間を心理に解体して、現代的に類型化した底の浅さは否めない。

【泉鏡花文学賞｜角川文庫】

15点 『塗仏の宴 宴の支度』 『塗仏の宴 宴の始末』(1998)

前編後編通して1200ページの長大な作品だが、全く内容が伴わない。

前編で謎の全貌が提出され、後半がその始末と解明となる。平均百ページの各章が、事件関係者たちの、十数年後の一見別々の人生を主題とし、それぞれの関係が微妙に見え隠れしつつ、物語の全体像に近づいてゆく――あるいは遠ざかってゆく――という構想も雄大である。が、ディテールが構想を全面的に裏切っている。

妖怪変化の考証も、ここまで作品世界と無関係に展開されると煩わしい。作品の長さという条件が先にあり、「物語」で埋めきれない章は延々たる考証で埋めるという魂胆が露骨である。また、宗教団体のスキャンダルと絡めて、「不思議に見えることは全てトリックと洗脳」と、種明かしをしてゆく筋立て

も安易すぎる。

文章も荒れている。

謎解きも凡庸。 **【講談社文庫】**

58点 『巷説百物語』(1999)

中編小説集。仕掛け人集団が、化物仕掛け、怪談仕掛けで、虚偽を見抜き、退治する話の連作集。作りは丁寧だが、仕掛け自体に無理があったり、冗漫でもたれる。とくに「小豆洗い」を冒頭に置いたのは、失敗だったのではないか。登場人物の「語り」がまだ板についていないし、仕掛けも呆気ない。中で、「舞首」はテンポも速く、破天荒な作品構造で強烈豪毅。「芝右衛門狸」は、凄惨な事件を扱いながらも、全編に情味があり、佳品としたい。 **【角川文庫】**

71点 『死ねばいいのに』(2010)

『刑事コロンボ』の換骨奪胎か。いや、現代におけるソクラテスの対話編か。

絞殺された若い女性について、ニート風の若造が関係者に質問をしてまわる。相手は若造を馬鹿にしてかかるが、徐々にそのあけっぴろげな率直さのペースに巻き込まれ、嘘や虚栄心を暴かれ、激昂したり取り乱す。そのやり取りの辛辣なこと。結局、人が仮面の下で、どれほど自己愛と他責に満ちているか、社会的地位、学歴のみならず、良心や愛や正義という虚仮の飾りで人生から逃げているか。「死ねばいいのに」の一言を巡る、小さく凝縮された、大きな主題劇。 **【講談社文庫】**

58点 『今昔百鬼拾遺 鬼』(2019)

昭和29年駒沢野球場周辺で発生した連続辻斬り殺人。その最後の犠牲者である美貌の女子高校生の先祖を巡る因縁話。妖刀を巡る因縁話は、いささか冗漫だが、会話の妙、独特の刀論、登場人物のめりはりなど、職人芸として水準以上の仕事。ただし、ポリティカルコレクトネスへの神経質な配慮が煩わしい。昭和29年を舞台にした小説にまでこんなイデオロギーが浸食してくるとは思想の自由、表現の自由もへったくれもない時代になったものである。

【講談社文庫】

桐野夏生 Kirino Natsuo

1951年生

『OUT』『柔らかい頬』『グロテスク』の三作に指を届する。女の悪の深みを描く彼女の被虐的な情念は、まさに作家の業（ごう）そのもので、それを純文学の女性作家たちのように、私的な心象風景としてではなく、犯罪小説として社会化してゆく力量は、日本の女性作家中では例外に属する。それだけに『東京島』から後、急速に筆が荒れ、鋳型にはまった作品を濫作（らんさく）する近年の堕落は悲しい。女の業こそが、女の栄光ではないか。ポリコレやフェミニズムが全体主義化している今こそ、桐野全盛期の「悪の栄光の物語」を、今に再び期待したい。『路上のX』などを見ても筆力そのものに衰えがあるわけではないのだから。

64点 『顔に降りかかる雨』(1993)

バランスよく、品も保たれ、謎解きのどんでん返しも定石的とは言え、きれいに決まっている。1億円を着服して失踪した年若な女性ノンフィクションライターの行方を追う羽目になる友人と愛人の愛憎にもつれた探偵道中記。ただ、文体にも人間観にも癖（くせ）や味がない。愛に値しない男と女という純文学風の味付けはあるけれど、書割（かきわり）を超えた人間像が飛び出してくる力に欠ける。　　　　【江戸川乱歩賞｜講談社文庫】

83点 『OUT』(1997)

作者自身の欲望の限りを作品に叩（たた）きつけた真の意味での「私小説」。話柄はこの上なくえげつないが、街や工場、登場人物の生の匂い立つ緊迫した文体も見事、技法的にも最高の達成を示している。弁当工

場に勤める妻が夫を衝動的に殺し、勤め仲間の女たちが殺人を隠すために共謀して死体をバラバラにする。ありそうもない設定、ありそうもないほどすらすらと殺人と共謀と死体解体が進むことには唖然とさせられるが、そこを我慢して飲み込んでしまえば、むっとするほど立ち込めた根源的な人間力の解放に、読者は酔い痴れることになるだろう。とりわけ後半、男性主人公の存在感が際立つ。男性性による女の蹂躙と、イゾルデの愛の死のように余韻深く響く死による性的絶頂を通じての女の栄光の恢復。この作の主題は作者自らの殺意、恐怖、性欲の極限的な告白に他ならない。

【日本推理作家協会賞（長編部門）｜講談社文庫】

71点 『グロテスク』(2003)

女の業を、筆の限り赤裸々に描く。絶世の美人女子高校生の底知れぬ悪意、男への欲望に絡めとられながら醜悪な娼婦へと変貌して殺される女の栄光と悲惨。緻密、壮大な布置で独自の犯罪小説にもなっている。読後感はやりきれないが、人間悪に肉薄する力作である。　　**【泉鏡花文学賞（長編部門）｜文春文庫】**

32点 『東京島』(2008)

国籍不明の無人島に漂着した中年夫婦。その暫く後に23人の若者も漂着し、更に中国人集団もそこに加わる。島内にただ一人の女となった主人公を巡る男たちの争奪戦という筋立てだが、構想も想像も大雑把なB級品。こういう仕事は社会観、人間観、ストーリー構成から人間像やディテールに至るまで、徹底して作り込まないと退屈な拵え物に終わる。想像力

を駆使するのと思い付きに読者を付き合わせるのは
まるで反対のことだ。作家のモラルの基本。

【谷崎潤一郎賞｜新潮文庫】

0点 『ナニカアル』(2010)

林芙美子の従軍時代を描くが、創作の倫理的基準を
踏み外した歴史の捏造と言うべきだろう。『戦線』
の著者を反軍イデオローグで、前線で不倫に狂う女
として描いている。やってはならない先人と、真実
への冒瀆。

【島清恋愛文学賞、読売文学賞｜新潮文庫】

19点 『路上の X 』(2018)

最低の大人たちともっと最低な女子高校生たちを描
いた汚物のような小説。帯を見ると「最悪な現実と
格闘する女子高生たちの肉声を物語に結実させた」
とある。しかし書かれているのは、女子高校生を性
的対象と見る男たちにレイプされたり、逆に彼女た
ちが変態男を翻弄したりすることでしかない。しか
も彼女たちがその「最悪な現実」をあえて選択しな
ければならない必然性はどう読んでも感じられな
い。人間の悪と栄光を描き得る力量豊かな作家が、
人間が堕ちてゆく様を世間や大人や男のせいにする
ご都合主義の現代リベラリズムに迎合して、良心の
痛みさえないことこそが、今の日本の「最悪な現実」
でなくて、何であろうか。

【朝日文庫】

小池真理子 Koike Mariko　　　　1952年生

端正だが香りよい文体、デッサン力の確かな人物造形でありながらどこか夢幻の仄かさに包まれた作品世界、感傷と甘さに逃げずに、しかしいつも必ず心に響くエンディング……。

純文学、エンターテイメントを含め、現代最高の作家の一人と言えよう。宮本輝や村上龍を純文学作家と割り切れないように、小池真理子をエンターテイメントとするのは便宜上の分類に過ぎず、代表作は、むしろ純文学と見做す方が座りがいい。セックス、老い、男性性と女性性など現代文学の主題に正面から取り組むが、イデオロギーに身売りせず、人間への貪婪な関心、自身の内に潜む人間のさがを追求し抜く強さと明るさとしなやかさが、文体の細部まで脈打つ。

初期作品は模索の跡が見られ、その都度作品の質を上げながら、成熟を続けて今に至っている。多作なのでばらつきがあるのは致し方ないが、経年と共に劣化する作者が余りにも多い現在の文壇で、最新作『神よ憐れみたまえ』に至るまで、文学的な緊張を保っているのは瞠目に値する。

42点 『墓地を見おろす家』(1988)

種も仕掛けもない幽霊譚である。墓地、火葬場、寺に囲まれたマンションで次第に起きる異変。原因は霊であって、最初それを信じない住民たちだが、誰もが徐々にそのことに気づく。気づくのに遅れたらどうなるか。正面きってきちんと書かれてはいるのだが、芸がなさすぎる。

【角川文庫】

79点 『恋』(1995)

気品ある静かな文体、美しい物語の予感……。ジェーン・オースティンみたい、と呟きながら読み始めたが、それが徐々に背徳の物語と化してゆく。田舎出の真面目でかわいらしい女子大学生が、なぜ猟銃で人を殺すに至ったか。心理的な展開としては後半理屈ばって、必ずしも若い純情の孕む狂気に肉薄しきれていないが、この美しさは今や貴重である。美しい文章、美しい物語を書こうという、物書きならば当たり前であるはずの意志と能力を併せ持った作家がこうも払底している時代においては……。

【直木賞｜新潮文庫】

74点 『欲望』(1997)

作家の美質と表現意欲とが分裂した興味深い作品。三島由紀夫邸を模した白亜の洋館に三人の運命の男女が吸い寄せられる。絶世の美男ながら不能者、凡そ精神という言葉と最も遠い官能の象徴のような美女、清楚で地味な美しさを持つ主人公女性。三島由紀夫ばりに、肉体不在と、精神不在の美男美女の対、一見傍観者と見紛う主人公の実は内に燃えさかる性、それらがアラベスクのように交叉する美しい悲劇……。真の文学の静謐な喜びがディテールに満ちている。

一方、三島由紀夫を模した精神侮蔑のレトリカルな文体は、この作者のものではない。観念を駆使する場面は浅薄で全く中身がない。そのため、焦点が今一つ定まらないまま中途はだれる。

斉一で知的、飾り気がないのにどんな隅々までも女

性の性の息づきと作品世界への愛に優しく包まれた文章——それだけで充分ではないか。最終章の美しさは尋常ではない。読後、私はほとんどこの作者に恋をした。作品としての完成度を考慮して得点は低めに出したが、絶美の作品である。

【島清恋愛文学賞｜新潮文庫】

89点 『無花果の森』(2011)

本作を以て小池真理子は真の名匠となった。著名な映画監督の妻が家庭内暴力に耐えかねて逃亡する。彼女を取材中の雑誌記者も薬物疑惑の冤罪を仕掛けられて逃亡する。逃亡先での出会い。設えられた構成も見事、表題となっている無花果は主人公の逃亡先となる老女性画家のライトモチーフだが、この逞しい毒舌の画家の人間造形は圧巻である。人間に興味を持てないから人物画は描かないとうそぶく彼女が、老いた自身の全裸像だけは描き残したいと言う。そこに小池自身の不逞な作家魂の溢れを、私は見る。国民的な小説の名に値する。

【芸術選奨文部科学大臣賞｜新潮文庫】

67点 『沈黙のひと』(2012)

年老いてパーキンソン病となり言葉を失った父——その娘を語り手とした看取りの記。娘は初婚の妻の子なのだが、他方には後妻とその娘たちを配し、更に認知症の進む語り手の母を点綴しながら、我が儘を尽くした父の過去に遡りつつ、老いと家族という現代的な問いに読者を導く。いささか真面目すぎ、図式的で、ここまで取り上げた諸作に較べると小説としての豊かさ、人物の魅力に欠ける。しかし作品

そのものの重みは終盤に向かうにつれ深まる。老い
や看取りを無縁と思っている若い世代にこそ読んで
ほしい。　　　　　　　　　【吉川英治文学賞｜文春文庫】

78点 『神よ憐れみたまえ』(2021)

この読後感を何と表現したらよいのだろうか。端正
で美しい冒頭の文体に惹かれて読み進めたが、決し
て同じ密度と水準で作品が貫かれているわけではな
い。軸となる殺人事件の扱いはあり得ないほどルー
ズで、構成、筋書き、造形に特に緊密な力技がある
わけでもない。

だが、良い。小説としてとても良い。人生の時間が
凝縮している。人々の生を、まるで内部に深く潜っ
て経験してきたようなたっぷりとした感銘が残る。
生の手応えが、歴史の刻む静かな音が、ここにはあ
る。　　　　　　　　　　　　　　　　　【新潮社】

佐々木 譲 Sasaki Jo

1950年生

警察小説に新境地を拓いた。事実、『笑う警官』からの一連の警察小説は人間洞察、組織と人間の相克などを緻密に描き、読みごたえがある。中でも『警官の血』は一代の傑作と称するに足る。それに較べ、歴史小説の分野では、表面的な描写、歴史観の平板さなどが目に付き物足りない。

60点 『新宿のありふれた夜』
(『真夜中の遠い彼方』1984、改題)

警察、暴力団双方から逃れる東南アジア難民女性。新宿歌舞伎町を舞台にし、ベトナム反戦、違法入国女性と暴力団の売春ビジネスなどを絡めているが、理屈っぽく、文体の牽引力も今一つで、ハードボイルドサスペンスとして一級品とは言い難い。ただし歌舞伎町の空気は読後しっかり印象に残る。　【角川文庫】

48点 『エトロフ発緊急電』(1989)

真珠湾攻撃を巡る日米の軍事・情報戦をアメリカの日系人スパイを主人公として描く。米軍情報機関、帝国海軍、太平洋艦隊が極秘で集結するエトロフ島の島民という三つの軸を追いながら、物語は壮大な展開を示すが、ディテールに面白みが欠ける。

真珠湾攻撃に関する情報戦だが日本国侮蔑の情念が通底している。国家という情念に強い共感がない人間の書くスパイ小説というのは根底的な倒錯だろう。英米のスパイ小説が面白いのは、彼らが——批判的観点を忘れないのは当然として——根本的に国家への情念を共有しているからだ。

【日本推理作家協会賞（長編部門）、日本冒険小説協会大賞、
山本周五郎賞｜新潮文庫】

79点 『警官の血』(2007)

終戦直後から平成19年の愛知長久手町立てこもり発砲事件を思わせる記述まで、60年に及ぶ親子三代の警官の生涯を辿る大河小説である。警官の使命感と警官の業、その善悪の分かち難さを様々な角度から精密に描きながら、半世紀を超えて真相が明かされるミステリーとなっており、人間の物語として本質を突いた傑作だ。警察官の英雄化も逆に悪玉としての断罪もない。警官という職業への深い理解と非情に徹したリアリズムに圧倒される。読みやすい小説とは言えないが、構えの大きさと内容の重さ、人間観の成熟が、平成以後に珍しい大人の社会派小説としてそそり立つ。　【日本冒険小説協会大賞｜新潮文庫】

58点 『廃墟に乞う』(2009)

精神的ダメージを受けて休職中の敏腕刑事が単身で事件の解決に関わる連作短編集。舞台は北海道、一つ一つよくできているし、人間を見つめる眼差しは円熟と鋭さを帯びている。ただ、休職中の刑事に相談が入りすぎるのが、設定として割り切っても、読んでいて無理がある。　【直木賞｜文春文庫】

30点 『英龍伝』(2018)

英龍こと江川太郎左衛門を主人公とした幕末小説だが、余りにも書割的、表層的。文献の少ない江川太郎左衛門の生涯を概観するにはいいかもしれない。

【毎日文庫】

佐藤亜紀 Satou Aki

1962年生

洗練され、凝縮された知的な文体、圧倒的な教養、細密画のような想像力——歴史文学、特にヨーロッパを舞台にした歴史文学で日本の作家中、例外的な地位を占める。

ただし文章に流れるような勢いはない。むしろ、努めて読み急がれる要素を廃し、極端に言えば、読者をして一字一句に拘泥させようとする挑発こそが、佐藤の文学的本質をなす。が、それを超えた面白さに達している作品は多くない。

63点 『バルタザールの遍歴』(1991)

帝政末期からナチス併合時代のウィーンの貴族を主人公にしたペダンティックな幻想小説である。一人の肉体に二人の人格が宿り、時代の激変の中を自堕落に溺れてゆく彼らを描く。遍歴を描く冒険小説でもあり、ドラキュラ伝説、怪異譚の重層的な仕掛けがなされている。文体に生来の疾走感がなく、想像に飛翔が乏しい。時代を彷彿とさせるようなディテール、時代の空気などにも乏しい。才腕ある著者の習作と言うべきであろう。

【日本ファンタジーノベル大賞｜角川文庫】

78点 『1809　ナポレオン暗殺』(1997)

ウィーンを舞台に、征服者ナポレオン暗殺計画を周密に描く。一つ一つの言葉のやり取りが機知と暗示と人間洞察によって鋭く彫琢され、その言葉の硬度は見事である。靄に包まれたような状況から徐々に話の輪郭が明らかになる。陰謀を巡る息詰まるよう

なミステリーとしても読み応えは十二分にある。時代を思わせる文学的香気はないが、日本人の手になるヨーロッパ小説としては破格の知的な仕事ぶり。

【文春文庫】

37点 『ミノタウロス』(2007)

帝政ロシア崩壊直後のウクライナの地主の息子が主人公の悪漢小説だが、人物たちが粗野なだけで全く魅力がない。石原慎太郎や村上龍のように暴力を描く代償としての文学的な色気、強烈な酩酊がない。

【吉川英治文学新人賞｜講談社文庫】

44点 『黄金列車』(2019)

第二次大戦末期、ハンガリーのユダヤ人資産を国外に運び出して守る官吏たちの苦闘を描く。主人公の妻との回想を挟み、静かなモノトーンで紡がれ、緻密で知的な作品だが、小説としての興趣には乏しい。現代の作家の多くに共通するが、文体だけで読ませるある種の発露に乏しいのである。　**【KADOKAWA】**

重松 清 Shigematsu Kiyoshi　　　1963年生

平易で元気の出る定型的な作風——という評価を遥かに超えた立派な文学世界を築いている。芸風を磨き、一歩一歩成熟と職人芸の上達を期し、やがて、「物語の力」と重松自身が呼びならわす確かな力を備えた作品群が生まれる。その様は、ついに壮観という他のない最良の家族小説、ヒューマニズム小説の峰となる。近年は新作の発表がないが、幾らでも充電すればよかろう。重松自身が改めて、本当に何かを書きたいと思った時に、「言葉の力」が彼を再び領するだろう。その日が来ることを、私は気長に、楽しみに待ちたい。

60点 『定年ゴジラ』(1998)

定年した男たちを、高齢化が進むニュータウンを舞台に描くヒューマンコメディ。経済成長の象徴であるニュータウン世代の老いと家族を描いて真の意味の社会派小説たり得ているものの、構想があらわで理屈ばり、やや説教じみている。後年の自在ぶりに達していない。本作では主人公の妻が典型的な良妻賢母として家族と作品世界とを盤石に支えている。こうした良妻賢母型は、団塊の世代以降、急速に消えてゆく。リベラルメディアはそれを女性の生き方の可能性の拡大のように喧伝するが、むしろ、女性たちの人生の選択肢から最も豊かな可能性の一つが奪われているとしか私には見えない。その意味で、発表から20年後の今読む本作は、二重の挽歌とも読める。　　　　　　　　　　　　　　　　【講談社文庫】

65点 『ビタミンF』(2000)

家族の亀裂と修復を描く連作短編集。丁寧なデッサン、周到な組み立て、読みやすいが陰影ある家族の情景。日常の中の小さな心の持ちようの変化の中に秘められた希望が描き込まれている。作中人物たちが、一つ一つのさざ波を飲み込みながら生きてゆく姿は多くの人の慰めと力になるだろう。

【直木賞｜新潮文庫】

69点 『その日のまえに』(2005)

家族の死、友人の死、それもまだ若い死、まさに「その日のまえ」を様々な模様の中で描く連作短編集。安定した技量、細やかな叙情、節度ある感傷。若い死を取り上げることに、あざとさを感じさせるかどうかの際どい境界線で踏みとどまっている。迫る死との格闘を描くより、死との和解、生き続ける者と去る者の奏でる静かな室内楽のような美しさがある。

【文春文庫】

84点 『とんび』(2008)

家族小説の傑作である。昭和30年代から平成までのダメ父ちゃん一代記であり、定型的な舞台装置、人物配置と小説技法、あざといまでの泣かせ技だが、それを駆使する作家魂の躍如ぶりに、私は率直に打たれた。人物にも世界にも、誰よりも作者自身がのめり込み、「物語の力」が結晶している。読みやすさが安直さになっていない。甘い、甘いと呟きながら突き放そうとすると、次の瞬間、作者に見事にうっちゃりをかまされている。浅く見えて、それがいつ

の間にか不思議なほどの深みをなす。家族を営むことの難しさ、壊れやすさ、希望や願いの叶い難さの中で、だからこそ繋がり合おうとする姿に己を重ねる読者は、老若男女問わず多かろう。お寺の二代にわたる住職、小料理屋を切り盛りする女将が、父性と母性を代表する。現代のイデオロギーは、家族を解体し、性の役割を解体し、共同体を破壊しようとするが、その結果誰が傷つくのか。無垢な子供たちの心の行き場がなくなった時、政治やイデオロギーに彼らを救えるのか。──小説にかこつけて理屈を言ったが、この作を読むのに理屈はいらない。身を預けて感動すればいい。

【角川文庫】

91点 『ゼツメツ少年』(2013)

最高峰に位置する傑作。かくも厳粛で美しく、平易に綴られながら、これ以上ない深奥へと読者を誘うレクイエムがあり得ようか。いじめを素材に、その犠牲となった子供たちと家族とを描く。良心的であればあるほど困難な主題だ。安直な同情や解決は許されず、かと言ってリアリズムで突き放すなら扱う意味はない。作者はこの主題に、文字通り全身全霊で向き合う。が、前半三分の二まで、それは分からない。甘すぎ、軽すぎ、薄すぎるように感じられる。それが作者の限りない愛惜のなせる仕事であることを、読者は後半、茫然とするほかのないような感銘と衝撃の中で悟ることになる。現代の陰惨な光景は、それを甘くごまかすことなく、荘厳な神話となる。救いのない結末が、そのまま救いとなる。奇跡は起きぬまま、それは奇跡となる。

【毎日出版文化賞｜新潮文庫】

篠田節子 Shinoda Setsuko

1955年生

筆力は卓越している。なのに小説の設定や構想に文学的なリアリティがなさ過ぎて、受け入れ難い。構想は面白いのに、文章がダメな作者が多い中でこうしたケースは珍しいが、だからと言って、文章力に免じて、作品の不合理を受け容れられるものではない。行動の条理を余りにも踏み外した不思議な人間が――脇役を含めて――いつも作品を占める。かと言って不条理小説ではない。作品そのものが不条理。それなのに文章は書けている。現代文壇の七不思議。

48点 『聖域』(1994)

構想や人間観についての表現意欲は買うが、中身が付いていっていない。無名の作家の「聖域」と題された未完の大作を発見した文芸誌の編集者が、その作家を探すミステリーだが、文学史の潮流を変える可能性のある作品だとされるその作のあらすじや断片が大したことがない。消えた作家を追う過程も興趣に乏しい。ふんだんに盛り込まれた霊的な現象の扱いも、通俗科学的な及び腰の解釈で、人間の実存に迫るにはほど遠い。　　　　　【集英社文庫】

59点 『ゴサインタン　神の座』(1996)

筆力は圧倒的なのだが、話そのものに文学的なリアリティがなく、素直に飲み込めない。東京近郊の地主農家の長男が、20年の嫁探しの挙句、ネパール人との集団見合で相手を見つける。この嫁が、結果として男の人生から全てを奪い、神憑りとなって教団ができ、やがて失踪するのだが、日本語が通じず、

習得する意志もない。男自身にも全く魅力がない。彼は、日本でのすべてを失い、失踪した妻を求めてネパールにゆくが、その成行きもちぐはぐだ。妻である彼女に意志も人間的な心情も見えず、神憑りの彼女は人格を超えた存在である。全く回路がない人間を求めてネパールに行って何に出会えるのか。魅力のない主人公と言語不通の妻を軸に、行動に理由や解決、カタルシスの見えない結末を迎える600頁の小説は読者の忍耐の限界を超えている。文庫版解説で山折哲雄がホメロスや創世記を持ち出しているが、ネパールや神憑りを道具立てにしたからと言って神話になるわけなどないではないか。

【山本周五郎賞｜文春文庫】

58点 『女たちのジハード』(1997)

バブル崩壊直後の中堅保険会社に勤めるOL四人の様々な生き方を描く。従前の作に較べ、物語としての興趣はそれなりに豊かだし、個性もよく描けている。びっくりするような非常識な男ばかりがフィアンセとして登場するが、それによって女たちが自分の人生に目覚めてゆく多様な姿を描き分けているのも芸の内か。ただ、何か平板な印象がぬぐえず、テレビドラマのよくできた原作のようで文学的な強い感興はない。

【直木賞｜集英社文庫】

50点 『冬の光』(2015)

還暦を過ぎた主人公男性が四国遍路を終えた直後の船旅で海に転落死する。妻や娘たちの側から見た唾棄すべき主人公像と、本人を軸として描かれる人間像とにずれがありすぎる。そうしたすれ違いが主題

だとしてもリアリティがない。そのギャップが生じ
ざるを得ないような人間性の深奥はおろか、通俗小
説的な意味での「秘密」があるわけでもない。文章
も細部もいいのだけれど、この人の場合大きな設定
にいつも受け入れ難い無理が感じられるのが不思議
である。　　　　　　　　　　　　　　　　　【文春文庫】

島田荘司 Shimada Soji　1948年生

新本格ミステリーの巨匠。斬新なトリックで読者を挑発するだけでなく、文学としての多様性を絶えず拡大してきた。デビュー作こそ本格派の原点ともなる『占星術殺人事件』だが、それ以前に私小説的な暑苦しい青春小説の傑作を幾つか物にしており、島田文学の原点はむしろそちらにある。後年文庫化するにあたって、若書きの作品に徹底的な改稿を加えることでも知られるが、そうした作家としての意識のありよう自体、多分に自己批評的であって、島田作品がトリック至上主義や、特定の作風の自己模倣を免れ、文学として強い力を獲得しているのは恐らくそのためだろう。

80点 『占星術殺人事件』(1981)

新本格推理小説の日本における嚆矢であり、推理小説の古典として今尚輝きを失わない。二重にも三重にも不可能性の重なる密室殺人、猟奇的な大量殺人、複雑な見掛けを文学としての香りに持ち込みつつ、人間の情念や動機を警察や探偵が探るプロセスを捨象し、謎解きを40年後に設定する。そこから再び迷路が続き、ホームズ役の御手洗潔とワトソン博士役の語り手とによる掛け合いという古典的な手法。ここは進んで迷わされることを楽しむ余裕がないと冗長に感じられるかもしれない。が、そうした定石に基づく冗長さは古典の一条件でもある。謎解きのシンプルな、読者の先入観を覆す見事さは、様々な推理小説が氾濫するその後の歴史に関しても見事だ。

【講談社文庫】

74点 『夏、19歳の肖像』(1985)

簡勁、素朴、しかし何と溢れるような青春の気持ちよい芳香だろうか。ミステリーというよりは、ほぼ純然たる青春小説だが、作者の若さと、19歳主人公の若さが嘘偽りなく真直ぐ交叉しながら、ここには文学の力の自然な溢れがある。後年、徹底改稿した作が現在普及しているが、若書きの未熟さが抑えられ、しかも若さを失っていない。優れた改作と認めてよかろう。 **【文春文庫】**

75点 『異邦の騎士』(1988)

処女作だが、作者嚢中に忘れられ、出版順序は25作目、その徹底改稿版である。『夏、19歳の肖像』とネガとポジのような関係にあり、『夏、19歳の肖像』が洗われるように簡潔で明るい青春小説であるのに対し、青春の葛藤をそのまま奇想天外で重厚なミステリーに転化したような作品。記憶喪失者を主人公にし、斬新で目が離せないストーリー展開が、リアリティの点から数々指摘し得る無理を難なく飲み込み、読者の心を鷲掴みにする。新本格の旗手として整然と構築される諸作と較べ、作者自身の泥を吐くような暑苦しさが、むしろ愉しい。 **【講談社文庫】**

75点 『写楽 閉じた国の幻』(2010)

本格推理小説の大家が江戸美術史最大の謎、写楽の正体に挑む。殺人ミステリー仕立ての搦手でも、余技でもなく、美術史や歴史作家らによるあらゆる写楽別人説の陥穽を突く、見事な史論小説と言える。冒頭、主人公となる浮世絵研究者を襲う悲劇による

幕開けだが、これは写楽論との関係が最後まで希薄、いささかアイディア倒れの気味あり。また、小説の形態を採るために、展開がややまどろっこしい。だが、美術史論や文明論ではなく、小説で歴史の謎を追う試みとして上質なものだろう。読み急がずに耽溺したい作品の一つである。

【新潮文庫】

68点 『盲剣楼奇譚』(2019)

吉敷竹史20年ぶりの新シリーズとの触れ込みだが、本格推理物ではない。終戦直後の金沢で日本人を深く恨む朝鮮人による廓立て籠りと集団強姦、その五人組が何者かに惨殺されるという日朝どちらの読者もが顔をしかめるような設定だが、筆致は大家が自ら存分に愉しんで書いているという趣の大長編小説。現代の事件、数十年前の謎――という開始から、当然後半その謎解きに向かうかと思いきや、舞台は突然江戸時代初期に飛び、小説の大半を若き剣客の旅修行物が占める。奔放でどこまで真に受けていいやら分からぬ不思議な味わいの時代小説が思いがけない結末を迎え、短いエンディングで現在に戻る。A-B-A形式の、上質で味わいの豊かなエンターテイメント。

【文藝春秋】

島本理生 Shimamoto Rio 1983年生

小説を書くのがうまい早熟な少女という印象。性的なトラウマを抱える美少女という特定のモチーフに依存しすぎている。持っている資質は柔らかく、成長する可能性はあるが、それだけに、リベラル派のイデオローグに仕立てられつつある現状は残念。源氏物語をはじめとする女房文学や、ジェーン・オースティンらの近代女性作家の一流ところと同質の、物を見る眼と腕は持っている。自らのそうした資質に作家人生を賭けた時、本当の意味での作家島本理生は生まれるであろう。

61点 『ナラタージュ』(2005)

非常に素直な純愛小説だが、前半が長過ぎる。高校から大学にかけての主人公女子が高校の先生に恋をする。文章は癖がなく、心根がきれいで、細かく、作者の優しさが作中人物一人一人を照らすようで感じがよいが、些事一つ一つに文学的重量を与えるほどには豊かでなく、読み応えあるのは、事態が劇的になる後半三分の二から。30歳を過ぎた高校教師の精神年齢の低さ、身勝手さに、徹底して尽くし続ける女心の不可解さ、理屈抜きの美しさは、作者が実際に主人公と近い年齢の女性でなければ、ここまでは書けまい。　　　　　　　　　　　　【角川文庫】

48点 『イノセント』(2016)

主人公の女の子がイノセントというより支離滅裂で、その周囲の男たちの一途さが愚かにしか見えない。世の中には支離滅裂な人間はいる、動機の見え

ない言動を繰り返す人間はいる、傷心を抱えている人間はいる。だが、可愛く若く——過去に性的なトラウマがあるというだけで、男たちにちやほやされるという構図は余りにも安直だろう。結局、男を信じ、男に身を預けてゆくのだが、そこまでの心のやり取りが幼稚で、カタルシスにならない。

【集英社文庫】

0点 『ファーストラヴ』(2018)

父殺しの女子大生を心理療法士と弁護士が「救う」話。殺人犯人の、本人に自覚のないレベルの過去の性被害を執拗に洗い出して、事実上の免罪へと読者を心理的に誘導しようとする。可憐な若い女性なら人を殺してさえも、両親の接し方や男たちの性的な眼差しなどという軽微なトラウマによって免罪される時代になったか。主人公を若い醜女にして同じ試みがベストセラーになるかどうか、やってみたらよかろう。作の着想そのものが、ヒューマニズムめかした人間性侮蔑となっている。そのことに気づいていない作者の無防備さが痛い。　【直木賞｜文春文庫】

白石一文 Shiraishi Kazufumi

1958年生

社会通念への根源的な懐疑者。『一瞬の光』はその鮮やかな文学的達成だが、その後、作品に現れる世界観、人間像がいずれも上滑りになり、文学的な結実に至らない傾向が続く。文壇的な量産には不向きな作家だ。数年に一作、徹底的に思考し、徹底的に人物らに沈潜した大作を物にする欧米型の創作に切り替え、潜在的な大器たるその作家的生涯を完成してほしい。

83点 『一瞬の光』(2000)

脂の乗り切ったエリート男性を「私」として描く牡の文学。古典的な男女像の描出を軸に、三菱重工をモデルにした海外油田開発を巡る、これまた古典的で骨太の国家観と社内闘争を副筋に置く。社会的見識と文体の成熟、作品構造の確かさ、登場人物それぞれの孤独と空虚の深さ。30代後半の容姿端麗なスーパーエリートと、虐待され続けて育った19歳女子の運命の出会いと純粋な愛という主題設定、それに照れずに向き合い続ける作中人物たちと作者。社会的、国家的隈取と微細な心の襞の物語とが高度に融合し、しかも読者の心を離さない。極めて辛口の、重たい読後感と充実。　　　　　　　　　　【角川文庫】

63点 『僕のなかの壊れていない部分』(2002)

前半強く興味を惹かれたが、後半に凡庸、幼稚な崩れ方をするのが残念。なぜ生きるかではなく、なぜ自殺しないのかという問いを抱きながら、自分に忠実に生きる主人公青年。近代小説的な自己と他者、

真の愛とは何かが思弁されるが、観念を弄すばかり
で独善的な対他関係を改めない主人公が、際立った
美貌の女性をはじめ、何人もから愛されてしまって
いる設定には共感し難い。人から愛されない、必要
とされていないことへの渇望と何とか折り合いをつ
けるのが多くの人の人生であろう。この主人公、普
通なら一発で傍に誰もいなくなるに違いないのだが
（笑）。
【光文社文庫】

46点 『この胸に深々と突き刺さる矢を抜け』(2009)

「週刊文春」を想定させる政治スキャンダル追及と
出版社の社内闘争、大物若手政治家Nの自立した安
全保障政策の主張と汚職、フリードマンの新自由主
義、クルーグマンの反新自由主義から、仏陀、マザー・
テレサらを引用しての人類の不条理、他方で性や夫
婦とは何かまで扱う壮大な構想。構図は『一瞬の光』
の同工異曲、それぞれの要素がデフォルメされてい
るが、全体に上滑り感は否めない。世界観小説を書
くのであれば、フリードマンやマザー・テレサのコ
ピペでなく、自分自身で人間の業そのものの果てま
で追い込まねば。『一瞬の光』では登場人物が生命
力のどうしようもない横溢を生き、作品を、いや作
者自身を食い破っていた。ここでは人物はプロット
の道具となり、世界観は小論文レベルの理屈に解体
されている。
【山本周五郎賞｜講談社文庫】

59点 『ほかならぬ人へ』(2009)

うまく書けてはいる。が、感傷的で緩く、甘い味付
けの純愛小説に過ぎない。『一瞬の光』からずいぶ
ん遠くに来たものである。通俗小説の量産に入った

という気配が漂い始めており、ここには「ほかなら
ぬ」小説という一回性への、焼け付くような初期の
志が感じられない。　　　　　　　【直木賞｜祥伝社文庫】

38点 『光のない海』(2015)

50代の会社社長を一人称にして、現在と過去を往復
しながら、登場人物一人一人の孤独を描く。抑制さ
れた筆致というより、しんねりむっつりした通俗小
説と言うべきだろう。登場人物と事件が多発するが、
内奥を追う筆の粘りがない。　　　　　　【集英社文庫】

住野よる Sumino Yoru

生年不詳

『君の膵臓をたべたい』『また、同じ夢を見ていた』には、端倪すべからざる文学の力が漲っている。それ以外の作品でも、凡百の作家らとは違う筆力がいつも潜在している。色々試し、注文を受け、ベストセラーも量産し……という道を進んでも、早々と消耗する才能ではなさそうだ。取り戻せる時間もあるだろう。だが、文壇事情に消耗させるにはもったいない。本格小説を書く力量のある珍しい作家だと思う。自重し、一作ごとに己を高め、挑戦する仕事を重ねてほしい。

84点 『君の膵臓をたべたい』(2015)

素直に読み、素直に心打たれた。若き名匠の手になる緊密で自由な成長小説。読者の専らの関心は膵臓を病んで余命一年の女子高校生に向けられるだろうが、真の主題は語り手の同級生男子の成長にあるだろう。むずかゆいほどひたむきで純粋な恋を、主人公二人の、切り詰めたキャラクターの乾いた化学反応によって、洗練されたものに昇華している。膵臓を病んで余命一年の女子高校生という設定から予想される感傷や湿度を徹底的に廃しつつ、物語を適切なテンポで運び、驚きと真実に満ちた終幕へ読者を導く。人間観の成熟、作者自身の自己を見つめる静かな批評眼が、こんな素直な若さと結びつき得るとは！

【双葉文庫】

77点 『また、同じ夢を見ていた』(2016)

妖精のように真直ぐで聡明な小学生の女の子に誘わ

れ、美しい夢を見て、美しさの果てまで歩いて、そこから出てくるような。こんな風に童心、幼い日の時間、幼い眼に映る大人たちを夢の時間感覚によって描けるのは天才のみに許される技だろう。よくある大人向きの童話ではなく、実際に子供のための物語と言うべく、作品のテンポが遅いのは致し方ないが、この美しさを私は素直に愛する。【双葉文庫】

46点 『か「」く「」し「」ご「」と「」』(2017)

高校三年生男女五人それぞれの内心の声を五章に分けて多面的に描く青春小説。これはセリフを絞って漫画にする方がいいのではないか。本書のような伝統的な文学のありようの中で現代小説を評価する企画では、こうした年齢を超えた通用性のない作品は低評価とならざるを得ない。登場人物と同世代のセンチメントを等身大で味わいたい人向き。【新潮文庫】

36点 『青くて痛くて脆い』(2018)

『君の膵臓をたべたい』の換骨奪胎だが、上手いというよりは手口の全体があざとい。大学のサークル活動が主題だが、理想論を振りかざす女子大生の変貌も、それを理解できなかった主人公も、作者の展開の都合で無理な描かれ方をしており、説得力に欠ける。【角川文庫】

髙村 薫 Takamura Kaoru 1953年生

時空を翔ける壮大な構想を、強靭極まる緻密な描写と、天文学的な諸条件を整理し、組み合わせる類稀な能力を持つ。頂点は『リヴィエラを撃て』。凡そ、国際的な舞台を描いた小説として、世界でも最高水準の仕事といえよう。その後、筆が荒れ、密度が粗くなるのは、現代作家らの通弊だが、元の筆力が抜群なだけに残念。今の髙村は長編でない方がいい。むしろ、心の襞と日本の山河、記憶の古層へと回帰する中程度の長さの密度の濃い作品を、今後に期待したい。

57点 『黄金を抱いて翔べ』(1990)

銀行本店地下の金塊を、ダイナマイト爆破で強奪する強盗団を描く。爆破計画、実践のプロセスも、南北朝鮮の秘密警察や工作員が複雑に絡む人間模様も、主人公の生育期のトラウマも、全てが緻密に描き込まれている。しかし、一気に読者をつかむ物語の力が足りない。興に惹かれない、物語に押し倒される読書の快楽にほど遠い。生真面目だが面白みに欠ける。犯罪計画の描写が緻密すぎるのも一因であろう。

【日本推理サスペンス大賞｜新潮文庫】

88点 『リヴィエラを撃て』(1992)

20年余の時を超え、日米英中4か国の国際諜報戦を描く。ニクソン、それに追随した田中角栄による電撃的な対中融和、その裏での文化大革命隠しという壮大な外交謀略を、イギリスのアイルランドテロ組織IRAを軸にしたミクロの人間関係を通じて描くと

いう壮大な離れ業で、驚くべきことにそれに成功している。この種の小説の規範となる最高水準の作品と評せよう。多様な出自と職業の人間を描き分ける人間観の成熟と技量に圧倒される。読みやすい小説ではない。純然たる謎解きの観点から見れば、結局、竜頭蛇尾になるのは、この種の作品では避けられない。また、最後の数頁、突然空疎な世界平和と日本国への侮蔑という通俗リベラルの子守歌で幕が下りるのは残念だ。だが、それを超え、緻密な言葉の累積を苦労しながら辿ることでしか味わえない文芸経験を保証してくれる数少ない高峰であることは疑いようがない。

【日本冒険小説協会大賞、
日本推理作家協会賞（長編部門）｜新潮文庫】

49点 『マークスの山』(1993)

壮大な結構により、精神異常者の連続殺人と、功成り名を遂げた名士数人の過去の汚点とを繋ぐ。警視庁捜査一課の緻密な記述がそれを支える。が、高く評価することは難しい。殺人犯が異常な人格分裂状態として免責されてしまっていることが、何よりも居心地悪い。偶然が多用されすぎる。名士らの汚点も、権力機構が大きく捜査を妨害するほどのものと思えない。また、前半丁寧に事柄を描き切っているので、後半の謎解きがほとんど重複になっているのは致命的。　**【直木賞、日本冒険小説協会大賞｜講談社文庫】**

19点 『冷血』(2012)

動機なき殺人で四人家族が殺害される。逮捕された犯人は、殺人にも自分の人生を守ることにも全く関

心を持たない。その退屈、凡庸なありようが、延々と続く。飽食と荒廃、人生への無関心が連鎖している時代に、この設定は充分リアルだが、だからと言って、それをだらだら書けば小説になるわけではない。

【新潮文庫】

34点 『土の記』(2016)

17年間植物状態だった妻に先立たれた老人を主人公とし、奈良の古い村落を舞台とする。丁寧に書かれているが、小説を物語る筆の力、構想を支える細部の想像力が枯れている。老人の朦朧とした意識、過去の記憶、棚田作り、多く織りなされる生と死——独特の気韻があって、その都度期待するのだが、興趣が続かない。主人公の老い以上に、作者自身の人間を描き、造形することへの倦怠を感じてしまう。

【野間文芸賞、大佛次郎賞、毎日芸術賞｜新潮社】

辻村深月 Tsujimura Mizuki

1980年生

『ツナグ』『鍵のない夢を見る』など、初期作品を見ると、早くから成熟しつつ、伸びしろも感じさせるのだが、どこかで停滞している印象がある。話題を呼んだ近作『かがみの孤城』のような少年小説の方向ではなく、本格的な大人の小説へと飛躍してほしい。資質の上で、それのできる作家だと思う。

68点 『ツナグ』(2010)

死者と生者を「ツナグ」仲立ち人により、縁深い死者と生者が会う物語。安定の筆力で、数人の出会いを描き分け、生と死の意味を、生死両側から照らす。ツナグ役割を担う高校生男子の家族の物語も含め、若い世代への若い著者による命の教育のような作で、読者の年齢層は限定されるだろうが、異色の青春小説としての完成度は高い。

【吉川英治文学新人賞｜新潮文庫】

66点 『鍵<ruby>鍵<rt>かぎ</rt></ruby>のない夢<ruby>夢<rt>ゆめ</rt></ruby>を見<ruby>見<rt>み</rt></ruby>る』(2012)

手堅く綴<ruby>綴<rt>つづ</rt></ruby>られた短編小説集である。五編の小説それぞれが、女たちの日常にぽっかりと空いた闇を描き、読ませる。三編は人生破綻者である男に翻弄される若い女の物語で、男女とも、破綻者が相手を道連れに破滅するのは、「家」の庇護<ruby>庇護<rt>ひご</rt></ruby>を失った現代の若者たちの典型的な人生喪失のパターンになりつつあるのだろう。育児ノイローゼを扱った最終編は小説というより現場リポート。

【直木賞｜文春文庫】

48点 『朝が来る』(2015)

不妊治療に失敗し、特別養子縁組で男児を育てている夫婦のもとに、生みの母親から「私の生んだ子を返してほしい」と電話が入る。前半に夫婦の物語を、後半に中学で同級生との性交で子供を産み、その後転落一途の人生を辿った実母の物語を配する。整理された筆致で、分かりよく物語は進むが、分かりやす過ぎると言うべきだろう。末尾も唐突過ぎる。よく書けたシナリオレベル。

【文春文庫】

採点不能 『かがみの孤城』(2017)

「すべての人に贈る」あなたの物語と帯にあるが、とてもそうは言えない。登校拒否の中学生七人を主人公とするファンタジーだが、読者層も未成年が対象と言うべきで、北村薫や重松清、伊集院静などの少年小説のような意味で、大人も読める子供の物語にはなっていない。少年・少女小説として価値はあるのだろうが、大人の小説として論評する対象とは言い難い。採点不能としておく。

【本屋大賞｜ポプラ文庫】

天童荒太 Tendou Arata

1960年生

自分の手に余る題材、主題に挑戦し続けている。人間、救い、超越——天童はそれらの主題を魂の内に確かに所有し、何とか形を生み出そうと絶えず煩悶する。こうして今まで誰も挑戦したことのない何かが確かに始まるのだが、多くの場合、それは作品として、思想として、纏まった印象を与えるには至らない。その意味で、天童荒太をエンターテイメントの作者に分類するのは間違っているだろう。おためごかしやスノッブではなく、真の思想小説の可能性の前に立つ、現代日本で稀にみる作家である。突き破ってほしい、突き破ってほしい、と読む度に思う。

69点 『孤独の歌声』(1994)

猟奇殺人を犯人側、被害者側、重要な副筋の主人公側から、視点を移動させながら描く。文体は硬質でなかなか風格があるが、読みやすい。既に充分成熟した作風であり、サスペンスとしても前半充分楽しめるが、後半話の展開が見え、主要登場人物の生育環境やトラウマなどに踏み込み始めると、興趣が萎む。解決の先送りと、急転直下の解決が都合良すぎる。

【日本推理サスペンス大賞優秀作｜新潮文庫】

86点 『永遠の仔』(1999)

幾多の欠点を持つにもかかわらず、現役作家による数少ない大文学に数えられるだろう。少女一人と少年二人の登場する印象的かつ神話的な冒頭、少女が成人し、看護師となっている現代へと時は飛び、17

年ぶりの三人の邂逅、親から受けた虐待が原因で児童科精神病棟に入院していた三人の過去、現在進行形で生じる殺人事件が輻輳しつつ小説は展開する。三人の心の絆にそもそも難がある他、様々な設定や細部の事象に無理があり、人も殺し過ぎる。後半、筋が読めてしまうと文体そのものに緻密な読み味がないことが露呈する。それにもかかわらず、人間の業、虐待されたにもかかわらず、子供たちの親への絶対的な愛情の不思議さ、何よりも終幕に向け、生きることの重さが作品を荘厳し、読者を大きく包み込む。文学の勝利と言えよう。

【日本推理作家協会賞（長編及び連作短編集部門）｜幻冬舎文庫】

21点 『悼む人』(2008)

おぞましいの一言。新聞や雑誌の事故死や殺人事件の記事を見ては、縁なき他人の死を悼んで日本中を歩く挙動不審の青年が主人公。その偽善性、不気味さを作者自身が充分理解しつつ物語が進むので、どう解決するかと思ったが、結局、主人公に懐疑的だったゴロツキ風週刊誌記者が取り込まれてゆくことで、作品の客観性は総崩れする。ドストエフスキー作『白痴』のムイシュキン、『カラマーゾフの兄弟』のアリョーシャを連想させるが、戯画ともいえないほど上滑りしている。この主題を追求する気が著者にあるならば、ムイシュキンのリアリティを何が支えているのか、すべてを放り出してでも徹底的な熟読をした方がよい。力量も良心もある作者だと思っている。何かをつかんでくるに違いない。

【直木賞｜文春文庫】

71点 『ペインレス』(2018)

心の痛みを感じない美人麻酔科医師を主人公に、事故で神経がブロックされて無痛症になった男性を準主役に配して、「痛み」の実存的な意義を問おうとする思想小説である。小説として成功しているとは言い難いが、弛緩したところのない挑戦は高く評価したい。主筋、副筋、過去と現在が、緻密に構築されつつ、人間性の進化という主題が執拗に追求される。トラウマを持ち出す手法が陳腐化していること、痛みの進化論的な考察が生硬で物足りないこと、性描写と思想探求とがバラバラで、有機的でないことなどが、欠点として指摘できる。とりわけ女性主人公を余りに万能に設定したことは、作品の可能性を狭めている。主人公に過保護な小説は面白くない。

【新潮文庫】

中島京子 Nakajima Kyoko

1964年生

穏健な作風はいいのだが、文体的な魅力や物語の牽引する力に今一つ欠ける。『小さいおうち』は珍しくイデオロギーから自由に戦前を描いた良質の風俗小説だが、その後の中島作品はイデオロギー的な言説がわざわざ挿入されるケースが多い。本好きな女性作家が人生の小さな風景を愛情をもって丁寧に紡ぐ、その手仕事のこまやかさ、歴史への溢れるような愛を持ち、己を無にして歴史そのものに語らせる——本来の中島はそうした資質の作家であるように思うのだが。

68点 『小さいおうち』(2010)

昭和10年代、中産階級の平凡な家庭の女中だった主人公を通じて、戦争時代の日本の日常の風景、世相、心の動きを丹念に描く。いまだに東京裁判史観が支配的な平成後半の文壇で、当時の日本人の日常、世相が、正確に描かれている本作の存在は貴重である。戦中の日本への批判は、現代の大学生である語り手の甥に代表させて、バランスもよい。歴史への自然で気負いない姿勢は好ましい。小説としては内的なドラマを特に感じさせるわけではなく、風俗の描写を主としているが、興趣を持って読める水準である。

【直木賞｜文春文庫】

26点 『かたづの！』(2014)

江戸時代初期の南部藩家老八戸氏の女性当主を主人公とし、片角のカモシカを語り部とするユニークな歴史ファンタジーである。が、現代的な反戦イデオ

ロギー、人物像、台詞回しに終始し、歴史に材を借りる意味がない。『源氏物語』について「あの色惚けの光源氏に手を出されるとろくなことがない。最後はたいてい出家か変死だ」などという粗雑な嘘をよりによって歴史小説で読まされるのは苦痛。

【河合隼雄物語賞、歴史時代作家クラブ作品賞、柴田錬三郎賞｜集英社文庫】

53点 『長いお別れ』(2015)

アルツハイマー型認知症の進行する元校長先生と、その家族の物語である。こうユートピアのようにはゆくまいと思われるようなユーモア小説風味。多少の波風が立つテイストは悪くはないが、リアリズムに裏付けられていない上の空な感じはぬぐえない。これならばよくできた同内容のテレビドラマを見ればよさそう。凝った終幕も余韻よりも唐突感が残る。

【中央公論文芸賞、日本医療小説大賞｜文春文庫】

38点 『夢見る帝国図書館』(2019)

上野の帝国図書館の歴史と、本好きの主人公と副主人公の女二人の交友が綯い交ぜになって物語が進む。大日本帝国時代の図書館史の描き方に歴史への敬意——堅苦しく描けという意味ではない——が欠け、興ざめである。

【紫式部文学賞｜文藝春秋】

西加奈子 Nishi Kanako 　　　　　1977年生

テヘラン生まれ、カイロ、大阪育ちで、出自、主人公の居場所を問う作風が主だが、小説と呼べる水準に達していない。文体、価値観の消化及び昇華、成熟の全てにおいて。作者の純粋さ、生真面目さは疑いようがないが、余りに教科書的な価値観が展開され閉口する。

23点 『漁港の肉子ちゃん』(2011)

読者を元気にするというタイプの活力ある主人公を港町に配した人情ドラマだが、文章が読ませる水準に達していない。　　　　　　　　　　　　　【幻冬舎文庫】

37点 『サラバ!』(2014)

主人公男性の誕生から37歳までを描く長編の成長小説である。イランでの出生、強烈な性格で社会に居場所を持てない姉との葛藤、家族の崩壊、度重なる失意や挫折からの解放を描く。真面目に書き込まれた小説ではあるが、人間観が平板な上、文体に魅力や牽引力がない。　　　　　　　　【直木賞｜小学館文庫】

45点 『 i（アイ）』(2016)

アメリカ人の父と日本人の母の養子として育ったシリア出身の女子が主人公。ニューヨークで育ち日本で成長する。恵まれた自身に比して、世界の絶対的貧困者やテロの犠牲者などへの後ろめたさに苦しむ。小説の作文技術は徐々に上達しているが、ニューヨークタイムズ的、欧米リベラル的な価値観に則った優等生女子の作文レベル。「アイがそこにいてく

れたらそれでいいんだ、私は。分かる？」「うん。」「思う存分いなさい。そこに。」というような会話の横溢に、困惑するほかはない。　　　　　　　【ポプラ社文庫】

乃南アサ　Nonami Asa　　　　　1960年生

多作家であるが、私は『幸福な朝食』の辛口の原点、人間を追い込む残酷な作家の酷薄さをこの作者の真骨頂と信じたい。多くの作品で、着想や構成の妙を狙っているが、そうした組み立ての能力はさして高くない。非合理や無理が目立つ。通俗ドラマ風に登場人物を甘やかせば、それなりの市場はあるのかもしれないが、そんなことをせずとも、乃南の筆力があれば読者は付くだろう。力量に見合った仕事が、少なく感じられる。

77点 『幸福な朝食』(1988)

女優を目指した美貌の少女が挫折を重ねる人生の、凄絶な「夢見る地獄」を描く。後半心理描写がパターン化していささかだれるが、それを除けば、女の業、女の悲しさ、女の夢、女の狂気を謳いあげて、ネガとしての女性賛歌は見事なまでに美しくも狂おしい華となって咲きこぼれる。

【日本推理サスペンス大賞優秀作｜新潮文庫】

65点 『凍える牙』(1996)

ファミリーレストランで、突如炎を噴き出して死亡した犠牲者、謎の獣の咬傷。その後、同じ獣による殺害事件が続発する。主人公の女性刑事と相棒を軸にした警察ドラマである。男性社会である警察での女性の生き難さが軸だが、警察ドラマとしては通俗的なレベル。犯罪者側は素描に終始し、連続殺人を扱った小説としては動機や背景の書き込みが希薄すぎる。後半、あたかも獣そのものが主人公になるが、

ここは空想的過ぎる。それでも作としての印象は強い。

【直木賞｜新潮社】

56点 『涙』(2000)

刑事である婚約者が挙式直前に「僕のことは忘れてくれ」と言って失踪する。彼の遺留品が殺人事件の現場から見つかる。その失踪の追跡譚で、短編に仕立て直したら佳品になる場面は幾つもあるが、サスペンスとしての意味を感じさせない掛け違いが延々と続きすぎる。その上、主人公が愚かで、愚かさを補い得る何かを持ち合わせていない。脇にいい人物造形があるので勿体ないことこの上なし。**【新潮文庫】**

68点 『しゃぼん玉』(2004)

人生に絶望し、ひったくりの常習犯になっている大学生が、人を刺して逃亡し、ふとした成行きから宮崎の山深い村の老婆宅に滞在することになる。村の老人たちとの交流、更生への衝動と悪への誘惑、ディテールに牽引する力が若干不足するとは言え、終盤極めて納得のゆくカタルシスがあり、全体の品位も高い。

【新潮文庫】

44点 『水曜日の凱歌』(2015)

終戦直後の日本人の赤裸々な生き残りようを、一人の少女の視点で描く。少女の母親は品のよい中産階級の主婦だったが、早く夫に先立たれており、本作では米軍用日本人売春婦施設で働きながら米軍将校の愛人となる。主人公の少女はその生き方に激しい憤りを感じ、かつ戦後を生きる女たち全てに違和感を感じつつ成長する。混乱の時代の様々な生き方

を是非善悪で裁いていない点には好感が持てるが、細部は現代小説で、当時の息吹や戦争と戦後を生きることを描写する洞察力に欠け、退屈である。

【芸術選奨文部科学大臣賞｜新潮文庫】

馳 星 周 Hase Seishu

1965年生

『不夜城』の世界——歌舞伎町、外国マフィア、暴力と血——を描くノワール小説で、圧倒的な強みを発揮する。作者自身は、同じパターンを踏むより新境地を開拓しようと努めているし、その緊張感を今も保っていることに敬意を表しはしたい。しかしそれでもやはり『不夜城』が断然いい。この作者にコメディもほのぼのした犬の話も似合わない。国際ハードボイルドを宿痾のように引き受け続けるしかあるまい。それもまた作家の栄光であろう。

84点 『不夜城』(1996)

歌舞伎町での台湾人、北京人、上海人らの対立抗争の話を日本—台湾混血の主人公を軸に描く。息詰まる圧倒的な筆力である。純血の日本人も日本の警察も全く出てこない。日本人の義理・人情、温情、殺人を前にした躊躇、感情の動揺を削ぎ落とし、しかもアメリカのハードボイルドにありがちな超絶的なヒーローはいない。中国人特有の冷厳なエゴイズムの研ぎ澄まされた世界が、歌舞伎町を舞台にして違和感なく成立することに新鮮な驚きがある。しかもアンチヒーロー、アンチヒロインというべき背徳的な男女の間に、通常の恋愛を遥かに超えた濃密な命の交感があり、ひりつくような官能や情緒の満足、余韻もある。理念やもっともらしいお題目一切抜きに、限りなく豊かな世界が息づく。古典的な文学の機能を現代に蘇生させて見事である。

【吉川英治文学新人賞、日本冒険小説協会大賞｜角川文庫】

73点 『漂流街』(1998)

日系ブラジル人が主人公。暴力と血に溢れ、中国マフィア、日本の暴力団を手玉に取りながら、強烈な吸引力で物語は進む。日本人の暗黒街に住む「ガイジン」たちの日本人への憎しみもこうした乾いた、何ものにも媚びない筆で書かれると、否応ない共感を呼ぶ。小説としては三分の二ほど、ギャングサスペンスとしてのクライマックスを迎えるまでがよい。その後話が拡散するままひたすら救いがなくなる上、命が幾つあっても足りない展開が続出してリアリティを失う。

【大藪春彦賞｜徳間文庫】

70点 『M』(1999)

ハードポルノの短編連作集。性欲というよりも、ほとんど性器そのものへと、その圧倒的な筆圧が注がれている。煽情小説ではない。性の強迫性、暴力性にとりつかれ、日常の中で大きな闇に陥没してゆく人々、交際クラブ、伝言板などで性を売る女たちの危く脆い性の姿を赤裸々に描く。一気に読ませ、現代の性の陥穽を鋭く摘出する力量は認めるが、どのような作家であれ、この先に小説の可能性はもう開けまい。馳が節度を持ち、この短編集で「性器小説」の矛を収めたのは賢明だった。

【文春文庫】

69点 『アンタッチャブル』(2015)

警視庁公安部を舞台にしたコメディ小説。妻に捨てられて気がふれ、窓際に追いやられたスーパーエリートと刑事課でミスをしてその窓際に左遷させられた二人組。テレビドラマ「相棒」を連想させる設定である。面白いことは確かに面白いのだが、上質

なコメディというよりドタバタ喜劇、作者がふざけすぎて今一つ読者がのめりこめない。　【文春文庫】

43点 『少年と犬』(2020)

シェパードと和犬の雑種が飼い主とはぐれた先で出会う人々の人生を短編連作で繋ぎながら、大きく輪を閉じるように完結するヒューマンドラマ。一つ一つの短編が犬の放浪先の人生の断片なので、よほど筆の細部が集中力と潤いを持っていないと企画倒れになる。実際、馳らしい切り込みや筆力がほとんど失われ、それなりの作家であれば誰でも書けそうな水準に留まっている。　【直木賞｜文藝春秋】

原田マハ Harada Maha　　　　　1962年生

美術小説としての『楽園のカンヴァス』は文章の細部を支える人間観の幼稚さにもかかわらず、構想や、ミステリーとしての充分な興趣が認められる。が、その後がいけない。どの作を読んでも余りにも平板、子供っぽいセンチメントに作者自身が疑問を感じていない無邪気さに驚く。作者がもし、平易なヒューマニズムの作風をまともに深めたいのならば、武者小路実篤との彼我の差異を熟読、研究されることをお勧めする。武者の稚気がどうして筋金入りの逞しさで、志賀直哉、川端康成、小林秀雄らの若き日に深い影響を与え得たのか。これは日本の近代文学において決してやさしい問いではないだろうと思っている。

18点 『本日は、お日柄もよく』(2010)

政権交代を巡るスピーチライターの物語。「スピーチには、ときに世の中の流れを、人々の意識を一瞬で変えてしまう魔力がある。マーティン・ルーサー・キング牧師、ケネディ大統領、スティーブ・ジョブズ……」という小学生並みの世界観にセンチメントを混ぜた激甘ミルク。こういう小説が充分市場を持つのかと嘆息する。日本人の幼稚化の凄まじいスピードを感じないわけにはゆかない。　　　　【徳間文庫】

65点 『楽園のカンヴァス』(2012)

日曜画家と呼ばれていた野獣派のアンリ・ルソーの評価を決定的に覆した1986年MoMAでの展覧会。その「隠された前史」を描く美術ミステリーである。

構想は綿密で面白いし、絵画史にまつわる歴史小説としての学術的な裏付けもあるのだろうが、小説としての人物造形、語られている美学的な見解などが子供っぽく稚拙である。学術水準と別に、批評の成熟は、小説評価における重要な一線だ。

【山本周五郎賞｜新潮文庫】

28点 『旅屋おかえり』(2012)

小さな旅番組が打ち切りになった後、旅ができない人の代わりに旅行を代行する「旅屋」になった元アイドルが主人公。センチメンタルなコメディ、素直で感じのいい作品ではあるが、いかんせん文章の密度が薄すぎて、通読に堪えない。　【集英社文庫】

24点 『たゆたえども沈まず』(2017)

ゴッホと弟テオの晩年を、当時パリで活躍した日本人画商 林 忠正らを軸に描く。ゴッホの絵も見えてこないし、書簡に示される強烈な自己洞察も見えてこない。人間ドラマとしても底が浅すぎ、画家とそのサークルを描くのに求められる最低限の水準を満たしているとは言い難い。　【幻冬舎文庫】

東野圭吾 Higasino Keigo

1958年生

抜群に上手い天性の作家だが、構想力や整理能力が高すぎて、人間の業に迫る筆の雑味や粘りに乏しい。才能や技術が文学的感興を相殺してしまう。作者の手の内であまりにもスマートに登場人物各人が役割を演じてしまい、そこからはみ出ない。読み始めたら止まらないが、再読の欲求は概して生じない。映画やテレビドラマのシーンを連想してしまう。『白夜行』の、あの過剰、登場人物らの陰鬱さ、作としての疑問や破綻、はちきれんばかりに己を投入した文学的実質を再度期待したいと思うのは私だけではあるまい。

76点 『放課後』(1985)

小説の語り手である女子高の教師が学校内外で何者かに命を狙われる。動機の見当がまるでつかない。ところが、彼とは別の生活指導教師が密室で殺される。密室殺人のトリック。女子高生という不思議な生き物。教師たち。そして担当の刑事。文体、構想、人物造形の全てにおいて妙技を示しつつ、奔流のように読者を運ぶ。リアリズムから見れば成立困難な条件ばかりを無理やり掛け合わせた無謀な作品だが、読ませてしまう。天賦の才の湧出、恐るべし。

【江戸川乱歩賞 | 講談社文庫】

62点 『秘密』(1998)

スキーツアーバスの事故で死亡した妻の魂が、重態から蘇生した小学生の娘の肉体に乗り移る。ことの深刻さを余り感じさせない軽妙な文体で、少女から

女に脱皮する年頃の「妻」と接する男の複雑な悩みを描いてゆく。娘の体に乗り移ってしまった中年女性の困難はリアリズムに徹して言えばゾッとするほど苦しいはずだが、そちらは学友との関係から受験勉強まで難なくこなしてゆく。その点が作品の読みやすさであると共に薄さ。後半はかなりだれるが、末尾に仕掛けがある。

【日本推理作家協会賞（長編部門）｜文春文庫】

60点 『探偵ガリレオ』(1998)

科学＝オカルトミステリーの短編集。トリックそのものに興趣を絞っているので、文学的な感興はさほどない。勿論、水準以上のうまさではある。**【文春文庫】**

81点 『白夜行』(1999)

殺人事件を契機に、その被害者の息子と有力な容疑者の娘の人生を19年の年輪の中で描く壮大な作品。人生の厚みを感じさせる、全力の投入された仕事であることは充分認めたい。だが、それだけに出来栄えに疑問点も多い。物語の枝葉がどんどん繁茂し、その都度登場人物と場面が変転するが、脇筋に魅力が乏しいため、求心力は一貫しない。主人公らの邪悪さは最後まで読んでも納得ゆくものではない。自分たちは不幸な出自を負っているので昼でも夜でもない「白夜」の、薄明りを頼りに生きているのだと釈明されたからとて納得できるものではない。読後感の始末に困る。始末に困るものを抱え込んだ作だから文学として成立しているとも言い得るのだが。

【集英社文庫】

80点 『容疑者Xの献身』(2005)

さほど複雑でない始まり方をするから読みやすく、頭に入る。それでいて、後半にゆくほどに、何度も予測される推理のラインが裏切られる。それもロジカルな騙しではなく、人間ドラマとしての要素によるどんでん返しを重ねつつ、小説としての密度が急激に高まり、精確な感動曲線へと読者を導く。整理能力、構築能力が高すぎて、雑味がないのが欠点だが、紛うことなき真の高揚はある。

【直木賞、アメリカ図書館協会最高推薦図書（ミステリー部門）｜ 文春文庫】

60点 『白鳥とコウモリ』(2021)

弁護士殺人事件の容疑者。その殺害の自白が嘘なのではないかと、被害者の娘と容疑者の息子が共に考える。それを通じて蘇る32年前の殺人事件というのは如何にも定番だが、謎解き娯楽小説としての巨細にわたる仕掛けは縦横、面白さは充分にある。問題小説としても帯文にあるように「罪と罰」を問う構図にはなっている。ただそれは、ドストエフスキーの場合とは異なり、「悪を許すこと」に関する「罪」であるのだが。全てにおいて上手い。だが、人間の実存、人間の業に肉薄するマグマがない。登場人物の皆が、つるりときれいすぎる。　　**【幻冬舎】**

東山彰良 Higashiyama Akira

1968年生

台湾に生まれ、福岡に育っているが、大陸、日本、アメリカいずれもと複雑な関係にある台湾人としての強烈なアイデンティティが作品に漲る。平和ボケの中に埋没している日本の多くの作家らにない国家と個人との緊張関係を、自ら生きている。もっとも「日本」が主題となること、いや舞台となることさえ稀である。事実、作品も『流』『僕が殺した人と僕を殺した人』のような台湾人の血を深く問うものにおいて、現時点で最高の達成を見る。

暴力、血、糞便の描写の偏愛が文学的成果を台無しにする場合もみられ、年齢からもそろそろ自制を求めたいが、それ抜きにしても、文体に日本語としての叙情、陰影がなく、その線描が無機質であるのは興味深い。とりわけ台湾人たちを描く小説では、登場人物の一人一人が、赤裸々、激烈で、日本的な曖昧さの対極にある。多くの日本人作者によるハードボイルドに見られる感傷、優しさ、女性への甘さ、内省がまるでない。長い近代社会を経験している日米欧の作品では、人は常に何らかの社会的な保護膜を通じて他者関係を築くが、東山の作品での対人関係はほとんど剥き出しの暴力である。その点、アフリカ、黒人、イスラム圏などの現代文学に近い。

48点 『逃亡作法』(2003)

死刑制度の廃止された未来の日本で刑務所は「キャンプ」と呼ばれ、自由度を増した代わり、逃亡防止のチップをはめられている。中国人、台湾人、韓国人受刑者らの逃亡、連続少女殺人事件犠牲者の父親

らによる殺人犯への復讐劇が、同時に進行する。殺伐としすぎ、暴力的で、そのことに文学としての意味が感じられない。また、日本語が今一つこなれていないため読みにくい。ただし、切り込むような非情な文章には力があり、未熟ではあっても、駄作ではない。【光文社文庫】

64点 『路傍』(2008)

船橋で悪さをして暮らしているチンピラ二人を描いた連作短編集である。ひたすらなる悪漢小説で、「悪の中に煌めく何らかの美学」という、ハードボイルドが最後に依拠する「夢」もすっかり覚め果てた荒涼たる汚猥と、人間の弱さ以外の何をも信じないことからくる突き抜けた世界が出現する。巧みに構えた作ではなく、勢いだけで走り抜けたような仕事ぶりで、巧拙がまだら模様をなしている。読むに値する魅力があるかと言われれば疑念は残る。が、疑念と共に手応えも残るのである。【大藪春彦賞｜集英社文庫】

69点 『流』(2015)

台北の1975年、蒋介石の死去の年、大陸で親日の漢奸一族を虐殺して台湾に逃れた祖父が殺された。その孫である17歳主人公のルーツ探しの小説である。多感で暴力的な青春、台北のムッとする街中の臭いと喧騒、失恋、やくざか軍隊かという厳しい二択――。濃密な筆力で、中国民族の生命力の放散を描き、国民党と共産党、大陸と台湾、中国と日本との交叉を描く。疾風怒濤のような激しさ、あらゆる過剰さと、落ち着いた知的な筆致とが自在に使い分けられている。が、両者の中間、両者が滑らかに接合

する「面」がない。『流』という題名に反して、想やイメージが充分に流れない。存分に堪能したくなるようなコクが今一つない。前作までに比し、小説としての成熟は著しいものの、まだ伸びしろの方が大きいと感じる。

【直木賞｜講談社文庫】

39点 『罪の終わり』(2016)

失敗作。23世紀、小惑星の激突により人類は黙示録的な阿鼻叫喚の地獄時代を迎え、食人が蔓延すると共に、その罪の意識を贖う新たなメシアを求めた。壮大な構想と冒頭の落ち着いた充溢は先行きを期待させるが、構想を支えるだけの哲学的思惟、文学的な想像力の伸びがない。半ばから小説の進行は停滞し、末尾にゆくにつけ意味を失い続ける。

飢餓は人類史を再三襲い、今世紀に入ってもアフリカを中心に解決を見たわけではない。非常時の食人も全くないわけではないが、それが常習化したり、それを正当化する新たな宗教が生まれたことはない。設定に無理があるわけだが、仮に食人しか命を繋ぐ選択肢がないとしたら、そこで人間に何が生じるかという極限を描くにしても、そうした主題を扱えるだけの力量を作者はまだ備えていない。ここまでの諸作で、仮借ない暴力や糞尿などの汚猥をふんだんに描いてきたのは、所詮素材頼みのこけおどしだったのかという疑念さえ生じる水準。

【中央公論文芸賞｜新潮文庫】

77点 『僕が殺した人と僕を殺した人』(2017)

アメリカでの連続少年殺人事件から小説は始まり、その犯人の台湾における少年時代が主舞台となる。

この作者の通例で、ディテールの味わいにどこか欠け、暴力や殺人を意味ありげに取り扱うことの「意味」にも今一つ欠ける。とりわけ前半は『流』の二番煎じかと危ぶまれる節もある。が、肉体や心の絶叫を扱いながらもどこか無機質な作品が、現在と過去を往復しだすと、次第に無調音楽のような独特の音律を奏でだす。作品を読み終わると、解決も救いもない人間的な真実の「力」に深く打たれている自分を見出す。作家東山彰良の勝利。

【織田作之助賞、読売文学賞、渡辺淳一文学賞｜文春文庫】

姫野カオルコ Himeno Kaoruko 1958年生

批評家的な作風である。批評的な語り、批評的な構想、批評的な視点という点で、今の日本では知的な作家に分類されるのだろうと思う。だが、小説家としての情念、人間そのものへの強い関心に欠ける。小説のディテールに面白さがない。登場人物に人間としての肉体の魅力が——欠点も含め——欠ける。構想や尺度よりも、人間という生き物への生き生きとした関心こそが、作家のアルファでありオメガであろう。才腕や物書きとしての良心は認めるのだけれど……。

43点 『ひと呼んでミツコ』(1990)

才気煥発、小説という型を超え、女子大生主人公ミツコの、いわば俗物批判。女を売り物にする同級生、女性社員に性的な嫌がらせを繰り返す上司、無意識天然系の先輩女性、変態だらけの男性教師たちなどがやり玉にあがる。細部の才気と勢いはそれなりに読ませるが、一時代に消費されて終わる水準の出来。

【集英社文庫】

53点 『リアル・シンデレラ』(2010)

シンデレラ物語への違和感を語る冒頭、そこから戦後の長野を舞台とした継母物語へと入る。極めて批評的な作品で、文章も落ち着き、構成は複雑、姫野の著述家としての基礎力は現代日本の作家群の中で水準を越えている。が、小説としては知に傾きすぎて、読ませる力に不足する。『シンデレラ』と同様、「目立たない主人公の物語」に挑む挑戦的な仕事だが、

夢中になるには至らなかった。日本の私小説伝統には、面白くもないはずの小説が文章の力だけで読者を引きずり込むという系譜がある。藤村の『家』以後、徳田秋声、正宗白鳥……。姫野の知性は抜群だが、そうした文章の力に欠けるのである。　　【光文社文庫】

31点 『昭和の犬』(2013)

とことん印象に残らない。文字通り昭和戦後を犬と人の心の交流として描くが、展開や構想でなく、心の動きを軸にした小説、それも動物に重要な役割を与えての小説となれば私小説に近づくのであって、結局、ディテールや文体の濃度で感銘が決まる。文章の隙間から、読書の醍醐味が全てすり抜けてゆく。

【直木賞｜幻冬舎文庫】

59点 『彼女は頭が悪いから』(2018)

東大生五人による強制猥褻事件に取材した長編小説である。強姦でも性欲の発散でもない。偏差値が低く容姿も特に優れない女子大生を侮蔑すること——「東大ではない人間を馬鹿にしたい欲」——に骨の髄まで侵されている「秀才」とエリート親たちの生態を描く後半は、それなりに社会派小説としての意味はあろう。長大な前半が被害者女性の成長過程を描くが、ここに小説としての魅力が全くなく、主題との関係も希薄であるのが欠陥の一つ。

加害者側の人間性が、ブランドと金銭が全てという価値観の典型として描かれる。これがもう一つの、本質的な欠陥。

作者はあえて断罪を避けて、彼らの人間としての欠陥、それを生んだ家庭環境の悪を「事実」に語らせ

る体裁を採る。が、姫野の姿勢は、犯人らを報道や公判記録から「欠陥品」と決めつけて外面をなでているだけではないか。「文学」として扱うのなら、彼らを徹底的に取材し、彼らが何者であれ、「人間」に見えてくるまで吟味すべきではなかったろうか。

【柴田錬三郎賞｜文春文庫】

百田尚樹 Hyakuta Naoki 1956年生

『永遠の0』が、歴代最高の売上を示し、そのことによって時代を画した。文体に特徴や深みがあるわけではないが、時代の要求への鋭い嗅覚がある。『永遠の0』の爆発的な流行は、偶然や一過性の現象ではなく、戦前の日本を全否定する戦後的思潮が若い世代において完全に終焉したことと不可分な関係にある。他方、『モンスター』は本質的な問題提起の小説、しかも作品としても練れている。この二著は他の文壇作家には書けない――しかも文学こそが取り上げるべき――必須の作品だったろう。自己反復を避け、その都度別の主題を取り上げる方針のようだが、私はむしろこの二作品の深化を期待したい。

68点 『永遠の0(ゼロ)』(2006)

「天才だが臆病者」と言われていた特攻隊員が自ら零戦に乗り、十死零生の死を選ぶ。それはなぜだったのか。孫がその生涯を追い、浮かび上がる実像。プロローグの文章が緩くガサツなので不安がよぎるが、本編は一転無駄のない文体で読者を戦時下の愛と別離、過酷な軍隊生活へと連れ去る。私は神風特攻隊については作者と違う見解を持ち、それは拙著『「永遠の0」と日本人』(幻冬舎新書)に書いたが、本作が、いわゆる東京裁判史観の拘束を離れ大東亜戦争を生きた日本人の実像に近い物語として、日本の小説読者層に大きな価値観の転換をもたらしたのは間違いない。累計376.5万部に達し売上歴代一位、山崎貴監督による映画も興行成績87.6億円を記録した。それも初版刊行から大流行まで数年かかってい

る。出版社が企図して作り出す一過性の流行とは違い、確かな時代思潮の転換であろう。　　【講談社文庫】

76点 『モンスター』(2010)

現代文学における最も重要な達成の一つ。とびきり醜女（しこめ）に生まれついた主人公が、20代後半に美容整形を重ね、絶世の美女に生まれ変わり、人生を手に入れ直す。女性の美醜という主題、女性が幸せをつかむうえでの美容整形という現代女性にとって切実な主題を、親身にかつリアリティをごまかさずに描き、唸らせるほど見事。一つ一つの過程に説得力があり、また文学としての起承転結の上でも美しく閉じられている。美容整形後に男から求められ、愛されているのは「誰」なのか。この問いは客観的には自明と言えるが、整形した当人には存在の深いところで傷となって残る。作者の筆はこの最重要な主題から逃げていない。これは作家百田の勝利なのか、誰一人この主題に正面から挑まないできた女性作家らの敗北なのか。　　【幻冬舎文庫】

64点 『海賊（かいぞく）とよばれた男（おとこ）』(2012)

出光（いでみつ）興産創業者である出光佐三（ぞう）をモデルにした伝記小説である。戦後復興の一歩目を冒頭に据えて印象的だが、全体を通して出光の波瀾（はらん）万丈の人生そのものに作の魅力を多く依存している。小説としての起伏の興趣はさほどなく、細部の史眼に光るものがあるというところまではゆかない。　　【講談社文庫】

54点 『カエルの楽園（らくえん）』(2016)

カエルの国ナパージュ──そこは「カエルを信じろ」

「カエルと争うな」「争うための力を持つな」との三戒が守られ、「謝りソング」という奇妙な歌が力を持つ夢の楽園。三戒を破棄しようとする試みは、その都度「語り屋」と「物知り屋」に潰され、やがて「楽園」はウシガエルの侵略によって滅び、その奴隷国家となる。

言うまでもなく現代日本の寓意小説である。憲法9条、謝罪外交、マスコミ、リベラル派知識人が徹底的に揶揄される。寓意小説としてのメッセージ力は確保されているが、自立した文学的な価値の獲得は意図されていない。

【新潮文庫】

三浦しをん Miura Shiwon

1976年生

才気がある。筆力も高い。その上、持てる「何か」がある。少なくとも『まほろ駅前多田便利軒』にはその「何か」があった。これは偽って作れるものではない。彼女は間違いなく、文学でしか表現し得ない「何か」を抱えて登場したのである。ところが、どうしたことか、その一方で文学を舐めているとしか思えない安直極まりない作を平気で発表する。不思議である。

初期作品を見る限り、伸びしろそのものがない作者とは思えない。初心に帰り、本当に自分自身という壁、書くべき言葉という絶壁を登攀する気概を取り戻してほしいと切望する。

67点 『まほろ駅前多田便利軒』(2006)

これは女にしか書けない小説、それも飛び切り気の利いた、しかも底知れない虚無を抱えた女にしか……。男の描く虚無など、屁のツッパリ、たかが知れている。男は破壊と創造の循環から逃れられない。そのワープから離脱したら狂うしか道はない。女ははじめから、実はその輪の外に立っている、この小説における三浦しをんのように。

小説は、今の女性作家には珍しく、頭のキレの良さを感じさせる始まり方をする。町の便利屋稼業の男二人の珍道中、文章には独特のセンスもあり軽妙。だが、軽いノリから始まり、そのまま喜劇で行くかと思えば、親子や夫婦関係についてなどのトラウマという最近の作家の定番メニューが入り込む。が、月並みなエピソードで終わってはいない。様々なド

タバタに異常な虚無と荒廃が立ち込めている。この作者の人間不信、あるいは人間への蔑視は非常に深いと私は読む。作者が物語を家族が崩壊した後の人の絆という今風ヒューマニズムで纏めてしまうのは残念だが……。文章も軽妙なようでいて、その実頭に入り難い。矛盾だらけで、底が見えていて……でも見えないその奥の迷宮に読者を誘い込む。

ここには「何か」がある。　　　　　　　　　　【直木賞｜文春文庫】

0点 『風が強く吹いている』(2006)

社会を、人間を、小説を舐めている。陸上競技経験のない、たまたま下宿を同じくする大学生が10人集って箱根駅伝出場に挑戦するという不可能な設定。練習もせずに最初に計った5000メートルの走破記録が一人極端に足の遅い人を除いて平均16分台。高校生男子の全国陸上大会の平均記録より速い。

どんな非現実的な空想もいいだろう。超人的な登場人物、怪獣、オカルト、未来、神話的な設定を自由に料理しても構わない。

が、箱根駅伝という限定された設定を選ぶ以上、想像は現実に強く規制される。ところがこの作には陸上競技、それに取り組むことの困難さへの敬意が全くない。陸上に関心のない人間たちが、主人公の思い付きに賛同して出場を決めるプロセスも全くいい加減。こんなあほ臭い設定を前提に、それでも一応はリアルな青春スポーツ小説ということになれば、陸上競技の常識を全く逸脱したハッピーラッキーな展開に読者は延々と付き合わされることになる。競合相手が都合よく悪玉に描かれて人間劇としての陰影も全くない。

陸上経験がある人ほど腹が立ったり、情けない思いをするのではないか。

作家には想像の自由はあるが、人生の真剣さを冒瀆する自由はない。　　　　　　　　　　【新潮文庫】

63点 『舟を編む』(2011)

国語辞典編纂を巡る物語。小説としては軽いテイストで、キャラクターの巧みな設定をはじめ上手にこなしているという以上のものではない。だが、語釈の決定プロセスにまで深入りしてみせつつ、言葉に命を懸ける人々の地道な努力を描いた小説が本屋大賞に選ばれ、多くの若い読者に迎えられたとすれば、その啓蒙的な意義は大きいだろう。本書に感動した読者には足立巻一の『やちまた』を一読されることをお勧めしたい。その先には小林秀雄『本居宣長』、時枝誠記『国語学史』、吉本隆明『言語にとって美とはなにか』など「言葉」への情熱という沃野が広がっているかもしれない。　　　【本屋大賞｜光文社文庫】

34点 『あの家に暮らす四人の女』(2015)

小手先、思い付きで書き流されたやっつけ仕事。ディテールがあまりに安直で笑ってしまう。女四人——70歳母、37歳娘、その友37歳、後輩27歳が同居して繰り広げられる家族とは別の形の共同体。主題は、「男でも家族制度でもない共同体」の可能性だが、結局は男への粘着質な執着に幸せの可能性を求めてゆく「男探し」の小説。　　　【織田作之助賞｜中公文庫】

コラム3　私の小説乱読歴

　私の読書遍歴と、本書の執筆態度、評価は当然深く関係するだろう。本書そのものを相対化する意味で、私の読書歴を簡単に書いておきたい。

　私の近代文学の濫読（らんどく）は中学一年生の時からである。夏目漱石、芥川龍之介、志賀直哉、武者小路実篤（むしゃのこうじさねあつ）、島崎藤村ら、近代文学を片端から濫読した。自分で思い出す限り、私は剽軽（ひょうきん）で活動的な子供だったが、近代文学を耽読（たんどく）しつつも他方で社交的な人間であることは、私には自然な生き方だったようである。高校時代には漱石を座右の書のように読み続け、近代文学論を試作し始めた。大学以後、私は、漱石的な近代自我に大きな意味を認められなくなり、漱石を離れて久しいが、自我と他我の確執に苦しむ思春期に漱石と出逢（であ）ったのは幸いだったのだろうと思う。

　他方、私は、両親の影響で、同時代の作家や評論家はほとんど読まなかった。両親ともに市井の読書人に過ぎなかったが、若い頃には評価の定まった名作を集中して読ませるという教育方針だったのであろう。私の世代では、既に読書談義をできる友人はほとんどなく、私はその頃活躍していた作家たち——武田泰淳、大岡昇平、井上靖、石川淳、遠藤周作、庄野潤三、小島信夫、吉行淳之介から村上春樹、村上龍に至るまでを読まずにいたことに、何の疑問も感じなかった。

　大学時代は、ポストモダン全盛期だったが、浅薄で小生意気な文章に心底呆（あき）れ、鼻をつまんで通りすぎた。私が自分の棲む世界として選んだのは、ヨーロッパの近代文学と昭和の大批評家らで、小林秀雄、河上徹太郎、中村光夫、福田恆存（つねあり）、吉田健一、吉田秀和、遠山一行らが私の座右の書となった。私の文学観、文章への審美眼（び）は、これら日本文学史上の極致と言える名文家の先達たちに専（もっぱ）ら依っている。

　その後、読書範囲は大きく広がり、昭和までの主要な小説は当然概ね読んできた。が、古今東西の思想書、歴史、人文諸学に比して、

私の中で日本の小説が特別大きな位置を占めてきたとは言い難い。

　日本近代小説で、再読三読してきた作品は何だったろう。幸田露伴の『連環記』、『蒲生氏郷』や森鷗外の『阿部一族』『高瀬舟』『渋江抽斎』など、両巨匠の史伝。永井荷風の『濹東綺譚』『おかめ笹』『つゆのあとさき』。谷崎潤一郎、川端康成、三島由紀夫の主要作。結局、この三人こそは、私の小説読みの軸になって今に至っている。それに加え、正宗白鳥、志賀直哉、永井龍男、尾崎一雄らの短編。他方、池波正太郎の『鬼平犯科帳』は、ほとんど数十年に渡る枕頭の書である。奇妙なことに、『鬼平犯科帳』と並ぶ枕頭の書は『ゲーテとの対話』と郡司勝義氏の『小林秀雄の思ひ出』であって、恐らくこれは死ぬまで続く習慣となりそうだ。

　以上、私の読書遍歴は、あまりにも定番過ぎてつまらないと言われれば一言もない。それにプラトン、論語、老子、史記、萬葉集、古今集、新古今集、源氏物語、シェイクスピア、ゲーテ。そしてデカルト以降の近代哲学の幾つかと、バルザック、ドストエフスキー、マン、ジイドら西洋の作家を数人加えれば、私が繰り返し読んできた書物のリストはあらかたできあがってしまう。

　自ら書き出して失笑したくなるほど、古典の定番が並ぶ。

　中井英夫、山田風太郎、夢野久作、稲垣足穂のような、高踏的な文学偏愛者たちの住む絶海の孤島を、私は愛したことがない。筆力ある才人が無尽蔵に出現し続ける海外ミステリーの通でもなく、アメリカ文学、アジア文学、アフリカ文学を特に遍歴したこともない。

　私はその意味で、遅れてきた旧制高校人であり、いつの時代にあっても、時代に遅れ続ける人生であったようである。

　後悔もなく、改めるつもりもない。

湊かなえ Minato Kanae 1973年生

年と共に作品が荒れる。プロットの無理、ミステリー仕立てなのに解決の安直さとディテールの無意味さ、キャラクターらの凡庸さに呆れてしまう。『告白』の段階で、エンターテイメントとしての適度な完成能力があったのだから、純粋にエンターテイメントの技を磨いて読者が楽しめる作品を書けばいいのにと思う。

59点 『告白』(2008)

文章はよく整理され、プロットも適度に凝って、興味を持って一挙に通読できる。中学校でシングルマザー教諭の幼女が殺され、その殺人を巡り関係者らの「告白」が、多角的に事柄とその裏にある心理を明らかにしながら小説は展開する。ただし、芥川龍之介の『藪の中』とは違い、告白相互の間に事実の上での矛盾はない。よくまとまっているが、全体に人生を頭で理解し、図式化したような平板さがあり、殺人をはじめ、行為の全てに肉体の重みや痛みが感じられない。中学生のみならず母親や担任の「告白」も精神年齢が幼稚。　　　　【本屋大賞 | 双葉文庫】

44点 『贖罪』(2009)

ある意味で『告白』と同工異曲だが、凝り過ぎ。頭の中でこねくり回して、収拾がつかない不自然な話が展開される。不条理とか無意識、幻想ということでなく、組み合わせの難しいプロットを組み立て、その辻褄を合わせようとして、登場人物や筋書きが不自然に歪みまくっているという印象。幼女が殺さ

れたが、犯人を目撃していた同級生女子四人が犯人の顔を覚えておらず、被害者の母親が彼女らに犯人を探し出すか償いをしろと要求するという設定が無茶な上、そのことで四人の人生が狂わされてゆくというのも無茶、その挙句の謎解きも無茶。ただし筆力の冴えた短編として仕上がっている部分もある。無理なプロットの長編を書くより、短編で人間を描く腕を磨く方がよいのでは？　【双葉文庫】

18点 『豆の上で眠る』(2014)

小学校三年生で失踪した女児の妹が主人公。失踪から二年で戻ってきたはずの「姉」だが、失踪した女児とは別人ではないか？　主題は血のつながりとは何か、記憶とは何か、本物のその人とは何かということだろうが、相変わらず話が不自然で、ミステリーとしての謎解きが物語のロジックから導かれず、後付けで何とでも書けてしまう内容。　【新潮文庫】

34点 『ユートピア』(2015)

景観の美しい港町に芸術家が集い町民と一体となったユートピアを企図する――。組み立ては色々凝っているのだが、全てがつるつる滑って現実感がない。リアリティがあるのは二人の少女だけで、大人たちの精神年齢が、皆、この子供たち以下に見えるというのはいかがなものか。　【山本周五郎賞｜集英社文庫】

宮城谷昌光 Miyagitani Masamitsu 1945年生

中国古代史を扱った歴史小説の大家。『重耳』で文体を確立し、『孟嘗君』で雄大な構想を自在に操る名匠となった。『管仲』までの最盛期は、硬質の文体と劇的で緊密な構想力で読ませる。

後年になるほど時代についての註釈が饒舌になるが、その饒舌さによって、むしろ歴史の手応えや空気感は遠のく。鴎外、露伴から海音寺潮五郎、司馬遼太郎らのような意味における歴史との対話、歴史の蘇りとは異質の饒舌さであり、宮城谷の真骨頂はあくまでも歴史を素材とした活劇にあると言うべきだろう。ただしその集大成とも言える『三国志』はあえて『三国志演義』でなく正史に依拠し、史伝として大成している。これは偉業だが小説読者向けの本書では採点外とした。

55点 『天空の舟 小説・伊尹伝』(1990)

古代中国殷王朝創始の湯王側近である伊尹が主人公。この創作当時、作者は僅かな伝承しか残らぬ時代を甲骨文、金文を眺めて古代人を心眼に描いていたというが、私には現代の娯楽小説としか見えない。白川静の漢字学に濃厚に立ち込める呪術的空気はここには全くない。

文体も一般に用いられない特殊な漢語の著しい多用の半面、人物の科白に江戸時代の中間風、町人風が混じるなど、稚気が残る。ただし四分の三を過ぎ終盤に入ると、筆に著しく伸びが出て活劇小説として充分読ませる。

【新田次郎文学賞｜文春文庫】

宮城谷昌光

81点 『重耳』(1993)

中国古代春秋時代の覇者である晋の文公を描いた歴史長編だが、稚気は完全に払拭され、硬質な漢の世界が現出する。とりわけ、冒頭から前半では「文章」の力でひた押す――そう肚を決めた作者の漲る覚悟と成熟が読者を圧倒する。これだけの密度の「文章」を読者にぶつけられる作家は過去に遡ってもそうはいまい。中国古代の思想、人間観も、前作までの浮足立った調子が影を潜め、深みを帯びて作中から光を発している。孔子出現前の群雄割拠の乱世の中から、戦と政の掟が生じ、人物学が発生し、礼が行き渡る様が活写される。

それだけに後半で息があがってしまい、とりわけ文公の短い治世を描く最終場面の筆が粗略と平板に流れがちになるのが残念だ。

【芸術選奨文部大臣賞｜講談社文庫】

88点 『孟嘗君』(1995)

筆の自在を得て、歴史と創造の交錯する奔流だ。戦国時代の群雄たち――商鞅、大商人白圭、孫臏、田嬰、張儀、孟子――が繰り広げる活劇である。前半、孟嘗君の養父に擬された白圭を軸に創作された快男児たちと清冽貞淑な美女たちの恋愛、任俠のロマンから、次第に国家の興亡劇へと話は転じてゆく。作には漲る明るさがあり、途切れぬ物語が生み出す壮大さがある。作者のヒューマニズムが強く作用しているがそれが作を浅くはしていない。全5巻の内、最終巻半ば過ぎで「田文（孟嘗君）が歴史に登場したのはこの年からであるといってもよい」とあるのには思わず笑ってしまった。物語を紡ぐことが愉し

くてたまらぬという作者の筆の走りに急かれて読む
もよく、含意を深く辿るもよし。会心の作。

【講談社文庫】

38点 『呉漢』(2017)

不遇の好男児が歴史の大舞台に登場する成長小説だ
が、小説としての褪色は著しい。原典の僅かな記述
を粘り強い想像力で埋めてゆく筆力が消えてしまっ
ている。時折智慧ある警句、箴言が出てくるが、作
品としては平板すぎ、小さく枯れ過ぎている。

【中公文庫】

77点 『孔丘』(2020)

神格化された孔子でなく、人間孔丘を、『論語』に
過度に依存せず、しかしまた、著者の空想をほしい
ままにもせず、歴史の風景として蘇らせる——極め
て困難な試みだが、欠点や心の傷を負いながら成熟
してゆく孔丘への敬意と歴史への謙譲に満ちた史伝
であり、偉大なる対話である。筆は簡勁で、小説と
しての色艶は消えているが、言葉の一つ一つに静か
な光がある。父親への複雑な心情、妻との離縁、陽
虎との確執、『史記』にある老子との邂逅について
の独自の解釈——白川静『孔子伝』に多分に影響さ
れつつ、豊かで格調高い孔子像の創出は作家の年輪
のもたらす恵みと言えよう。ただし孔子晩年の記述
が弱い。『論語』が比較的明瞭に史実を示している
からそちらに任せたということかもしれないが、完
結感の上でも、小説的な豊かさが欲しかった。

【文藝春秋】

宮部みゆき Miyabe Miyuki　　　1960年生

時代小説、ミステリーという二大ジャンルにおける
ビッグネームだが、それに見合った実力が感じられ
ない。特にミステリーでは、ディテールが無意味に
冗漫。謎解きの快感、社会問題を人間の本質的な次
元に切り込んでゆく深みともに欠ける。作風に嫌み
やけれんなく、不真面目な創作態度ではないが、文
学にあって質の保証は、そうした真面目さによって
免責されてはならないだろう。

68点 『我らが隣人の犯罪』(1990)

軽妙でヒューマニスティックな佳品。子供から大人
まで愉しめて後味もよく、謎解きのエッセンスもあ
り、女性作者らしい文学的な香気がある。作家が等
身大の主題を愉しんで書いている姿は文学の大切な
原点であろう。　　　　【オール讀物推理小説新人賞｜文春文庫】

48点 『火車』(1992)

構想は興味深いが、小説としては平凡である。まず、
内実に比して冗漫すぎる。多くの細部が作の進行上
不要で、文体、人間描写、社会観としての深みもない。
ある青年の婚約者が失踪し、主人公がその行方を追
う内、意外な事実が次々に判明するという趣向で、
主題は、カードローンの多重債務の悪循環を告発す
ることにある。だが、課題作文の模範解答のような
水準の問題の捉え方で、社会と個人、家族、男女な
どが抱える人間悪に踏み込む力が全く感じられな
い。謎解き小説としても凡庸。【山本周五郎賞｜新潮文庫】

35点 『理由』(1998)

東京都荒川区の高級分譲マンションで四人が死体となって発見された。が、彼らは本来の住人ではなかった。前作同様ローンの返済不能を主題にしている。今回は競売物件。しかし前作以上に冗長だ。マンションに住まう人間が本来の名義人でなかったという事実に辿り着くのに文庫本で105頁も費やされている。多くの場面がインタビューや回顧形式で構成されるが、そんなことならばノンフィクションにして事実に語らせた方がよほどよい。作家の想像力は、人間像や人間の心へと遡行して初めて生きるので、事件を作り出すことにおいては、事実に遠く及ばない。後半は事件当事者らそれぞれの物語となるが、一つ一つの物語がバラバラで、四人が結果的に同居し、殺されるという運命の必然性や引力がまるでない。登場人物らの紡ぐ人生行路が一つの悲劇に収斂する「理由」がかくも希薄な作品が、『理由』と題されているのは皮肉に過ぎよう。

【直木賞、日本冒険小説協会大賞｜新潮文庫】

61点 『名もなき毒』(2006)

「人が住まう限り、そこには毒が入り込む。なぜなら、我々人間が毒なのだから」（553頁）

私は作者のこうした人間観に完全に同意する。作品としてもここまでの作に較べ、冒頭から文章の目が細かく、登場人物たちはより生きている。冗漫さは相変わらずで、枝葉の広がるにつれ小説世界は希薄になるが、それでも末尾に向けての筆にはかなり力がこもっている。

【吉川英治文学賞｜文春文庫】

60点 『あやかし草紙 三島屋変調百物語 伍之続』(2018)

江戸の袋物屋三島屋のおちかに、様々な立場の人が怪奇な体験談を語る三島屋シリーズの近作である。時代小説としての安定感ある語りは居心地がよい。ただ、各話ともに捻りがなく、マンネリ感は否めない。

【角川文庫】

森見登美彦 Morimi Tomihiko 1979年生

作家としての明確な意識と文体と教養とを見事に駆使、応用、展開している作品と、筆の奔りに任せて、自己模倣と目の粗さの目立つ作品に二分される。独自の話芸が特長だが、高級漫才風の言葉遊びに多く依存しており、それだけでは小説作家として、早晩行き詰まらざるを得ない。構成のアクロバティックな設定でその陥穽（かんせい）を切り抜けて見事なのは『四畳半神話大系』だが、プロットや人間造形などの新たな展開へと作風を開拓しない限り、ここから先を行くのは厳しいのではあるまいか。

66点 『太陽（たいよう）の塔（とう）』(2003)

今日例外的な「文体」の明確な意識、「文学者」としての自意識を持った出だしで期待させる。京都大学休学中の五回生、女出入りの少ない男臭い下宿仲間の青春を、自らを徹底的に戯画化しつつ、饒舌（じょうぜつ）で諧謔（かいぎゃく）的な文体で描き、前半は見事な話芸による笑いの渦をそこここに鏤（ちりば）めて進むが、半ばまでで息切れしてしまう。様々な出来事が起きない、事を起こさない、起こせない。誇大化した自意識、友達同士の大言壮語……。しかしそれに中身、行動が追い付けない若さのエネルギーの空転ぶりを、恋愛や性を抜きに潔癖に描くという作者の自覚的な野心は立派であるが、すれ違いと不発だけではやはり読者として物足りません（笑）。

【日本ファンタジーノベル大賞｜新潮文庫】

78点 『四畳半神話大系』(2005)

これは脱帽。

これまた京都大学モノだが、あらゆる手法でマンネリズムを打破し、単なる連作ものとは違う、奇妙な時空間の歪み、主体のすり替え、物語の重複による読者の既視感を用いながら、笑いの質は、シリーズの中で最も苦く、深い。騙し絵のような、それでいて懐かしい京都の学生風景が、奇想天外に続く。

【角川文庫】

48点 『夜は短し歩けよ乙女』(2006)

前作までを踏襲している。文章のくすぐりで読ませるのだから定番化してゆくことはいいと思うが、表題作はともかく、後半ドタバタ色が強くなりすぎるとマンネリで読む意味が感じられなくなる。この路線のままではボケとツッコミだけで勝負する漫才の小説版になってしまう。キャラクターに持続した厚みや固有の人間としての魅力がないと厳しい。

【山本周五郎賞｜角川文庫】

34点 『有頂天家族』(2007)

狸の一家を中心に天狗や弁天様が京都の街で繰り広げる人情劇。他の誰にも描けない世界ではあるが、想像力は空転気味。

【幻冬舎文庫】

山本一力 Yamamoto Ichiriki　　　　1948年生

江戸を舞台にした人情ものという時代小説の「看板」
を、今の時代に身一つで守り続けている。不器用な
初期作品、工夫の跡著しい精進と上達、その中で磨
かれてゆく人間観の深み、作家道そのものを生きる
姿を私は敬する。作者が勝負球と期しているであろ
う作品では、様々な揺らぎや新機軸を加えてきた。
作中人物の台詞(せりふ)や細々とした生活風俗の描写の不安
心な作者が多い中、台詞一つで人間像をしっかり浮
かび上がらせる山本の力量は、今や重要無形文化財
のようなもの。後進の出現が待たれる。

ちなみに土佐の先人、ジョン万次郎の一代記『ジョ
ン・マン』が発表途上であり、ライフワークとして
注目されるが、現時点では、江戸市井物に較(くら)べ、筆
の密度は薄い。

64点 『損料屋喜八郎始末控え(そんりょうや き はちろう し まつひか)』(2000)

失脚した正義漢の同心が、損料屋に身を窶(やつ)しながら、
与力(よりき)らと力を合わせ、武家相手の貸付で巨利を貪(むさぼ)る
札差(ふださし)を懲(こ)らしめる。硬派の勧善懲悪(かんぜんちょうあく)時代小説であ
る。単なる人情痛快劇ではなく、損益の数字を出し
ながら商売の機微を丹念に描くところに新味があ
り、筆の走りに感興を駆られる場面も少なくないが、
全体としては推進力に欠ける。筆力の何かが、今一
つ突き抜けない。　　　　　　　　　　　【文春文庫】

81点 『あかね空(そら)』(2001)

京豆腐の老舗で修業した主人公が深川の下町で豆腐
屋を始める。慎重に文章道に精進(しにせ)した末の初の長編

小説だが、ここに至って作者の芸風が調子高く完成したとみてよかろう。物語世界への入りやすさ、それでいてしっかり感じられる街の息遣い、人間の厚み。下町時代小説の定型を踏襲するが、商いの現実感覚を盛り込む山本一力の新風が、ここではそうした型と深く噛み合い、読者は安心しつつ鮮度の高い美味しい文章に舌鼓を打てる。歴史小説に確かな足跡を残す一作。

【直木賞｜文春文庫】

72点 『蒼龍』(2002)

江戸市井物の短編集。一流の指物職人、酒問屋の大店、某藩の剣術指南役、借金を背負った長屋の夫婦らを主人公に、多彩な人情ドラマが展開する。前作に較べ、筆の円熟と多様なテーマの描き分けは堂に入っている。著者のデビュー作である「蒼龍」は抑制の利いた人情ドラマで、お涙頂戴の結末を予想させつつ綺麗なうっちゃりが鮮やか。

ただ、剣術指南役一族を描く「菜の花かんざし」には強い違和感がある。この作では、武家の細君に「わたくしは両親から、命はなによりも尊いものだとしつけられてきました」と言わせ、武家の論理で死罪を賜る子供を「犬死に」と決めつけ、最後は子供らの逃亡を主が是認する。「家」があっての「個人」であり、単に生きるだけの「いのち」よりも「道」が尊いから、人のいのちもまた尊い。武士道はそうした価値観を身を以て生きるもので、現代風の生命第一を謳いたいなら現代小説で書けばよいことである。それを除けば文句はない。得点は全体の小説としての出来栄えを優先して付けた。

【オール讀物新人賞｜文春文庫】

88点 『欅しぐれ』(2004)

「聖人出づると雖も、一語を挿むこと能はざるべし」
——正宗白鳥による、有名な谷崎潤一郎『春琴抄』の評である。この作に、私はあえてこの大先達による名評を送り直したい。意表を突いた設定の妙、大店の主と賭場の貸元との士道そのものの男付き合い、表と裏とが入り交じりながらも過度に複雑にならず、すっきりと、人間の奥行きを紙背に余韻として響かせている。この紙背に響く余韻こそは、日本の文芸の命であった。 【朝日文庫】

76点 『だいこん』(2005)

浅草、深川の一膳飯屋の若い女あるじ、つばき。その父親で大工の安治からの親子二代にわたる悲喜こもごもの人情小説。全てが自在、料理人である山本一力の腕を存分に堪能するだけでいい。文章の隅々までが美味い。とにかく味がいい。人物、台詞、所作、出来事、風情……。気風のいい本物の江戸が言葉の力で現出して言うことなし。 【光文社文庫】

横山秀夫 Yokoyama Hideo

1957年生

現存最高の作家の一人である。警察小説を仕事の軸としているが、単なるジャンルの代表者ではない。犯罪者を追う社会正義の遂行者たちへの敬意と共感を踏まえた警察像の描出は、ミステリーを超えた人間探求としての深みを獲得している。一作ごとに作家魂の全てを賭けるような制作態度と、静かで素気ない文体の放つ香気。文学において真に肝心なのは作品の巧拙ではない、作家の魂の直な手応えである。横山は、作家と対峙する読書の醍醐味を裏切らない。

66点 『陰の季節』(1998)

D県警を舞台とする、この後シリーズとなる警察小説の第一短編集である。犯人と警察との対決ではなく、警察部署内の人間劇を描く新しい着想で、組織と個人、犯罪と正義という大主題を手掛ける。着想と手仕事の周密さの勝利。ただし、この後の作品群に較べると、人間への迫り方がまだ類型的。

【松本清張賞｜文春文庫】

74点 『動機』(2000)

緊密な構想、職人技冴える筆致——警察部署内での警察手帳の紛失を扱う表題作のほか、女子高生殺人の前科ある男、地方紙の新聞記者、地裁の裁判長を扱う心理ミステリー。勘違い、すれ違い、構図の逆転などによって巧みに作り込まれた、上質で節度あるプロの仕事だ。

【日本推理作家協会賞（短編部門）｜文春文庫】

81点 『半落ち』(2002)

現職警部がアルツハイマー病の妻を殺し、自首した。殺害と自首の間の空白の二日間の真相を巡り警察と検察、マスコミに激動が生じる。読者の涙腺を刺激する素材をかくも効果的に配列したら、当然読者は泣くという典型のような作品——。そう言ってしまえれば話は簡単だがそうはゆかない。適切な素材の効果的な配列——ゲーテのような古典主義者は、芸術家の最も重要な熟達をそこに見た。適切さや深み、物語の抗し難い魅力、謎、解決、カタルシスの最も適切な組み合わせは、実際には容易に達成できるものではない。素直な読者は素直に泣くだろうが、もしその涙の意味を考え始めたら、この小説の深度が測り難くも見えてくるだろう。それこそは文学の力なのである。

【講談社文庫】

87点 『クライマーズ・ハイ』(2003)

組織と個人の生々しい相克、離反、愛憎を叙情的な人間学にまで高めた傑作。日航機墜落事故直後の群馬の地元新聞社を舞台に、記者魂の塊のようなデスクの主人公、同期、部下、上司らが激しく体当たりしながら渾然一体となり、物語は白熱の度を上げ続ける。主人公が厳しく指導した直後に事故死した部下、また事件当日に予定していた同僚との谷川岳登攀などの副筋が有機的に絡み合う。巨大事故にほとんど祭りのように熱狂する報道人の性と、真実の追求という正義と。古代叙事詩以来、権力者の死、戦争や凄惨な事故死を、人は語り継いできた。巨大な死は巨大な祭典でもある——。

この小説には、そうした「悲劇の誕生」の現場レポートの体裁を採りながら、最終局面において大きな問いを読者に残す。ぜひ、実作に当たって、この「問い」に直面してほしい。 【文春文庫】

69点 『ノースライト』(2019)

さすが手練れの仕事ぶりだが、通俗小説である。信濃追分に中堅建築士が建てた依頼物件から、所有者一家が消え、ブルーノ・タウト作を思わせる椅子一脚だけが残されていた。失踪を追う物語、タウトの椅子、パリで無名の内に死んだ女流画家の記念館のコンペという筋が響き合いながら物語の興趣は衰えることなく大団円へと向かう。上手いし、面白い。それでも横山には本格小説の書き手であり続けてもらいたいと私は思っている。 【新潮社】

Ⅱ　純文学編

青山七恵 Aoyama Nanae

1983年生

同世代女性の定型的な感性の表現者として出発しながら、本格小説の書き手への道を模索している。初期作品の女性の青春像は、少女漫画に無数の先例があり、小説で表現することにこだわるならば、言葉によって紡がれる世界の、詩としての美しさの追求にゆく他ないだろう。高得点を与えられる仕事はまだないが、大成の予感はある。

61点 『ひとり日和』(2007)

芥川賞受賞作。拙さや冗漫さは残るが、作者が自分の感性を素直にキャンバスに描き出す淡彩の叙情とユーモア、苦みはそれなりに美しい。吉本ばなな、江國香織などに端を発する脱力系女子青春物だが、彼女らに較べ、物語を巧んだり意表に出たりするより、自身の感性的な世界の狭さに固執する。その意味で私小説の系譜に連なる資質の持主だと思う。

【芥川賞｜河出文庫】

38点 『かけら』(2009)

表題作は最年少での川端康成文学賞受賞作。短編集だ。言葉でのコミュニケーションのうまく取れない若い女性の心の風景が描かれ、詩情に光るものはある。が、いずれも短編としての結構に緊密な工夫がなく、短編なのに冗漫。　【川端康成文学賞｜新潮文庫】

44点 『快楽』(2013)

本格小説への試みだ。緻密な構想と人物の描き分け、思念やレトリックを駆使した作風へと挑む姿勢は評

価したいが、出来ばえは習作レベル。三島由紀夫の『鏡子の家』を思わせる人間不信の共同体のような旅先での二組の夫婦、性を巡る心の暗闘――。が、冗漫だ。書き上げた後三分の二に圧縮するだけでまるで別物になる。原石としての可能性があるだけに残念。 **【講談社文庫】**

28点 『私の家』(2019)

ある家族の物語。祖母の死から一周忌までを二人の娘、両親、母親の兄弟たちの生活を追いながら描く。設定や構成は悪くないが、ひたすら平板な文章と会話が続く。穏和な家族の中に小さく波立つ心の機微と成長という主題は文章の力によってしか喚起し得ない、例えば井伏鱒二、尾崎一雄や高井有一、小島信夫らのように。こんな凡庸さに沈んでいってしまうくらいなら、背伸びをしてでも『快楽』のような本格小説に挑み続ける方がいいのでは？ **【集英社】**

阿部和重 Abe Kazushige 　　　1968年生

説明文の文体であって、小説の文体を獲得できていない。

仕掛けの大きな長編小説を幾つも手掛けるが、きちんと向き合って通読するのは拷問に近い。長編小説は筋の面白さで読ませるか、文章で読ませるか、思弁の力で読ませるかしかない。阿部の長編小説にはいずれもない。大衆文学のよい書き手は初手から売れる作品を書くのが大前提だが、その前提抜きに渡世可能な純文学の書き手を見ていると、一体どういう業界構造になっているのか、不思議な気がする。

22点 『アメリカの夜』(1994)

「自己」なるものの不確定性に言及し続ける、脱私小説的な私小説。しかし、文体も幼く、自意識への絶えざる言及も鋭さがなく退屈。この種の自己遡及や思弁は文章が凡庸では何の意味もなさない。ブルース・リー、『ドン・キホーテ』『神聖喜劇』などへの言及がちりばめられながら、徐々に素人映画の撮影を巡るB級青春小説へと変貌するが、ほとんど自慰。　　　　　　　【群像新人文学賞｜講談社文庫】

33点 『シンセミア』(2003)

「全く胸糞の悪くなる話」(下巻220頁)が延々と続き、それ以上でも以下でもない。それが大冊1000頁。戦後アメリカによる日本へのパン導入政策から始まり、作品の仕掛けは重装備、小さな町の有力な家々の親子二代に渡る秘話の謎解きを軸とし、現代小説のお決まりごととして、性、暴力、薬、異常殺人に

加え、異常性欲を持つ警官、盗撮団などを駆使して長大な作品に仕立てている。文章は冗長、人物の動機や心理は不自然、謎も別段読者が知りたくなる謎でなし。　**【伊藤整文学賞、毎日出版文化賞｜講談社文庫】**

46点 『ミステリアスセッティング』(2006)

吟遊詩人を目指す19歳の純粋な少女が妹や彼氏などからいたぶられ、翻弄されながら、後半小型核爆弾を内蔵したスーツケースを託されるという空想小説。ディテールも文章も相変わらず魅力がないが、主人公を追い込むサディズムはなかなかのもの。

【講談社文庫】

池澤夏樹 Ikezawa Natsuki

1945年生

初期の簡素だがみずみずしい古典的名品を見れば、現代最上の文学的資質の持主だと言ってよかろう。文体、構想、ディテールまで一級の技芸の持主であり、また個人選の世界文学全集、日本文学全集の編纂など、古典から現代に至る文学に精通する教養人でもある。だが資質や教養に見合った創作上の達成は見られない。年齢から見ても諦めなければならないのだろうか？

82点 『スティル・ライフ』(1988)

古典派の静物画のような名品。若いアルバイターの「ぼく」と少し年上の青年の不思議な交友が描かれる。静かで心地よい文体だが、初手から読者の心に静かなさざ波を立てつつ、半ばで大きく転調し、そして静かに結末を迎える。再び冒頭を読むと驚く。構造的な照応でなく、呼吸のような生きた呼応がある。小品の中に宇宙がある。青春小説としても記念碑的、例えば『伊豆の踊子』がそうであるように。

【中央公論新人賞、芥川賞｜中公文庫】

58点 『マシアス・ギリの失脚』(1993)

太平洋に浮かぶ架空の小国の物語。大日本帝国の旧植民地、日本で右派政治家の薫陶を受けた大統領、日本からの旧軍人慰霊団に関わる謎の事件……。壮大な国家観小説である。大統領像も紋切型ではないし、リアリズムと島に伝わる秘儀、予言者や亡霊等を織りなす力技は、一級の技芸ではある。だが、多彩な脇道やエピソードが魅力に欠ける。作品終盤で

読者を牽引してゆく力が著しく減退する。力作ではあるが評価は割り引かざるを得ない。

【谷崎潤一郎賞｜新潮文庫】

71点 『キップをなくして』(2005)

少年文学だが、大人にとってもなかなか愉しく深いファンタジーだ。まだ駅員さんにキップの鋏を入れてもらって駅に入場していた昭和末が舞台。キップをなくした子供たちが東京駅の裏側で繰り広げる不思議な共同生活が描かれる。現実とファンタジーが絶妙に交差し、社会、成長、愛する者との死別、死とは何かが語られる。甘すぎるとみる向きもあろうが、節度のある名匠の仕事と評したい。　**【角川文庫】**

62点 『キトラ・ボックス』(2017)

構想は大きく緻密、それにもかかわらず読みやすい。だが、全体にB級色が否めない。

キトラ古墳の被葬者を巡る考古学、古代史ミステリーと、ウイグル出身の考古学者の現在進行中の独立運動とを重ねる。古墳内部の天文図と長安、西域、現代においてはウイグル独立運動と北京政府が自在に交差する。

だが、タッチは明るく軽く――という路線が功を奏してはおらず、折角の構想力や素材の凄みが安っぽく損なわれている。

根本は池澤――というより日本の作家のほとんどが同じ病に冒されているが――の政治音痴、いや人間音痴ということが、こうした主題で露呈したということだろう。権力は悪で個人の正義感こそが正しいという甘く嘘っぱちな人間観が、作品の底を浅いも

のにしてしまう。アガサ・クリスティーは小学生でも読める平易な語彙、文章だが、凡庸で善良な人間の抱える悪から目を逸らさなかった。『愛国殺人』が凡庸な権力批判に堕していないのはそのためだが、我が国の作家は一体いつその出発点に到達できるのやら。

【角川文庫】

石原慎太郎 Ishihara Shintaro

1932年生

現存するなかで最も豊かな「物語る力」を持った作家である。その作家的な本質は初期「太陽の季節」「処刑の部屋」などに端的に示されている。生きる意味に直接体当たりする生き方がそのまま死を辞さぬありようが文体に直接漲（みなぎ）っている——そうした意味での実存文学にある。

それを大きく育み続けたのはヨットを愛して已（や）まぬ、若い頃からの海の経験なのであろう。これほど海を愛する作家は、日本にほかにない。石原による海の生態描写は、女や性行為を描く時より遥（はる）かにエロティックで肉感的である。海は、易々（やすやす）と人を飲み込むが、飲み込んだ後には何事もなかったかのような静けさに戻る。星のない夜の海も、輝かしい色彩の乱舞する盛夏の日盛りも、石原の筆にかかると生き物と化し、読者を潮の匂いのただなかに連れ去る。石原文学には、海を知ることで生を知った賢者の智慧（ち）が満ちている。老人の智慧ではない。体が、頭よりも先に、生命を包む大きな神秘を覚えた、永遠の若者の清潔な智慧である。

82点 『太陽の季節（たいようのきせつ）』(1955)

表題作を含む最初期の短編集。「太陽の季節」は昭和30年、一橋大学在学中に発表され、戦後の若者から「大人」たちへの殴り込み的な挑戦状として、大きな反響を巻き起こした。芥川賞の受賞を巡り選考委員間で賛否が大きく分かれ、佐藤春夫が「風俗小説」「ジャナリストや興行者の域を出ず」と酷評したのに対し、川端康成が「極論すれば若気のでたら

めとも言えるかもしれない。このほかにもいろいろなんでも出来るというような若さだ。なんでも勝手にすればいいが、なにかは出来る人にはちがいない」と書いて擁護したことは今もよく知られていよう。川端の予言は当たり、石原は作家としてのみならずあらゆる意味で傑出した存在であり続けた。

「太陽の季節」は拳闘の孤独な戦いを愛する若者の潔癖な意識を、簡潔な筋のいい文章で一気呵成に謳（うた）いあげた古典的な青春小説だ。多くの酷評が出たのが今となっては不思議な気がする。ここにあるのは近代日本小説の多数を占める病的な自意識でなく、若い牡（おす）の、肉体と精神とが葛藤なく一体となった清潔な肖像である。その意味で、本作は初期短編『Xへの手紙』で「女は俺の成熟する場所だった」と書いた小林秀雄の後継と言ってもいい。一方、三島由紀夫が目指していたものをはじめから苦もなく手に入れていたこの青年を、三島が複雑な思いで眺めたのも間違いないだろう。

他の所収作では「処刑の部屋」「黒い水」が殊（こと）に秀逸。生きている手応えへの飢渇、激しい欲動が、どの所収作からも何と鮮烈に滴っていることだろう。

【芥川賞、文学界新人賞｜新潮文庫】

91点 『死（し）の博物誌（はくぶつし）』(1963)

文字通り、人の死の様々なケースを、スローモーションで緻密に再現してゆきながら、主人公の若者の成長を描く。死への凝視、物語としての興趣、構成、着想ともに卓抜で、文学的感興も極めて高い。

【新潮社】

89点 『刃鋼(はがね)』(1976)

作者の天才と技術の高度さを示す傑作。本格的なハードボイルドであり、しかも緊密な心理小説としても一級品である。ただし、導入に相当な手間を掛けており、前半は読者の忍耐力が試される。が、後半は息を吐かせぬ緻密にして奔放(ほんぽう)な展開が続く。北海道から家出した主人公が横浜のやくざ界に身を投じて、あらゆる悪を手掛けつつ、誰との関係にも依存しない「確かな己(おのれ)の手応えだけがほしい」と願い続ける。稀有(けう)なまでに純潔な成長小説であり、悪に染まらぬ悪漢の、これほど美しい肖像は稀(まれ)であろう。

【角川文庫】

92点 『秘祭(ひさい)』(1984)

沖縄の離島にリゾート開発で乗り込んだ若い社員と17人しかいない島民の間で繰り広げられる、いわば現代の神話。ここでの島民らは近代的な意味での人格を持ち合わせていない。したがって前作のような心理劇はここでは存在しない。人格的な衣を剝(は)ぎ取られて、日常と非日常、禍々(まがまが)しき神聖、島民の鈍重さと秘められた強烈な排他性の対比が、鮮烈に描かれる。文体の緊密さには驚くべきものがある。

【新潮社】

76点 『弟(おとうと)』(1996)

石原裕次郎の死を受けて書かれた事実上の自叙伝であって、通常の意味で小説とは言い難い。文体も、やや冗漫。だが、これだけ濃密な人生を二人で共有できれば、別にそれを書いた作品が小説として優れ

ていようといまいと、もうどうでもいいことだろう。評点は作品の文学としての価値に関するもの。二人の人生そのものが卓越しているのだから、読み物としての価値が第一級であるのは論を俟たない。ズルいよこれは（笑）。

【毎日出版文化賞特別賞｜幻冬舎文庫】

74点 『火の島』(2008)

都知事時代に書かれた長編小説。大手ゼネコンの不祥事、暴力団の社会派ハードボイルド的側面からトリスタン的な純愛の迸りへと話は凝縮してゆく。壮年期までの密度の濃い文学世界に較べると詩情、文体、構成ともに緩みを感じさせるが、筆の勢いに衰えはない。滾々と湧く物語る力で読者は一気に寄り切られ、結末は一体どう付けるのかと固唾を飲みながら、行方を見守る他ない有様である。**【幻冬舎文庫】**

66点 『海の家族』(2016)

近作の短編集。簡潔だが鮮やかで映像的な作品群。文体、構成、詩情の滴り、いずれも筆の衰えを感じさせない佳品揃いである。　　　　**【文藝春秋】**

65点 『救急病院』(2017)

著者自身が脳梗塞で救急病棟に運ばれた経験を元に、患者の治療と家族の悲喜を描いた作品である。あまりにも無造作な書き出しで、先行きに不安を覚えるが、じき物語ろうとする作者の言葉の力に引き込まれ、一瞬で読了してしまった。　**【幻冬舎文庫】**

絲山秋子 Itoyama Akiko

1966年生

『薄情』以後近年の沈滞が気になる。

それまでの絲山は、迸（ほとばし）る天性、卓越した才能、詩情、人間観の深さ、小説家としての技量と文体の安定に目を見張らされる極めて優れた作家だった。現代に生きる普通の男女の生活の実態と感情を素材にし、まるで力みの痕（あと）を見せずに、こんなに美しい小説が可能だったのかと思わせてきた。それら前期作品は、どれも平易で読みやすいながら、心の襞（ひだ）に入る軟（やわ）らかさを持ち、小説世界は高雅で余韻限りない。

この数年、文章からそうした勢いが消え、シリアスで正面きった本格小説を狙いながら、凡打を繰り返していたが、『御社のチャラ男』で窮地を脱したか。

90点 『海の仙人（うみ せんにん）』(2004)

中編小説。純愛小説をギリギリまで純化した世界。現代の30代の男女たちの生活を描く。細部はぶっきら棒だが、「ファンタジー」という名の不思議な神様を自在に操りつつ、時間と空間軸を広く設定し、美しい小説空間が現出する。自在境であり、現代文学最高の達成の一つ。

【芸術選奨文部科学大臣新人賞｜新潮文庫】

73点 『袋小路の男（ふくろこうじ おとこ）』(2004)

女性の恋愛心理をここまで純化して表現できるものだろうか。恋愛対象の青年が、美形、聡明（そうめい）、不良というのは、男性臭を完全に除去した少女漫画風の定型に過ぎないように見える。が、絶妙な揺らぎがある。ほんの僅（わず）かな男の性の臭い。女の心の赤裸々で

183

素直な恋への埋没。女性にしか書けない珠玉の三編である。

【川端康成文学賞｜講談社文庫】

79点 『逃亡くそたわけ』(2005)

何をやっても様になる、評する言葉なしというほとんど天才的な仕事。精神病院から脱走した若い男女の車での逃亡を描く。太宰治の『駈込み訴え』のような天衣無縫な文体によるハチャメチャな物語を辿っている内に、読者は精神病と平常な社会の境界とは何か、人は何から何へと逃亡するのか、自分の正常性とは何かという実存的な問いに絡み取られてゆく。

【講談社文庫】

84点 『沖で待つ』(2006)

やはり短編を三つ纏めている（単行本では二編）。冒頭「勤労感謝の日」の筆の迸りが生む絶妙な笑い。何と成熟したコメディだろう。一方表題作は淡く書かれているが、鬼気迫る傑作。これほど読むに値する言葉は、現今稀である。

【芥川賞｜文春文庫】

42点 『薄情』(2015)

読んでいて燃え上がるものがない。乗らない。客観小説の体裁で丁寧に書き込まれており、技術的には安定しているが、文章に勢いがない。地方の空間、境界とは何か、他者との距離感——もっともらしい主題が生の形で出てくるが、人々の造形も事件もちぐはぐで、文章も魅力がない。

【谷崎潤一郎賞｜河出文庫】

54点 『夢も見ずに眠った。』(2019)

誠実な小説だ。ロールモデルが完全に崩れた日本社会における夫婦の苦渋、葛藤、愛の確かめという主題を25年の歳月に跨がり綴ってゆく。だが、文体がまるで香らない。章を追うごとに日本中の様々な土地を主人公たちが周回するのだが、土地の臭いがしないのだ。これでは小説空間内で「旅」する意味がない。ただし後半四分の三はなかなか美しい。

【河出書房新社】

64点 『御社のチャラ男』(2020)

筆の伸びは戻っている。会社内の人間模様を、社員の独白で繋ぐ。短編作家としての天性の想像力の自由と小回りの利く文体のセンスを生かし、秀逸だ。が、その人間模様が全体として、余りにもささくれ立ち、痛い。作者に、若い頃の諸作にあった余裕がない。一人一人の心の傷や攻撃性が余りにも直接に表現されすぎ、ユーモアやペーソスが消えている。筋立てとして、最後に大きな暗礁に乗り上げることで物語にけりをつけるのも不要だったのではないか。

【講談社】

今村夏子 Imamura Natsuko

1980年生

日常の安定の確からしさが、実はとても不安定であり、その確からしさを支えているのは、自我ではなく、自分を取り巻く社会全体の視線によってであるにすぎない——理屈を言えば、そういうことをサラリ、ふわりと描く才能に恵まれた作家。真昼の怪談めいた小噺が、この人の手にかかると実に容易に生み出されてくるように見える。マイナーポエトとして貴重な存在である。

73点 『こちらあみ子』(2011)

現今風の言い方をすれば適応障害、多動症の女の子の物語だが、ほとんど近現代の社会秩序から風のように自由な、生命そのものの揺らぎと誠と躍動が描かれていて、記紀や日本霊異記、今昔物語のある種の物語を読んでいるような不思議な気持にさせられる。文章にも物語にも若い書き手には珍しい雅味、残り香があり、しかも驚くような激しさ、いのちの剝き出しになった哀しさが時に奔出する。

【太宰治賞、三島由紀夫賞｜ちくま文庫】

64点 『あひる』(2016)

表題作はやはり日常の中に潜む独特の神話的な空間を暴露する不思議な世界だが、併収の作品となると同工異曲で、言葉の密度が内実に較べて薄いのが物足りない。

【河合隼雄物語賞｜角川文庫】

57点 『星の子』(2017)

いささかカルト的な新宗教を信じる家族の物語。主

人公の中学生女子が病弱だった幼児期に、その宗教の水を使うことで快癒し、信仰にのめり込む両親。主人公の視点から、家庭での宗教信仰と学園生活が叙述される。人物や場面に不思議な煌めきや怪異な恐ろしさを点綴する独自の叙述能力と共に、物語の構築力もあるが、かと言って毎度のように子供の視点から描かれる世界は、早くもマンネリ気味……。

【野間文芸新人賞｜朝日文庫】

70点 『むらさきのスカートの女』(2019)

真昼の怪談めいた小噺。仕掛けは多少無理があるけれど、感覚や発想の冴えがある。アンリ・マティスの絵のように服装だけ目覚ましいけれど、顔の見えない主人公。こういうお話を次々に生み出せるのは才能。不思議な後味。

【芥川賞｜朝日新聞出版】

江國香織 Ekuni Kaori

1964年生

若い女性たちに対する啓蒙家（けいもうか）であり、女性たちの願望の語り部でもある。小説を生き方の指南や癒しとして捉えれば、多くの女性読者に迎えられていることも理解できる。表面的には充分客観的に構成された世界に見えて、実は江國作品の本質は私小説以上に私小説的、ほとんど作者自身の男への夢を記した日記だからである。小説家としての文体も技芸も充分ある。ディテールの詩情や美しいパッセージにも事欠かない。が、私は江國の小説を読むと、しばしば共感できぬ手紙を延々と読まされたような気持になってしまう……。

72点 『きらきらひかる』(1991)

新しい時代の女性作家の世界を切り開いた「古典」。アルコール中毒の妻とゲイの夫の純愛——時代を先取りする主題となった点でも時代の先を読む資質の持主と知れる。何よりも、呼吸のように自然に心情の機微が浮かび上がる明るい色彩感と平面化された抽象性がいい。

【紫式部文学賞｜新潮文庫】

48点 『ホリー・ガーデン』(1994)

恋をする女と恋の傷心の中で別の愛のカタチを生きる女——20代後半の二人の女主人公を描く。「おじゃまむし」「エッチ」「拒食症」などという言葉がまだ「斬新」だった時代の風俗や、この頃の中産階級出の若い女性が今からは想像も付かないくらい、言語挙措において品が良かったことの、貴重な文学的証言となってもいる。文章も詩的で生き生きとしている。

が、丹念に描かれている登場人物らに魅力がない。
『きらきらひかる』のように時代を超えられる作品
とは思えない。　【新潮文庫】

55点 『神様のボート』(1999)

恋人との再会を信じて放浪する女とその娘の物語。
主人公の「夢」が娘の成長によって醒めた最後の部
分は読ませるが、そこまでの停滞が長すぎる。作者
は後書で「狂気の物語」と言うが、この書き方では
悠長過ぎる夢、あるいは愚かさとしか読めない。

【新潮文庫】

44点 『号泣する準備はできていた』(2003)

短編集。倦怠期の夫婦、壊れてゆく熱愛、嫁と姑、
レズビアン……様々な愛の形を描く。愛や感情がパ
ターン化しており、それが好きな人には居心地がい
いだろうが、鮮度は高くない。　【直木賞｜新潮文庫】

74点 『真昼なのに昏い部屋』(2010)

奥泉光が解説で適切に指摘しているように古典的な
姦通小説だが、知性と熟達の作品としてその現代化
に成功している。舞台は上野下町、単身の放浪者的
な50代のアメリカ人哲学教師に、日本人妻が落ちる
話と言えば身も蓋もない。しかし、作りは繊細であ
る。丁寧な語りでゆったりと進む味わいある物語が、
一転破壊的な小説になる。終盤は反結婚的なイデオ
ロギー臭が濃厚になるが、余りにも皮肉のきつい末
尾が、本作の根深いディストピア性を明らかにして
いる。　【中央公論文芸賞｜講談社文庫】

コラム4　純文学とエンターテイメントはどう違うか

　純文学と大衆文学。その線引きの意識は、大正末から昭和初期にかけての大衆文化時代に由来し、昭和10年に菊池寛が芥川賞と直木賞を創設したことに明確な起源を見ると言って構わないだろう。言うまでもなく前者は芸術性の高い小説に、後者が大衆性の優る小説に贈られる。

　芸術性の高いとされるジャンルが純文学で、そうした意識の成立期の新進作家には横光利一、川端康成、堀辰雄、武田麟太郎らがおり、大家としては島崎藤村、永井荷風、谷崎潤一郎、佐藤春夫らを挙げることができよう。他方、大衆文学ジャンルでは、吉川英治、大佛次郎、子母澤寛、野村胡堂、江戸川乱歩らが当時の第一人者であった。

　純文学が人間の内面に遡行しようとし、美しく彫琢された文体を持つ作家を多く輩出したのに対し、大衆文学は主として時代小説と推理小説に二分され、筋立ての興味で読者を牽引する傾向が強い。

　これは、古今東西の文学史を見ても、ある程度汎用性のある分類だろう。『源氏物語』と『平家物語』『太平記』など軍記物。能と歌舞伎。バルザックとデュマ。D.H.ロレンスとアガサ・クリスティーなどなど。

　では、現代日本の文壇ではどうか。

　本書で、この二分法を採用しておきながら言うのは気が引けるが、実は、事実上意味を喪っていると言わねばならないのではないだろうか。

　今や大衆文学においては、歴史小説の書き手が激減する一方、推理小説のみならず、かつて中間小説と呼ばれた大衆文学風の純文学より遥かに内面性を備えた数多の作品が生まれている。暴力、スパイ、SF、ファンタジーなどの拡大されたテーマにあっても、文学的に真摯な取り組みが多くみられる。宗教的なスピリチュアリティを重視する篠田節子、深みある家族小説の書き手としての重松清、内外古典に通暁した北村薫などを、純文学の作家でないとする明確な

基準や、質の差異は認めがたい。

伊集院静、小池真理子らが巨匠の域に入りつつあり、天童荒太、東野圭吾、馳星周、横山秀夫らの仕事は、日本の近代文学にほとんど例がないほど人間性の業（ごう）に踏み込んでいる。エンターテイメントと分類されるこれらの著者たちが、現代日本にあっては、バルザック、ゾラ、ドストエフスキーらの、あるいはカフカ、カミュらの後継者でさえあるといえるかもしれない。

逆に、純文学側の壮年期以下には、日本的な文学美の追求者である川端康成や三島由紀夫の後継者もいなければ、バルザック、ドストエフスキー、カフカらのような骨太の近代文学の後継者もほぼいない。石原慎太郎、大江健三郎、村上龍らの実験性や破壊性の後継者さえ余り見当たらない。残っている実質は、絲山秋子、吉田修一や又吉直樹、羽田圭介らの本格小説の可能性と、西村賢太、そして数人の女性を中心とした私小説的な表現だけであるように見える。

こうしてみると、現代日本文学は、今や、私小説的なマイナーポエトたちと、純文学、大衆文学に関わらず、人間性を追求する物語型の小説家という分類になるのではないか。とりわけ痛いのが、日本の純文学伝統の特徴であった美文、文体の素晴らしさへの固執者がほぼ絶滅したことである。

文体と言語の美を喪えば、日本文学は、早晩根から腐る。

物語も私小説も実験も結構だが、美しい国語の遺産管財人たる作家の出現が切実に待たれる。

大江健三郎 Oe Kenzaburo

1935年生

天性の抒情詩人としての資質を持った作家が、大テーマを設定して主題小説を描く。それも私小説と引用と創作のコラージュを通じて、大江は自らの人生を作品化してゆく。

だが、この、「作家大江健三郎の生涯」という一つの大きな寓話は、自身の本来の関心ではない「四国の森」「魂のこと」「息子の障害」という主題を切実に生きてみせるふりをすることで、内実のない空疎な物語群を生み出しただけの、壮大な失敗だったのではなかったか。

彼は日本の神話や物語の古層にも、魂や死の問題にもじかに向かわない。むしろ、後期作品が典型的に示しているように、彼の筆が最も生々しくこだわるのは、彼自身の社会的自我を防衛することであるように私には見える。

それならば徹底的に俗物としての人間を描き尽くせば、その先に本当に大江にしか描けない人間の業、業を通じて「魂のこと」が見えてきたのではないか。大江作品は、歴史や風土、魂や死という主題への回路とはついにならず、自己言及の繭に読者を閉じ込める。その繭は、徹底的な思考停止空間としての戦後の言語空間の閉鎖性と軌を一にする。初期の叙情小説を除き、大江作品は戦後の知的風俗の典型的な資料としてのみ後世に残ることになるであろう。

70点 『死者の奢り/飼育』(1958)

初期短編集。「死者の奢り」は生の憂鬱を死体という「物」を通じて歌い上げた抒情詩で、その厭世的

な叙情の深さは小林秀雄初期の「一つの脳髄」「女とポンキン」を継ぐ。それ以外の諸作は占領下における米兵と日本人とのかかわりを描き、敗戦国日本人の卑屈さを剔抉する。敗戦でさっさと看板を掛け替えた戦後の欺瞞への生理的な嫌悪に貫かれており、これを読む限り、なぜ大江が後に戦後の欺瞞の最も典型的な体現者となったのか、理解に苦しむ。

【芥川賞｜新潮文庫】

90点 『芽むしり仔撃ち』(1958)

大戦末期、山中に集団疎開する感化院の少年たちの物語。簡勁でありながら豊饒、大江の持つ叙情性がここでは神話の次元にまで高められている。体臭、欲動、感情が波動のように文体そのものによって直接喚起される。この呪縛的な文章の豊かさに酔うだけでも日本文学にかつて未聞の経験だ。大人＝邪悪、子供＝純粋、子供の囚われと解放という図式的な世界理解が、ここでは物語の力として働いているが、後に大江を国家、政治、保守主義＝悪、個人、市民、戦後民主主義＝善という硬直したイデオロギーの旗手にしてゆくことにもなる。その意味で大江文学の一つの頂点であると共に、硬直化の起点とも評せよう。

【新潮文庫】

0点 『セヴンティーン／政治少年死す』(1961)

浅沼稲次郎社会党委員長を刺殺した山口二矢をモデルにした小説だが、及び腰でこれを茶化すだけの品性下劣な作品である。しかも驚くべきことに、暴力に一人毅然と立ち向かい、少年を精神的に撃退してみせる勇気ある青年は、なんと大江自身をモデルに

した若い作家なのである。苦笑する他はない。この連作は、自身の最も切実な主題になるとクリティカルな態度を失い、作中で相手を侮辱することで復讐の情念を満足させようとする大江の性向を初めて強く示したものとして注目される。　【講談社】

49点 『個人的な体験』(1964)

自己愛と偽善。中期以降の大江作品を特徴づける典型的な作品。生まれた子供が脳ヘルニアだった主人公は、打ちのめされ、愛人との性交に溺れ、赤ん坊を治療せずに放置し、愛人とアフリカに逃れようとする。茫然自失のままずるずると逃避してゆくプロセスが本作の大半を占める。それが作品末尾に至り、突如新生児の父親となる運命を引き受ける決意をし、晴れやかな成長小説として終わる。

心理的葛藤の延々たる過程は文学として充分な説得力を有しているとは言い難い。障害を抱えた新生児を目の当たりにした若い父親の実際の混乱とは別の、文学的に誇張された別種の醜悪さを表現することに逃げているように私には思われる。作品末尾で大江が、突如改心した主人公について「かれは自分がついに欺瞞の最後の罠をまぬがれたことを感じ、自分自身への信頼を回復していた」と書いたとき、作者はむしろ欺瞞の最後の罠に、自ら知りながらはまったのではなかったか。作者にとって切実な主題のはずなのに文体に緊張感がないのはそのためであろう。その分気楽に読めるのが利点か。

【新潮社文学賞｜新潮文庫】

85点 『万延元年のフットボール』(1967)

これを力作と取るか、作家として本当に言うべき言葉をもう持っていない作家の空回りと見るか。少なくとも『芽むしり仔撃ち』までのあの詩の横溢は最早ない。代わりに小説の諸要素の異常性、寓意や象徴のふんだんな使用、組み合わせの複雑さ、万延と現在を密接に結びつけて進行する構成の緻密さ、それらを破綻なく描く文体の重量を大江は獲得している。その意味で凡百の作家らとここでの大江は言うまでもなく全く別次元にある。一方、現在を舞台とした寓話として語られる登場人物らの人間像、行動などは、寓話というより一種の幼稚な戯画のようにしか見えない。作者の人間性の根にある幼児性が露呈している。カタストローフの後の大団円が、余りにも平板且つ成長小説的な明るい展望を示して終わるのも拍子抜けだ。重量級の技巧に比して、作品の示す人間像、人間観が幼稚であること——本作以後の大江作品のそうした落差を魅力や謎と解するか、限界と解するか。私は後者だが、そうした私の読みの是非を超えた記念碑的な重みを認め、この得点とした。

【谷崎潤一郎賞｜講談社文芸文庫】

62点 『みずから我が涙をぬぐいたまう日』(1972)

三島の自裁に刺激を受けて書かれた中編で、天皇へのアンビバレンツな感情が率直に吐露されている。天皇への大江の憎悪はここでも「政治少年死す」での山口二矢への憎悪同様、中途半端な茶化しに逃げを打っている。だが、取り組みはこちらの方が丁寧なので、大江の天皇・右翼を巡る主題小説としては

これを代表作として挙げておきたい。【講談社文芸文庫】

17点 『同時代ゲーム』(1979)

妹への手紙による「語り」という形式をとるが、これほど不毛な「語り」も珍しい。物語の不在という事実の周囲を延々と低徊し続ける。四国の山奥の「村＝国家＝小宇宙」の神話と歴史を語ると称しながら、象徴やコラージュ、性についての退屈きわまる饒舌が続く。初期の詩的喚起力は完全に消え、『万延元年のフットボール』にはあった文体の力技、物語の枯渇を埋め合わせようとする作者の筆の粘りも消えている。これが「現代文学の最先端」なら、後に残っているのは崖から転がり落ちることしかなかろう。

【新潮文庫】

マイナス90点 『燃えあがる緑の木』(1993-95)

「作品」の出来栄えとして見るならば後期大江作品の頂点をなすと評してよい。だが、以下の理由であえて巨大な負の作品としてとらえる。

主舞台はお馴染みの四国の森、作者の一家やその近親者の大江ワールドで、本作はギー兄さんを「救い主」とする新興宗教を巡る顛末が主題だが、ここまでおぞましい小説を私は見たことがない。森の言い伝えを侮辱し、イエス・キリストを冒瀆し、文学を、人間を舐め、本質は出世主義者としか思われない作者が、「森のフシギ」「この土地のいいつたえ」「魂のこと」「自由」などの言葉を弄んで、魂の問題に挑んだと詐称する。

作者の、森の伝承、人間の霊性や魂への切迫した関与が、その文体に全く感じられない。濃密な気配と

しての魂——福音書、『ファウスト』、ドストエフスキーに、あるいはわが『源氏物語』、世阿弥、折口信夫、川端康成らに苦しいほどに立ち込めているあの気配が、全くない。

主題小説としても破綻している。村の語り伝えを長老格の老婆から伝授されたギー兄さんが治病力をつけて「救い主」となり、「森の会」という宗教団体が生まれるが、宗教者としての実質も、教えの実態も、宗教における治病と救済の関係に関する洞察も全くない。「魂のこと」という思わせぶりな看板で読者を釣りながら、全く魂が主題にならずに終わる。大江の初期作品にはこんなごまかしではない「魂のこと」が、確かにあったはずなのに。

ダンテ、イェーツ、アウグスティヌスをはじめとする無数の引用とそれを巡る平凡な文学談義と、空疎であることを自ら先刻承知の大江ワールドに関する自己正当化が作品の過半を占める。要は楽屋話である。大仰さと仕事の実質の貧しさと社会的名声への平然たる欲望——これほど図々しい文学者を私は歴史上他に見たことはない。ここまでくれば天晴れ。

【新潮文庫】

43点 『取り替え子(チェンジリング)』(2000)

義兄である映画監督伊丹十三のマンションからの転落死を素材に、作者と目される作家古義人と伊丹と目される吾良の精神的な対話、生死を超えた交流を虚実を取り混ぜて描く。冒頭、吾良の批判的な眼差しを筆にする緊張感に期待させられるが、筆の粘りが消えており、不発に終わっている。お馴染み四国の森での終戦直後の二人の革命的な思想体験辺り

から後半になると、マンネリ化が著しい。

【講談社文庫】

47点 『晩年様式集』(2013)
イン・レイト・スタイル

友人であったエドワード・W・サイードの『晩年の
スタイル On Late Style』への相聞として書かれてい
るが、そうした対話の粘りはひとかけらも残存して
いない。対話を装った、ヒューマニスト大江健三郎
のコマーシャルでしかない。ただし、筆に老年特有
の叙情が蘇り、時に美しくもある。　【講談社文庫】

小川洋子 Ogawa Yoko

1962年生

感性に異様な鋭さを隠し持つ上、創意も技術も高い水準にあるが、それに見合うだけの人間観、世界観の深さが感じられない。非凡な企みが可能な作者であるだけに、長編小説になると、かえって深みのなさが露呈する。

それと共に、近年の筆力の停滞が心配である。

77点 『妊娠カレンダー』(1991)

芥川賞受賞の表題作はまだ生硬だが、収録されている「ドミトリイ」「夕暮れの給食室と雨のプール」は素晴らしい名編。古寂びた学生寮をモチーフにした「ドミトリイ」は、平穏な日々の中に潜む亀裂、狂気を柔らかく、しかし深く汲みだす怖ろしい力を秘めている。私たちがわざわざ小説を手に取って読むのは何故なのか。そういう素朴な問いに対する一つの端的な名答がここにある。　　【芥川賞｜文春文庫】

74点 『博士の愛した数式』(2003)

文学と数学の出会いが生きた物語となる──。日本では稀有の試みだ。若い家政婦と10歳になる利発な息子、事故で80分しか記憶が続かなくなった天才的な数学者が出会う。難しい条件設定だが、記憶を喪い、毎日を再設定し直さねばならぬ老人の人間像が作家の中で、徐々に育ち、形をなす。言葉を紡ぐ営みの内部から、言葉の力によって人々が生まれ、動き出す。そうした小説を書く営みへの作者の愛情が読者の心を潤わせる。終盤息切れし、また阪神タイガースの江夏を物語の軸の一つにした設定に無理が

あるのが残念。　　　　　【読売文学賞、本屋大賞｜新潮文庫】

62点 『ミーナの行進』(2006)

まるでジェーン・オースティンの小説のように自然で晴れやかな出だし。1970年代初頭の芦屋の御屋敷での成功した実業家一家の物語は順調に滑り出し、中学に入学した語り手の少女と一つ年下の喘息病みの虚弱な美少女ミーナ、そして家族の生活に読み手を一瞬で連れ去る。が、中盤はだれる。それがかなり長い。14歳の少女の眼のみを通して複雑な家族の人間模様に読者を惹きつけ続けるのは難しい。終盤に盛り返し、充分なセンチメントを読者に与えてくれる余韻はさすが。　　　　【谷崎潤一郎賞｜中公文庫】

56点 『猫を抱いて象と泳ぐ』(2009)

チェスの棋士を描く芸術家小説。チェスの精神性、全編を覆う死の影、それが時代錯誤の悲愴調にならぬ周到な造作。バルザック『絶対の探求』、トーマス・マン『ファウストゥス博士』、サマセット・モーム『月と六ペンス』など芸術家を主人公にする小説は大概苦戦する。天才自らの自伝、書簡、優れた評伝に較べ、拵え物の印象が強く残るからだ。本作は設定に非常に凝り、作品自体が隠喩に満ちているが、残念ながらそうした工夫が不自然に感じられ、面白みより苦心の手管に見えてしまう。前作同様中盤がもたれ、終盤は見事に着地している。　　　【文春文庫】

28点 『小箱』(2019)

小説として通読困難なほど、全てが停滞してしまっている。　　　　　【野間文芸賞｜朝日新聞出版】

奥泉 光 Okuizumi Hikaru

1956年生

代表作で、しばしば過去の名作を想起させる。『石の来歴』は大岡昇平の『俘虜記』、『「吾輩は猫である」殺人事件』は『吾輩は猫である』、『シューマンの指』はトーマス・マンの『ファウストゥス博士』、『雪の階』は『豊饒の海』というように。

それはいいのだが、『石の来歴』を除き、作家として本当に語るべき言葉を持たずに、着想に依存して書いているという印象を禁じ得ない。先人の仕事を模すとは、彼らが語り得なかった可能性を掘り出すことに他ならない。奥泉の作品には概して新しい「言葉」の発見が感じられない。

76点 『石の来歴』(1994)

真っ当に書き込まれた小説らしい小説だ。戦争末期のレイテでの地獄絵図から始まり、主人公が思わぬ形で引きずる「戦争」の根深い後遺症が一家を食い破ってゆく様を描く。戦後の暮らしへの、時間を掛けた「戦争」の湿潤は、小説によってはじめて可能な表現世界と言える。重心の低い色調のくすんだ文章で淡々と語られるが、結末がやや浅い。それが残念。

【芥川賞｜文春文庫】

63点 『シューマンの指』(2010)

シューマンの生誕二百年に捧げられたオマージュであり、若い日本の天才ピアニストを巡るミステリー。『ファウストゥス博士』を思わせる背徳の天才ピアニストが主人公である。前半はシューマンのピアノ曲の熱っぽい描写が続くが、往年の音楽批評の巨匠、

吉田秀和や遠山一行の筆力には及ばない。後半はミステリー小説、人格分裂を描く分身小説となるが、平均的な出来栄えに留(とど)まる。　【講談社文庫】

28点 『東京自叙伝(とうきょうじじょでん)』(2014)

貧困な創造力、稚拙(ちせつ)な文体。

東京の「地霊」なる「私」が多くの人や動物——特に後半鼠(ねずみ)のグロテスクな描写が日本人の暗喩(あんゆ)となってゆく——を転生してゆく。それぞれの人物の口を借りて幾つもの自伝で織りなしている。幕末人では『氷川清話(ひかわせいわ)』『福翁自伝(ふくおう)』のような語り調、昭和戦前は軍人の回想録風だが、擬古文(ぎこ)としての精度が低く居心地が悪い。ゴールは福島原発事故。　【集英社文庫】

45点 『雪の階(ゆき きざはし)』(2018)

『豊饒の海』を思わせるが冗漫で内容空疎だ。

『春の雪』のパロディを思わせる前半は、文体にも粘りがあり、期待を抱かせるが、徐々にその冗長さに堪(た)えられなくなる。中盤、物語が鉄道ミステリーに入ると、小説はひたすら停滞する。殺人事件の解決を追ううちに、日独ソのスパイ戦、軍事政権樹立などへと話が膨らみ続ける。それが別段面白いわけでもない上、人物や組織が逐次(ちくじ)投入され、人物の内面にも事件の面白さにも到達しないままストレスだけが嵩(こう)じる。終盤も散漫に終わる。

【毎日出版文化賞、柴田錬三郎賞｜中公文庫】

鹿島田真希 Kashimada Maki

1976年生

実に変な人。変な人であることが、作家としての資質や技芸に先立っていて、彼女が変な人であることの、体臭だけで読ませてしまう。作家が体臭で読ませるというのは、太宰治や坂口安吾などが典型だが、偽装しようのない真の資質と言える。

体臭で読ませたがっている、私小説的無頼派や前衛小説的偽悪家の多くは、所詮、その裸身は無味無臭だが、鹿島田のそれは「本物」だ。個々の作品の出来不出来よりも、作家その人がグッと前面に出てくる。現代では稀な存在。最近作品発表がないのが気がかりである。

62点 『冥土めぐり』(2012)

不思議な小説だ。若くして脳を患った夫をパートで支え、看病に明け暮れる妻。実家の母と弟に虐げられる精神的な拷問と言えるような過去。なぜ、彼女がそんな家族に耐え続けねばならないのかが全く分からない。ここまで不幸に対して受け身であり、今もなお、患った夫との生活に耐えているのかが分からない。それなのにリアリティがある。人間という生き物の異様さから目を逸らさない芯の強さがある。

【芥川賞｜河出文庫】

84点 『ハルモニア』(2013)

信じ難いほど清潔な小説。音楽大学の四人の同級生、作曲と恋と友情……。傷つけられることにも自然に耐える異様な受け身さと優しさを持つ主人公だが、大学生たちの奏でる心の「ハルモニア」が見事で、

作品自体がさながら音楽のよう。作者の心の耳がとても綺麗（きれい）なのだろう。さらりと書き流されているようで、一人一人の学生たちと彼らの奏でる音楽が不思議なほど心の奥に届く。　　　　　　　　【新潮社】

64点 『選（えら）ばれし壊（こわ）れ屋（や）たち』(2016)

デビューしたばかりの女性作家の成長物語。前半はセンスのよいコミカルな展開。後半は壊れ屋たちの物語なのだか、作者自身が壊れ屋なのだか分からない無茶苦茶なノリになる。並の作者なら、仕事放棄的な駄作ということになるが、この人の壊れ方は、それ自体、小説という虚構の約束事を超えて、小説家という壊れ屋の楽屋をそのまま舞台芸にしてしまう粘りがある。しかし、こんな作品を書くのはもうやめておくように。　　　　　　　【文藝春秋】

86点 『少年聖女（しょうねんせいじょ）』(2016)

強烈な吸引力、強烈な異臭、強烈な清冽（せいれつ）さ。ゲイバーの美少年優利（ゆうり）とノンケの恋。優利の語るソドムのような性と狂気とが、ほとんどそのまま人間という生き物の原石の輝きを帯び、猥雑（わいざつ）極まる安アパート、汗と小便の臭い、支離滅裂な会話に神性の後光が射（さ）す。鹿島田の言葉は強靭（きょうじん）でしかも軽快な翼が生えている。彼女は言葉の迸（ほとばし）りに身を任せる。言葉は作者の意表を遥（はる）かに超えた託宣のように響く。

現代作家が馬鹿の一つ覚えのように重宝する「性交」が、かくも生命の証（あかし）のように神秘と生々しさを帯びて表現された例は滅多になかろう。　　【河出書房新社】

カズオ・イシグロ Kazuo Ishiguro 1954年生

英語で作品を発表している作家を、日本人を両親として長崎に生まれたからという理由で本書に加えたのは、アンフェアかもしれない。

しかしイシグロに内在する日本人の血筋、その祖先が萬葉から昭和までの日本の血脈の中で生きてきたことが、イシグロの文学の根源を作っていると考えるのは何ら不自然ではなかろう。

『遠い山なみの光』が長崎を舞台にしていること以上に、『日の名残り』の執事に武士道の残響があり、『充たされざる者』はカフカ以上に、武満徹や安部公房の世界に近く、『わたしを離さないで』が川端康成を想起させると言えば、人は笑うであろうか。

それにしても、何という文学的充実の確かさだろう。古典的か前衛的かにかかわらず、そこでは言葉が確かな力で生まれ、立ち上がり、読者の周囲を濃密なエーテルで充たし、私たちの時間の中に入り込んでくる。

掛け値なしに偉大な作家と呼んでいい。

86点 『遠い山なみの光』(1982)

今、イギリスに住む主人公の女性が、娘の自殺を機に、終戦直後の長崎での結婚生活を振り返る。落ち着いた佇まいで織りなされる、現代の「古典」というべき作品。戦後日本の占領政策が、日本人の築き上げてきたものを根こそぎ破壊したと嘆く元教員の舅と若き日の主人公との関係は、川端康成の『山の音』を思わせる。米兵の娼婦に没落した副主人公も鋭い痛みと共感をもって描かれる。現代日本の同

世代の文壇作家の諸作と較べるべくもない、まるで次元の違う大人の「日本人」の面目が躍如としている。小野寺健の訳文も、日本人がこの作品を日本文学として読む上で大いに資している。

【王立文学協会賞｜ハヤカワepi文庫】

85点 『日の名残り』(1989)

平易ながら、美しく深い陰影を湛えた作品である。ナチス政権との平和共存関係を構築しようとしたために、戦後、ファシスト、反ユダヤ主義者と非難され、失意のうちに死んだイギリス大貴族の執事が、1956年にイギリス国内の美しい田園風景の中を自動車旅行する数日。その中で戦前の執事人生を回顧し、偉大な執事とは何か、品格とは何か、高貴な人間性と歴史における判断の失敗とは何かが語られる。執事の深く秘められた恋が静かな軸として物語に絶えずしみじみとした潤いを与えながら、読者は隅々まで行き届いた言葉の世界の喜びを満喫することになる。

【ブッカー賞｜ハヤカワepi文庫】

94点 『充たされざる者』(1995)

ヤナーチェクの室内楽を思わせるような静謐な狂想曲だ。文庫本で1000頁近い大冊で、読むのに忍耐がいるし、いわゆる「面白い小説」ではない。ヨーロッパのある小さな街に演奏旅行に訪れた世界的ピアニストが、異様な時空間に巻き込まれる。「木曜の夕べ」を成功させることが街の蘇生に決定的に重要だとされている。ところが、用意されている予定は全て途中で妨害が入り、その妨害にまた別の妨害が入り、時間も主人公の意識も白昼夢のように混濁する。過

去と現在も、街の空間配置も、人物たちの主張や記憶も、遠近法が溶け、読者はカフカの『城』のように「無限循環」の悪夢に巻き込まれてゆく。ほとんど不毛なまでの停滞――ところがどんな瑣事(さじ)もが何と緻密な想像力で辿(たど)られ、語られることだろう。ほとんど狂的に馬鹿馬鹿しい延々と続くやり取りが、何と定型的な手抜きからほど遠いことか。

読むうちに、時間と空間双方が歪(ゆが)む、不思議な言葉の繭(まゆ)に呪縛されてゆく。　　　　【ハヤカワepi文庫】

97点　『わたしを離(はな)さないで』(2005)

読後暫(しば)し凝然(ぎょうぜん)とし、体が動かない。静謐(せいひつ)で深遠、完璧なアンサンブルによる弦楽四重奏のような小説だ。主題はこの上なく冷酷なのに、何と美しい人間への夢が語られていることだろう。臓器提供のために生産されるクローン人間を、人間がどのように扱い、他方クローン人間たちがどんなに深い生を生きているか。テクノロジー至上主義のエゴを描く実験小説の体裁を取っているが、実際はテクノロジーへの警告小説ではない。私たち人間が、現に、死というゴールを定められ、この世という閉鎖空間に放り込まれ、社会的強制のレールに乗って生きている。その内部で我々に愛、自由、深い魂の経験は可能なのか。この小説の生々しさはクローン人間たちが正に私たちとして描かれているからに他ならない。

【ハヤカワepi文庫】

99点　『忘(わす)れられた巨人(きょじん)』(2015)

アーサー王伝説に題材を借り、鬼、龍、妖精が縦横に活躍する。古拙な格調、豊かな想像力、騎士道、

そして老夫婦の愛。主人公の老夫婦は自分たちも村人も忘却の霧の中にいることを感じながら、息子の行方を捜しに旅に出る。旅先で次々に試練に出会い、騎士、謎の少年、曰くある修道院、ブリトン人とサクソン人の争いと和解、キリスト教とアーサー王の偉大なる統治の葛藤などがゆっくりと全貌を現す。忘却の原因が明らかになり、若い戦士がその封印を解くが、その時、忘却の中で緩和されていた民族間の残虐な戦争や、夫婦の葛藤はどうなるか。

読者は中世の神秘の旅から突如放り出され、茫然とその問いの前に佇む。文学的叡智の極致であり、『ファウスト』をさえ思わせる。　　　【ハヤカワepi文庫】

金井美恵子 Kanai Mieko

1947年生

昭和42年にデビューして現在まで執筆を続けていることに敬意を表して取り上げることにしたが、代表作を通読してみて、小説という名の「退屈なお喋り」が、よくぞこれだけ長きにわたって文壇で通用してきたものだと、別の意味で感心してしまった。まあ文壇はどうでもいい、それより作者自身が、なぜ、初期短編に濃密に立ち込めていた言葉の力、自他を取り巻く世界に対する批評的な関与を、こんなに気軽に捨てて、単なるお喋りを書き続けてこれたのだろう。ただただ不思議である。

68点 『愛の生活／森のメリュジーヌ』(1968-79)

代表的な初期短編十編を収めている。19歳で太宰治賞次点となった「愛の生活」は、作者の自意識を追いながら、言葉による目の詰まった文学的な時間を現出させている。「夢の時間」は一層読みにくいが濃密さは増している。「森のメリュジーヌ」も佳品。絶対的な愛、獣、夢、消えてしまう恋人、死が繰り返し現出するが、終わりに収められている「プラトン的恋愛」に至ると、「自意識」を作品にすることが自己目的化し過ぎ、作者の限界が見えてしまう。

【泉鏡花文学賞｜講談社文芸文庫】

26点 『タマや』(1987)

いわゆる目白四部作とされる第二作。饒舌体というのもためらわれる延々とした与太話が続く。作家が退屈で投げやりな文章を書いても、批評家が理屈をつけてくれる走りのような作品と言えようか。平成

版『作家の値うち』で福田和也が「吉田健一の文体模倣をはじめてからの退屈さは目にあまる」と評しているが、この饒舌体は吉田健一とは縁もゆかりもあるまい。低調、退屈、言葉を辿る気力がなくなるだけ。　【女流文学賞｜河出文庫】

36点 『小春日和』(1988)
インディアン・サマー

書き出し6行目に「これは表現がもう古いノリだけど、なんとなくクリスタル的雰囲気だし」とあるような小説を、プロが書くものだろうか。作者その人を思わせる小説家の御大層な扱い方をみると、自意識の本当にない底抜けにいい人なのだろうとは思うが、延々たるお喋りにはただ恐れ入るばかり。
【河出文庫】

44点 『彼女(たち)について私の知っている二、三の事柄』(2000)
かのじょ　わたし　し　に　さん　ことがら

前作の10年後の「彼女(たち)」の物語。あとがきに「『小春日和』に比べて、彼女たちは、少しは成長したでしょうか。それに、そればかりではなく小説を楽しんで書く癖のあるおばさんの小説も、少しは深まっているでしょうか」とあるのを見るにつけ、その底抜けの無邪気さに笑ってしまうが、饒舌体の作品群の中で一番筆に伸びがあるのは確か。　【朝日文庫】

21点 『スタア誕生』(2018)
たんじょう

小説というより映画を巡るお喋りを、昭和20年代から30年代の日本と現在をひどく時系列の分かりにくい文章で延々と繰り広げているだけ。　【文藝春秋】

金原ひとみ Kanehara Hitomi

1983年生

小説家というよりうざったい女（笑）。作家として物語る才能、テーマに粘着するド根性はある。作家以前に、読んでいてこの人自身の鬱陶（うっとう）しさが襲い掛かってくる。皮肉ではなく、それがこの作家最大の原資。小説の形を借りた本人の悲嘆療法であって、荒（すさ）んだ男女関係、家族関係をこれでもかと読ませられれば、「勝手にやっとけ、読みたかねえよ」と言いたくなる。「てめえになんざ読んでもらいたかねえよ、ほっとけオッサン」とでも言い返してくるんだろうなあ……。まっ、そう来るくらいでなくちゃいけません。

女のヒステリー、愛の絶叫、独善、生意気、屁理屈……そうした体臭を思いっきり嗅ぎたい人にはお勧めだ。

定型的な業界人的成功、その破綻による自我崩壊と道徳的破綻、いつも余りにもあっさりと交わされる即物的な性交——。

ただし最近作『アタラクシア』は傑作。これで大きく脱皮したのかもしれない。この十数年多くの作家が弛緩（しかん）とマンネリズムに堕している中、その粘着的な表現への執着には期待したい。

58点 『蛇（へび）にピアス』(2004)

アブノーマルな世界を描いたセンスのよい風俗画。舌、顔面や性器にピアスをしたり、若い女が刺青（いれずみ）を彫ったり、歌舞伎町で喧嘩（けんか）したりと、バイオレンスとセックスを扱うお決まりのパターンである。持て余している自我をそのままぶつけてくるのも……。

最近の出版社の定番を使うなら「衝撃のラスト」も
ある。村上龍が文庫版の解説でこの作品の「毒」を
力説しているが、文学の「毒」と実生活でアブノー
マルな世界に踏み込む「危うさ」は次元がまるで違
うことだ。自我崩壊の危機と国語の表現力が衝突し
て生じる、青春の危機の結晶の美しさはここにはな
い。物語る才能は認めるが、未成熟な自我の饒舌に
辟易させられる。　　　　　　【すばる文学賞｜集英社文庫】

54点『TRIP TRAP トリップ・トラップ』(2009)

主人公が中学生から母親になるまでを、読み切りの
連作で繋ぐ一種の成長小説だ。中学生で男と同棲し、
高校時代にはナンパ男に支払わせての無銭旅行
──。ここまでは精彩がある。ところが、19歳の主
人公が成功した作家となり夫とパリ旅行に出掛ける
となると、まるでもう別人。猛烈に我が儘で夫依存、
すぐに大泣きすることを除けば作品というより平板
な日記である。子供時代の記述の方が辛辣で大人び
ており、作者の実年齢に近づくにつれて幼稚になる
のはどういうことなのだろう。ただし江の島を舞台
にした最終章だけは短編として秀逸。

【織田作之助賞｜文春文庫】

24点『持たざる者』(2015)

震災による放射能汚染ノイローゼのデザイナーが、
放射能が原因で妻と離婚し、仕事も全くできなくな
る。作者自身が反原発言説に洗脳されていることを
思わせるヒステリックな書き方で、リアリティがな
さすぎる。震災後「世界が変わった」というのがキー
フレーズだが、作品世界は変わっていやしない。登

場人物はこの人物以外、子供を脳症で亡くした女性、その天衣無縫な妹、妹のロンドンでのママ友などが、各章ごとにつづら折りに主人公となってゆく一種の連作構造だ。相変わらず業界俗物的な成功とそれが崩れて自我崩壊を起こすという平凡な二項対立が繰り広げられる。ノイローゼのデザイナーの物語が全く回収されないまま終わるのも居心地悪い。

【集英社文庫】

73点 『アタラクシア』(2019)

ここでも一章ごとに登場人物それぞれに視点を当ててゆく手法が踏襲されている。また、自我喪失、セックス、不倫、出産、悲惨な家族、駄目な男と良心を置き忘れた女が出てくる陰惨な光景も相変わらずである。が、従来作を大きく超える文学的な力が籠っている。執拗に描かれる愛の不毛、不条理、身悶えが、「本物」の表現に昇華している。

作品に芸格と言うべき「何か」が加わっている。

【渡辺淳一文学賞｜集英社】

川上弘美 Kawakami Hiromi　　　　　　1958年生

何よりも日本語の作家としての基礎的な能力が高い。井伏鱒二、尾崎一雄のような飄逸で確かな日常生活のデッサンの力を備えている一方で、内田百閒、吉田健一のような非日常へのたくましい想像力が違和感なく同居しているのである。前者の能力を遺憾なく発揮したのが『センセイの鞄』、後者の傑作が『蛇を踏む』だ。ところが、近年実験的、SF的な人類のメタモルフォーゼという主題に凝り出し、定型的で陳腐な「思想小説」に迷走している。川上にはそのような外形的な意味での「思想」も「中身」もいらない。「語り」そのものにこそ、「思想」も「中身」もあったのだから。

もう一度あの、純粋な「語り」の名人芸に聞き惚れたいものだ。

82点 『蛇を踏む』(1996)

短編三作を収録。「蛇を踏む」が密度とリアリティの点で傑出している。点数は専ら「蛇を踏む」による。蛇と人が自在に入れ替わり、日常と怪談が自然にふんわりと行き来する。言葉だけで編み出すことのできる世界だが、類例がない。蛇が人の姿になり家に住み込み、主人公を蛇の世界という時空を超越した異空間に誘い込もうとする。主人公は最後「蛇の世界なんてないのよ」とその世界と自分を切断しようとするが、むしろとめどない「蛇の世界」の氾濫に呑まれ、作品は御伽噺のように消えてしまう。作品という確かな世界そのものが足場から消えてしまう。

【芥川賞｜文春文庫】

54点 『溺(おぼ)れる』(1999)

女の性愛を描く短編連作だ。もっとも普通の意味で
の性愛小説とはまるで違う。粘着的な性交、あるい
は男との性交への執着をあの手この手で描いている
にもかかわらず、抽象的で、男と女はこの世でない
かのような場所にいるか、どこかよく分からない所
に向かって逃げ続けながら性交を続けるのである。
「威圧的な言い方というのでもない、普通の声で普
通の口調なのに、吸いこまれるようなこわさがあ」
(125頁)る。が、それならばデモーニッシュな迫力
があるかと言えばそうではない。性交への執着が語
られるのに、文章はほとんど滑稽(こっけい)なまでに淡々とし
ている。
一体これは何なんだと思うが、読むのを止められな
い。かと言って、そこまで付き合って読みたいほど
のものでもない。妙な食感である。

【伊藤整文学賞、女流文学賞｜文春文庫】

90点 『センセイの鞄(かばん)』(2001)

「本物の文学」の時間が流れている、ゆったりと、
静かな威厳と優しさを保ちながら。
高校時代のセンセイと女主人公の不思議な交歓の
日々。37歳と70歳の不思議な愛。それも女性の方か
らの愛だ。なぜ「先生」でも「せんせい」でもなく、
「センセイ」なのか。いわば幼児退行的な癒し、そ
れも子宮退行ではなく、父性に抱かれてゆきたい少
女の感覚が「センセイ」という呼称に表れている。
全編に渡り、この二人は互いを呼びあう。この二人
の呼びあいの生む微笑と甘さの波動は心地よい。物

語の着地も見事。現代小説の最も美しい成果と言えよう。

【谷崎潤一郎賞｜文春文庫】

37点 『大きな鳥にさらわれないよう』(2016)

数千年後の人類。人類が急激な人口減少の後、人工知能、クローンなどを複合させ、人類の存続を辛うじて可能にしているという未来小説。神話と最新の科学技術を接合するアイディアは平凡だが別にかまわないし、旧約聖書を思わせる文体や語りの作法の工夫は綿密だ。しかし、架空の様々な人類の変異パターンに面白さも求心力もない。この手の作品は、著者が本当に神話的な主題、つまり人間＝魂の起源を深く考究する思想的作家であるか、SFとして読ませるテクニックがないと持たない。

【泉鏡花文学賞｜講談社文庫】

41点 『某』(2019)

誰でもない人＝某が、固有の人間になり、何度も違う人間へと変異してゆくという設定。アイデンティティの形成とは何か、愛憎をはじめとする感情とは何かなどを巡る実験小説は、今時、それだけでは実験と言えないだろう。前半は持ち前の語りの巧さで通俗小説的な面白さが担保されているが、テーマ、ドラマ、人間造形いずれも別段深まりを見せないまま、後半はルーティン化する。

【幻冬舎】

川上未映子 Kawakami Mieko

1976年生

ほとんどの女性作家は、持って生まれた感性や語りの天分から出発する。処女作や初期作、短編に傑作が多く出る一方、本来書きたかったテーマが出尽くし、天分に依存できなくなると、迷走が始まる。川上未映子は知的な意匠や狙いから出発した、珍しく男性的な女性作家だ。哲学的な主題や議論が好きである。が、理屈を延々と展開し始めると彼女の小説はダメになる。私小説的な固執と、自分と距離のある対象を丹念に造形することによる物語世界への自我の解放の交錯の中に、この人の飛躍の可能性を私は見る。『すべて真夜中の恋人たち』を読めば、安定して消費される通俗小説を書く能力は充分にある。この逃避先があるのだから、自分の想像力を、存分に『ヘヴン』の先の文学的「ヘヴン」に集中して、もっと密度の濃い仕事に挑んでほしい。

15点 『わたくし率イン歯ー、または世界』(2007)

ふざけるなという代物。思想小説を目指すなら、人間という主題と本当に交わり続けなければ。

【講談社文庫】

51点 『乳と卵』(2008)

地の文を人物の発話体にしているが、狙い過ぎ。発話、あるいは内心の述懐の襞に誘われるより、作者の作為に疲れてしまう。中年の女性、場末のスナックで働くその妹と手帖でしか母と会話しようとしない娘の三人による、所帯染み、もの鬱陶しい設定は優れているが、習作の域を出ない。【芥川賞｜文春文庫】

65点 『ヘヴン』(2009)

中学二年生、同じクラスの虐められっ子の男女が交通を始め、交流を深めてゆく。前半は素晴らしい。二人の成熟した人格と虐められ方の凄惨さにギャップがあるのはいささか疑問にせよ、展開、文章、人物造形ともに魅力的で、先行きに期待を持たせる。が、後半がよくない。女主人公のコジマが、「虐められること」は相手を受け入れる強さだと主張する辺りから、小説の出来栄えよりも、虐めについての理解、人間観そのものに強い違和感が生じ、虐める側の男児と主人公の長々と続く哲学的問答で興ざめしてしまった。二人の主人公がそれぞれ別の大団円を迎える終章は、ロジックは分かるものの、感情の辻褄が合わない。しかし……捨て去るのが惜しい中盤までの素晴らしさだ。

【芸術選奨文部科学大臣新人賞、紫式部文学賞｜講談社文庫】

50点 『すべて真夜中の恋人たち』(2011)

プロローグは美しい。が、本編は凡庸な通俗小説として始まり、その水準がダラダラ続く。平凡な30代半ばの女性主人公と、同年代の美貌で仕事のできる副主人公の対照的な人生、年配の地味な男性との淡い交際という書割。だが、最後の数十頁は巧みに盛り上げ、女性読者の溜飲を下げ、切なさを掻き立てる。

【講談社文庫】

25点 『夏物語』(2019)

二部構成だが、第一部は『乳と卵』を再構成、エピソードも忠実にリライトしたもの。地の文が落ち着いて、

より詳しくなっているが、文学的な感興は何もなし。幾ら何でもこれはないだろう。40代後半になったゲーテが二倍に水増しした説明文調の『ウェルテル』を出すか。許す編集者も編集者だ。

しかも第二部には物語の残響はほとんど残っていない。その二部は作家志望の主人公の約10年後、文壇のとば口にいる設定だが、文学談義も文壇内幕の暴露も平板で読むに堪えない。精子提供、セックスできない女性の出産という主題も剝きだし過ぎて文学になっていない。　**【毎日出版文化賞｜文春文庫】**

佐伯一麦 Saeki Kazumi

1959年生

ごく初期の中短編は良い。『還れぬ家』に、高校の頃「トルストイ、ルソー、ロマン・ロランが、その頃の私の憧れであり、教師だった」とあるように、遅れてきた大正教養主義者で、作者の謙虚な人間性、心の澄んだ文体が初期作品を精彩あるものにしている。ところが、残念ながら『ノルゲ』以後の長編は、私小説というよりも冗長で退屈な生活記録で、文学とは認め難い。私小説という日本の近代小説の手法は、文体の力で読ませる以外、道はない。それが芸道によるのか（徳田秋声）、器量の大きさによるのか（島崎藤村）、天分によるのか（志賀直哉）、破滅を賭けた体当たりによるのか（嘉村礒多）はそれぞれだが、文章の力なくして、平凡な生活記録が、荘厳な精神の碑になることはあり得ない。佐伯の中期以後の作品はひたすら凡庸、冗長。

64点 『ア・ルース・ボーイ』(1991)

清潔な青春小説。作者自身の人としての育ちの良さを感じさせ、文章も端麗だ。気持よく読めるが、ア・ルース・ボーイというよりは、生真面目、真直ぐな私小説。高校を中退した主人公が同級生と同棲し、子育てをする主筋はきれいに書けているが、電設作業の仕事の場面は冗漫で文学的感興に欠ける。

【三島由紀夫賞｜新潮文庫】

42点 『木の一族』(1994)

どうして『ア・ルース・ボーイ』の作者が、記述に清新な張りもない間延びした日録の書き手になって

しまったのか不可解だ。私小説の短編連作ということになるが、短編としての緊張感や読ませる工夫がなさすぎる。【新潮文庫】

24点 『ノルゲ』(2007)

私小説というよりも、退屈で冗漫なノルウェー滞在記である。社会批評や比較文明論の要素もほとんどない。描写の美しさもない。作者はノルウェー語がほとんどできないのでノルウェー人との深い交流もない。これは一体何なのですか？

【野間文芸賞｜講談社文芸文庫】

36点 『還れぬ家』(2013)

老父の認知症発症から死までの家族誌。素材が前作より劇的で身についた人間関係なので、まだ読ませるが、結局は文学でも小説でもなく、写生と感想の延々たる連なりだ。途中に東日本大震災が入ると、その衝撃に引きずられて時系列が重層化するが、それで小説が深まっている訳ではない。老父の衰弱と家族の姿を凝視しきる視力や言葉の力がなく、散漫、冗長。【毎日芸術賞｜新潮文庫】

27点 『渡良瀬』(2013)

作者20代後半、電気工時代を扱い、昭和天皇の重体から崩御までを重ねている。相変わらず冗長、凡庸、退屈。文庫本表紙裏には「圧倒的な文学的感動で私小説系文学の頂点と絶賛された最高傑作。伊藤整賞」とある。顎が外れて暫く元に戻りそうにない。

【伊藤整文学賞｜新潮文庫】

島田雅彦 Shimada Masahiko

1961年生

生真面目で繊細な資質。その繊細な自己を守りながら歯を食いしばって生きていた才気ある文学青年が、どう「大家」として堕落してゆくか——島田の文学的軌跡はその一言に尽きる。

私小説的な自己の主題への固執と、自己解放と。このバランスを取ろうとする初期の倫理的緊張は年ごとに薄れ、社会を描くパロディ・エンターテイメント路線に切り替えてからの退屈と不毛は無惨の一言に尽きる。

島田に限らないが純文学のベテランたちがエンターテイメント路線に切り替えても碌な作品にならない。読者が全く付いてきていないことで、出版社や編集者もいい加減気づいたらどうなのか。資質を活かす辛くて細い道の他に物書きの活路はない。島田よ、常識に還れ、自己の資質に還れ。

68点 『優しいサヨクのための嬉遊曲』(1983)

80年代、遅れてきた「サヨク」の学生活動に自ら捧げたオマージュ。才気溢れる筆、ナンセンスさと生真面目さを隠さない誠実さが同居していて読ませる。むしろ、性的にも経済展望の点でも虐げられる一方の、今の若い男性たちに共感されそうだ。時代の風俗描写には決して終わっていない青年必読の佳品である。

【新潮文庫】

59点 『彼岸先生』(1992)

夏目漱石『こころ』のヴァリエーション。小説家の「先生」と主人公の大学生の交流が描かれ、後半に「先

生の遺書」の代わりに「日記」が置かれている。底に流れる主題は「小説家であるとはどういうことか」という自問自答だが、小説家でない人間にとって、これは意味のある問いではなかろう。学者・知識人だけが自問自答の臆面もない表出の特権を持っているという姿勢は、実は漱石が日本近代小説に持ち込んだ独善だが、漱石がその独善を筆力で乗り切ったのに比して、ここでの島田は中盤を前に息切れしている。

鳴り物入りで読者に期待させる先生の「日記」は、これでもかというほどセックスが語られながら、全く退屈。漱石の小説は知識人の特権意識が鼻に付きつつも、普遍的な自我や夫婦の葛藤を盛り込んだ「面白い小説」として強い命脈を今に保っているが、本作は普遍性、面白さいずれにおいても、決定的に役不足である。**【泉鏡花文学賞｜新潮文庫】**

52点 『悪貨（あっか）』(2010)

偽札（にせさつ）を流通させることでハイパーインフレに日本を追い込み、資本主義を終わらせようとする新たな手法の革命が主題。悪貨は悪貨なのか。資本主義の正貨こそは、人々を金の奴隷にする悪貨ではないのか——。資本主義批判・国家批判を主題としたエンターテイメントだが、主題が壮大であるのに対し、作者の手駒だけで処理された物語世界は矮小（わいしょう）で、世界観小説、予言小説のパロディに終わっている。

【講談社文庫】

18点 『虚人の星（きょじんのほし）』(2015)

島田の堕落も、ここで底を打ったか。救い難いほど

幼稚な政治小説。安倍晋三、麻生太郎を連想させる世襲の「極右首相」と某スパイを交叉（こうさ）させて描く。帯に作者自身の言葉として「対米従属と戦前回帰以外の選択肢がないと思い込まされた人々も（略）抑圧された自我を解放しさえすれば、何が正義かに気づくはずである」とあるが、本文中、戦後70年に際して出された安倍談話の島田版リライトを見ると「右頬を打たれたら左頬を出せ」と、相変わらずの戦後平和主義の御経（おきょう）を唱えている。

【毎日出版文化賞｜講談社文庫】

28点 『君（きみ）が異端（いたん）だった頃（ころ）』(2019)

帯に「自伝的青春〈私〉小説！」とあるからそう思わねばならないのだろうか？　私の眼（め）には自分の人生を辿（たど）っただけの素人の感想文にしか見えないのだが。「君」の青春を味わいたければ『優しいサヨクのための嬉遊曲』を味読するに若（し）くはない。

【読売文学賞｜集英社】

笙野頼子 Shono Yoriko

1956年生

絶望的に退屈な作家。私小説とポストモダン以後の実験小説の二つの系譜を引くが、日本人の質の最も低下した時代の象徴とも言うべき人。サヨクの終わりとバブルの終わり、文壇の終わりの戯画でしかないが、本人は「35年純文学を書いてきた」、「25歳で、『観念的で暗い』芸術家小説を書いてデビューして来た」と考えている。私にはとてもそうは見えないのだが……。

25点 『笙野頼子三冠小説集』(1995-98)

野間文芸新人賞受賞作「なにもしてない」、三島賞受賞作「二百回忌」、芥川賞受賞作「タイムスリップ・コンビナート」を収録した短編集だ。受賞を軸に自作を編む神経、それを「三冠」と称して出版する神経が凄い。「なにもしてない」は確かに工夫を「なにもしてない」私小説、「二百回忌」は先祖の霊が集まる一種の怪異譚、「タイムスリップ・コンビナート」は現実と夢の境界域を描く実験的作風だが、どれも退屈そのものである。

【野間文芸新人賞、三島由紀夫賞、芥川賞｜河出文庫】

18点 『母の発達』(1996)

母殺しが主題。言葉遊びの実験小説との体裁。

【河出文庫】

20点 『金毘羅』(2004)

金毘羅さんが「私」の中に霊として住み着くフィクションでもあり、日本の神々についてのエセーでも

ある。小説としては余りにも瘦せており、神々を語るエセーとしては内容が貧弱すぎる。

【伊藤整文学賞｜河出文庫】

0点『ひょうすべの国　植民人喰い条約』(2016)

「主要国において、調印と批准が終わり、地獄が始まった。／というのもTPPつまり環太平洋パートナーシップ協定が有効になったからである」という書き出しが全てを物語る。TPPに起因する「地獄」はいつになっても始まっていないが、一体それはいつ始まるのだろうか。人殺しの〈自由〉、弱者を殴る〈平等〉、餓死と痴漢強姦の偏りなき〈博愛〉がまかり通る「日本の近未来」が予言されている。そちらは当たるのだろうか。期待して待っていよう。

【河出書房新社】

髙樹のぶ子 Takagi Nobuko

1946年生

文章の品位、読ませる技芸もある。今に至るまでその力量に衰えはない。初期作品には、固執すべき主題もはっきりある。にもかかわらず、多年、今一つ対象への没入の弱い作品が続いていた。

『透光の樹』で手を付け始めた性交描写への固執に問題があるのではないか。『百年の預言』などでは主題と関係のない度を越した性描写にうんざりさせられる。充たされずに観念化、想念化する性は文学の対象になるが、なし崩しの性交は文学の領域のものではなく、実践の対象でしかない。

この病的な傾向を克服したのが、最新作『小説伊勢物語　業平』である。大きく飛躍した上、伸びしろを感じさせる仕上がりであることに感銘した。

86点 『光抱く友よ』(1984)

日本社会も日本の文学も、何とこの地点から遥か遠くまで来てしまったことだろう。人間が確かに生き、光を発している確かな言葉のこうした姿から……。現存の作家による短編小説集の最高峰と言ってよい。静かに、しかし文学の永遠の光を放つ珠玉の三編を収めている。表題作は芥川賞受賞。これはとりわけ素晴らしい。女子高校生の友情が主題である。アルコール依存症の母親を抱えながら場末のホルモン焼き屋を支え、米兵と付き合い、学校で白眼視されている美しい少女「松尾」。髙樹が過不足なく描き出した彼女の肖像は文学の栄光そのものだ。他の二編も秀逸。

【芥川賞｜新潮文庫】

71点 『透光の樹』(1999)

20年振りに再会した中年男女の愛を描く。印象的で美しい小説だが、この作を有名にした生々しい性描写や恋愛と性交を巡る理屈っぽい談義は興ざめだ。無論、作者にしてみれば性交と恋愛の境界、その間で揺れ動く真摯な動揺そのものを追求してみたかった。それは分かる。だが、性交や性器の具体的で生々しい記述は、読者を性への真摯な問いから逸らす。実際に性的な体験をすることと、それを反省することとは全く次元が違う。日本文学では、性と恋愛の重なりとずれという主題は、萬葉集、伊勢物語、源氏物語以来川端康成に至るまで濃密で高度な追求の歴史があるが、生々しい性描写は稀である。

【谷崎潤一郎賞｜文春文庫】

45点 『百年の預言』(2000)

舞台は冷戦末期のウィーン、日本人ヴァイオリニストと外交官の恋と、チャウシェスク独裁に苦しむルーマニア音楽家の亡命譚、ルーマニア近代音楽の父であるポルンベスクの残した楽譜の暗号。

壮大な布置にふさわしい落ち着いた滑り出しはいい。予感させる「何か」はある。が、長い。長すぎる。持たない。余りに軽い主人公女性の性的放縦は興ざめだし、謎解きが物語の推進力になってもいない。音楽がテーマなのに楽の音がしない。吉田秀和が書けば荷風や中也だって、音楽として鳴り出すのだが……。

何よりも、なぜここまでくどく性欲や性交が語られねばならないのか。恐怖政治と革命という切実で深

刻な主題が、日本人主人公たちの通俗な恋愛話で帳
消しになり、甚だ居心地が悪い。　　　【新潮文庫】

65点 『マルセル』(2012)

昭和43年京都の国立近代美術館で起こったロート
レック作『マルセル』盗難事件を素材にした壮大な
推理ロマン。通俗小説ではあるが、文章も良く、作
り込みも緻密。こうした「プロ」の仕事を読むと少
しホッとする。ただし恋愛と推理小説いずれをも狙
い過ぎてどちらの面でもピントがぼやける。人間ド
ラマとしての求心力はさほど強くなく、謎解きで読
者を引っ張るのだが、その謎も話が大き過ぎて、読
後に余り解放感をもたらさないのが難。　　【文春文庫】

56点 『格闘(かくとう)』(2019)

忘れられた元柔道家の半生を辿(たど)るノンフィクション
を書こうとする若い女性作家の奮闘記だが、全体に
ちぐはぐ感が残る。対象が柔道家である必然性、そ
の半生に執着すべき理由が感じられない。市井の平
凡な人物――ゴリオだろうとボヴァリーだろうとそ
の「人」を書く必然性を読者に感じさせるまで対象
に没入して、はじめてそこに文学の栄光が生まれる
はずだろう。『光抱く友よ』の「松尾」にはそれがあっ
た。だがここにはそれがない。代わりにあるのがセッ
クスへの固執だ。文章に格の高さを感じるだけに残
念である。　　　　　　　　　　　　　　【新潮社】

84点 『小説伊勢物語 業平(しょうせついせものがたり なりひら)』(2020)

簡潔であるがゆえの優美さと奥行きを持つ『伊勢物
語』を、長編小説にするという試み自体に、いささ

か疑問を持ちながら読み始めた。前半はその危惧が当たったように感じたが、中盤以後、作者が業平の人生に存分に立ち入り始めると、『伊勢物語』の外へと時間が溢れ始め、そこに時代の声が聞こえ、「昔男」の確かな生の軌跡が見えてくる。名匠の手になる丁寧な傑作と称してよい。ただし長年掛けて老いの進む老残の業平像は、彼の有名な辞世「つひにゆく道とはかねて聞きしかど昨日今日とは思はざりしを」と合わないように思われるが如何？

【泉鏡花文学賞、毎日芸術賞｜日本経済新聞出版】

コラム5　文学は衰退したか

　文学は衰退した。

　これははっきり言っておかねばならない。

　比較すれば誰の目にもそれは明らかだ。

　私が生まれたのは1967年、気がつけばすでに五十四の初老に達しているが、その私が誕生した年に現れた主要な文学作品を列記してみよう。

　　　　永井龍男『石版東京図絵』
　　　　大江健三郎『万延元年のフットボール』
　　　　大岡昇平『レイテ戦記』
　　　　三島由紀夫『豊饒の海　第二部　奔馬』
　　　　司馬遼太郎『殉死』
　　　　安部公房『燃えつきた地図』
　　　　野坂昭如『火垂るの墓』
　　　　立原正秋『花のいのち』
　　　　桶谷秀昭『土着と情況』
　　　　江藤淳『一族再会』

　壮観というほかはない。

　短編の名手永井龍男の代表的な長編『石版東京図絵』が、緻密かつ気品ある文体で明治・大正期の東京の世帯人情を描き、他方大江健三郎が『万延元年のフットボール』で日本の小説伝統の破壊的創造を狙う。また、歴史的傑作の連載も多い。この時期、記録文学の金字塔である『レイテ戦記』『天皇の世紀』（大佛次郎）、政治的な左右両翼の大長編『青年の環』（野間宏）と『豊饒の海』、批評文学の頂点である『本居宣長』（小林秀雄）『いのちとかたち』（山本健吉）『吉田松陰』（河上徹太郎）が、全く同時に連載されていたとは、何という時代だったろう。

　強く大衆に訴える『火垂るの墓』『花のいのち』が書かれたのも

この年だ。今に瑞々しい生命力を保っている。一覧に出していないが、この年には松本清張が『昭和史発掘』『花氷』『逃亡』で第1回吉川英治賞を受賞している。『オール讀物』に掲載された池波正太郎の「浅草・御厩河岸」が好評で、『鬼平犯科帳』の連載が開始されたのもこの年である。

　この年だけが当り年だったのではない。数十年にわたりこうした水準が維持され、切磋琢磨と新人の登場が続いていたのである。

　しかもこれらは氷山の一角に過ぎない。一覧に出ていない膨大な数の一流作家らが命を削るように仕事をこなしていたのだ。

　翻って、昨今の状況はどうか。昨今の作品で主な文学賞を受賞した作品から、本書で取り上げたものを一覧してみる。

● **野間文芸賞**
　『小箱』小川洋子（2020）／『人外』松浦寿輝（2019）／『土の記』高村薫（2017）／『その姿の消し方』堀江敏幸（2016）
● **読売文学賞**
　『君が異端だった頃』島田雅彦（2019）／『ある男』平野啓一郎（2018）／『僕が殺した人と僕を殺した人』東山彰良（2017）／『模範郷』リービ英雄（2016）
● **谷崎潤一郎賞**
　『名誉と恍惚』松浦寿輝（2017）／『薄情』絲山秋子（2016）
● **泉鏡花文学賞**
　『小説伊勢物語 業平』髙樹のぶ子（2020）／『ひよこ太陽』田中慎弥（2019）／『大きな鳥にさらわれないよう』川上弘美（2016）
● **直木三十五賞**
　『少年と犬』馳星周（2020上）／『ファーストラヴ』島本理生（2018上）／『蜜蜂と遠雷』恩田陸（2016下）／『海の見える理髪店』荻原浩（2016上）
● **芥川龍之介賞**

『むらさきのスカートの女』今村夏子（2019上）／『コンビニ人間』村田沙耶香（2016上）
● **柴田錬三郎賞**
『正欲』朝井リョウ（2021）／『逆ソクラテス』伊坂幸太郎（2020）／『彼女は頭が悪いから』姫野カオルコ（2019）／『雪の階』奥泉光（2018）
● **中央公論文芸賞**
『国宝』吉田修一（2018）／『罪の終わり』東山彰良（2016）

　個々の作品についての私の評価は本文に当たっていただきたいが、率直に言って寒心に堪えないリストと言う他はない。

　作家らの名誉のために言っておけば、受賞対象となっている作者らはいずれも過去に優れた作品を物しているし、何人かは文学史に残る仕事さえしている。が、当該作について言えば、本書で基準以下の厳しい評価を与えざるを得ないものが大半だった。何よりも呆れるのは、私から見て、そもそも小説としての水準に達していない作品が軒並み権威ある賞を受賞していることである。ここまでくると私の判断が根本から間違っているか、文壇の授賞システム全体が根本から腐敗しているかのいずれかであるという他はない。これは、石原慎太郎『太陽の季節』、村上龍『限りなく透明に近いブルー』が引き起こした価値の転倒などとは次元が違う。

　作家、編集者らは、近過去の文学作品をきちんと読んでいるのだろうか？

　たった半世紀前の高峰を継ごうという自負は、今の文壇や出版社、編集者には、もう誰にもないのだろうか？

　谷崎潤一郎、泉鏡花、川端康成、三島由紀夫らの名前を冠した賞を安物扱いして、関係者らには罪の意識はないのだろうか？

　どうしてこういうことができてしまうのか、私には本当に分からない。誰か教えてください。

高橋源一郎 Takahashi Genichiro 1951年生

散文詩と小説の境界を易々と乗り越える初期の才気が懐かしい。資質が詩人であって、基本的に物語を創り出す能力には乏しい。それは初期の佳作『さようなら、ギャングたち』で充分予測されたことで、小説家であり続けるならば、散文詩的な本来の資質を研ぎ澄ますか、小説作法に熟達してゆくしか道はなかっただろう。サヨク時代に青春を過ごし、作家として成熟すべき時期がバブル経済期＝ポストモダンで、地道な技術や成熟をコケにする時代だったことが、高橋の作家人生を台無しにした。「前衛」を看板にした悪ふざけに終始し、老醜をさらしている。

73点 『さようなら、ギャングたち』(1982)

才能の爆発だけで書かれたような小説、あるいは小説の、「小説」からの解放。小説という構築物を解体する試みはある時期の流行だったが、ここでの高橋はそうした頭脳先行のぎこちなさと全く無縁、「命名」という言葉の本質を軽やかに飛び越えながら、イメージからイメージへと跳躍し続ける。一見、散文詩の連作に見えるが、作者自ら日本語の喚起力そのものの霊媒となっての「物」「語り」はまさに小説の新たな可能性を開くものだった。【講談社文芸文庫】

33点 『優雅で感傷的な日本野球』(1988)

前作で詩的才能を使い果たしたのか、その後に残ったのは、最早作家と言うより陳腐な批評家の残骸である。物語ることの息の短さは前作において懸念される所だったが、枯渇するには早すぎる。想像力も

物語ってゆく飛翔力も粘りもない退屈な断章の合間に、気の利いた野球論が挟まれる。

【三島由紀夫賞｜河出文庫】

14点 『ゴーストバスターズ　冒険小説』(1997)

この人の小説では、「何か」は始まるのである。確かに何かは始まってくれるのだが、すぐに救いようもなく退屈になる。思わせぶりと変奏とパロディによって小説は「ずらされ」続けるが、驚異的につまらない。「前衛」が無能な芸術家の墓場となり続けた20世紀後半の、文学における逆説的な金字塔。

【講談社文芸文庫】

26点 『さよならクリストファー・ロビン』(2012)

物語ることと人間の実存、記憶、ロボット人間とクローン人間などを配した哲学的味付けの童話風短編連作集。哲学的味付けと言っても本当に問いを投げかけるだけの思考の粘りや作としての張力はなく、連作と言っても計画的にそうなったというより成行きに任せたもので、いい加減と言えばいい加減な本だが、老いの残り香のような感傷と、童話としての甘さが、味わいと言えば言える。【谷崎潤一郎賞｜新潮社】

田中慎弥 Tanaka Shinya　　　　1972年生

作家が手職人であるという自覚を近代日本から引き継ぐ数少ない存在と言っていい。

国家、天皇、右派ナショナリズムへの根強い関心と、私小説的で粘着質な文体、他方でセックスへの非常な固執が混在する。本人は谷崎、川端、三島を賞賛しているが、彼自身の主題的な志向は明らかに大江の後裔（こうえい）である。

『夜蜘蛛』で一定の水準を示した政治や国家の実像に、更に切り込む覚悟と知性が田中にあるか、『共喰い』以来の私小説の隘路（あいろ）を極めるか、それとも谷崎の物語的世界、川端の幽玄に挑むのか。

行方を注視したい作家の一人である。

73点 『共喰い』(2012)

芥川賞受賞の「共喰い」と「第三紀層の魚」の二作が収録されている。後者の方がいいが、いずれも成熟した、真っ当な作家の仕事である。「共喰い」は異常性欲の父と息子を扱い、昭和末期の場末（ばすえ）の暮らしの営みもよく書き込まれているが、芥川賞受賞の模範演技のような嘘（うそ）も感じる。「第三紀層の魚」は見事で印象的な短編。ただしこちらも主人公＝話者が小学校五年の男子児童としては、余りに成熟した語りと思惟（しい）、対人関係、大人であり過ぎる。だが、それを差し引いても曽祖父、祖母、母がそれぞれに葛藤を静かに胸の内に抑えながら生きる家族図は精妙で胸を打つ。曽祖父の戦争体験、勲章、日の丸の陰影が見事に生きている。文庫巻末の瀬戸内寂聴（じゃくちょう）との対談もよい。

【芥川賞｜集英社文庫】

71点 『夜蜘蛛』(2012)

書簡体小説。書簡の書き手であるＡの父親が日中戦争時に不名誉な戦線離脱をした戦争体験、その父の戦後と老後が語られる。そしてＡがした昭和天皇大喪の礼の日の決断。漱石の『こころ』を、先生と私の疑似同性愛的側面から変奏したのが島田雅彦の『彼岸先生』だとすれば、本作は、乃木希典、西南戦争、明治天皇崩御に己を投影する明治人である「先生」の側から、『こころ』を現代の戦争と天皇に写し換え、これに静かな文体で挑んでいる。

主人公の心情に少し無理があるが、国家という大文字の物語を引き受ける著者の矜持と書簡の落ち着いた文体は作品に風格を与えている。　　　【文春文庫】

44点 『燃える家』(2013)

高校生の主人公二人とその家族を描きながら、国家、宗教、天皇を扱う大長編。こういう大構想に堪え得る現代作家は、村上龍などわずかな例外を除き、日本にはほとんど存在せず、本作も例外ではない。主人公高校生の世界観には、まるで他者性がなく幼稚で独善的だが、その独善と幼稚さを作者が救えていない。作者が作中人物の抱いた観念や狂気を充分に相対化し得るだけの知的、精神的な支点を持てない時、世界観小説は退屈、滑稽になる。

もっとも、現代の男性作家が挑んできた長編の世界観小説の中では、本作は今後の飛躍の可能性を残している方だろう。

作家としてでなく、一度、天皇、日本、性という主題と、思想家として格闘してみることを勧めたい。

創作を通じて考えるという世界観小説の大家らと違い、田中の場合、創作家としての真骨頂は人の心や暮らしの日常のさざ波をすくいとり、これに深い陰影を与えることにある。

一度自作から観念を突き放してみたほうがいい。

【講談社】

66点 『ひよこ太陽』(2019)

雑味はある。だが、作者の人間の生地がひりつくように滲み出ている。書けず、貧しく、女に逃げられ、自死願望に取り憑かれ、周りの全てが刺々しく彼に当たる。一種の自己分裂的な狂気に踏み込む危うさが読者に迫る。これが、私小説風に開き直った悪達者なのか、実際に体当たりして書かれた私小説かは知らない。終盤は破れかぶれになるが、小説家としての腕は確かだ。それが肝心。

【泉鏡花文学賞｜新潮社】

多和田葉子 Tawada Yoko

1960年生

ドイツ語と日本語で作品を発表し続けている。当初の多和田には、文章の力でなければ描けない意識の変性やドイツ語と日本語の二言語で創作する人ならではの摸索があった。が、『犬婿入り』による成功の後、頭で拵（こしら）える主題小説に転じてしまい、自分の持ち味を損なっている。

能力も技術もあるが、コンセプト先行で面白くない。また、肛門（こうもん）、排泄物（はいせつぶつ）に偏執し続けているが、作家のどうしようもない宿命としてそれらを引き受けているというより、それらを安直なメルクマールとして利用しているだけに見える。それも作品をつまらなくしている一因だろう。

63点 『かかとを失（な）くして／三人関係（さんにんかんけい）／文字移植（もじいしょく）』(1992)

吉田健一風に延々と続く文体で、意識＝空間の歪（ゆが）みを自在に描く「かかとを失くして」。異国＝異言語空間に降り立ち、その国の男性と「書類結婚」しながらも、夫に会うことなく、社会生活においても深く自我を侵食される。アレゴリズムが機能するだけの文章の力はあるが、それでも肉感的な直接性がなく、後半はだれる。

【群像新人文学賞｜講談社文芸文庫】

71点 『犬婿入り（いぬむこいり）』(1993)

「ドイツに住みドイツ語で小説を書いているトルコ人の女性作家たちについて論文を書」きあぐねている日本人研究者を主人公とした「ペルソナ」と、犬

婚譚を用いて女性が結婚を通じて陥るアイデンティティクライシスを描く「犬婿入り」の二編を収録。前者では、無表情だから「仮面のような顔の下で何を考えているのか分からない」と思われている「東アジア人」と能面を暗喩的に重ね、ナショナルアイデンティティのぶつかり合いではなく、ナショナルアイデンティティと個人としてのアイデンティティが同時に見失われてゆく揺らぎを描いている。後者は、性欲、臭い、排泄物を用いながら、イマジネーションは緻密、言葉はよく伸びる。　【芥川賞｜講談社文庫】

54点 『容疑者の夜行列車』(2002)

夜行列車のコンパートメントを舞台に、ダンサーが街から街へと旅する。意識の流れ、幻想と現実の混交、悪夢、魔的な存在の脅かし——夜の旅を詩的に叙情する。丁寧な仕事で洗練されてもいるのだが、文章が今一つ香らない。パリ、グラーツ、ザグレブ……。街々の匂いがもっとほしい。

【伊藤整文学賞、谷崎潤一郎賞｜青土社】

43点 『雪の練習生』(2011)

サーカスの白熊が、三世代にわたって綴る自伝という異色の設定による作品。冷戦期の東ベルリンが主舞台で、共産主義と資本主義双方の社会病理が点描されたり、白熊でありながら言語を使い世界をフライトし、亡命するかと思えば、獣使いの人間側からの記述に視点移動をするなど、実験的な作品だ。

滑らかにこなれてはいるものの、面白くない。獣の視点から見た人間論、サーカスという装置、東西冷戦等々クリティカルな主題が重ねられているわけだ

が、作者の「批評精神」は凡庸である。物語作者として非凡な感覚の持主だが、批評精神の所有はそれとはまた別の能力。ただし終章後半、叙情的な場面は非凡で美しい。　　　　　【野間文芸賞｜新潮文庫】

29点 『献灯使』(2014)

中編の「献灯使」以外に未来の日本を扱った短編や戯曲を併録している。「献灯使」は未来小説。超高齢化社会となり、百歳越えの元気な老人たちと、逆に衰弱して歩行や呼吸さえ困難になってゆく若い世代を対比するが、「日本は悪いことをして大陸から嫌われた」ため、地殻変動で大陸から遠ざけられたという設定。大震災をモチーフに使用した「韋駄天どこまでも」、原発を停止しなかったために世界からのけものにされる近未来の日本を想定した「不死の島」、中国や韓半島を批判する右派政治家を揶揄する「彼岸」。いずれも政治パンフレットであって風刺文学の水準に達していない。

【全米図書賞翻訳部門｜講談社文庫】

辻仁成 Tsuji Hitonari

1959年生

現存の最も優れた作家の一人。心に悪い癖や崩れがなく、資質も豊か——こういう人は、むしろ現代の頽廃（たいはい）し切った文化状況の中では成功しなさそうに思うが、多方面にわたる成功者でもある。

伸びやかな勝者だが、それが作品を浅くしてはいない。その年齢で書き得ることを背伸びせず、卑屈にもならず、文壇的計算や企（たくら）みより書きたい気持を優先して描き切って、いい仕事を重ねている。

私としては、いよいよ老いに入りかけているこれからの辻には、『海峡の光』『白仏』の線で、近代の本格小説の巨匠として山稜を築いてほしい。今の時代、こうした、言葉の力だけに専ら依拠して、客観的な世界や人間の「かたち」を信頼して描く作家は、稀（まれ）になっている。が、人間は「かたち」から自由になれるほど強くも確かでもない。必ず時代は「かたち」への確かな信頼と造形に戻るであろう。

その時、辻の器量の大きさは時代の軸になるはずだ。

73点 『ピアニシモ』(1990)

作者の生地が剝（む）き出しに出ている、皮膚感覚に迫るように。中学生男子の成長小説である。学校で受けるいじめ、母親への隠微な反抗、彼だけに見える自己の分身ヒカルの天衣無縫、そして大きな裏切りや父性の崩壊を経て、自立に目覚める。こう書けば定型的だが、それは青春それ自体が定型的だからである。いたずらな技巧や背伸び、悪達者な工夫などとはなく、文体の端々から吹き出る魂の渇望に本物の輝きがある。

【すばる文学賞｜集英社文庫】

82点 『海峡の光』(1997)

自然主義から第三の新人に至る日本近代小説の正統の嫡子というべき古典的な名編。函館、青函連絡船の厳しく暗い風土性、監獄という特殊な空間、主人公とその同級生の心理戦の緊迫した描写——隙のない小説空間だ。完成度が高く、抑えた調子なのに、実に生き生きとしている。『ピアニシモ』がまだ過剰な比喩表現など作家としての苦闘の痕跡を見せるのに対し、ここでは深みとリズムに満ちた文体が小説空間を全て生き物と化している。ただし同級生の心理の動きに最終場面で充分な説得力を生み出せていないのが瑕疵。　　　　　**【芥川賞｜新潮文庫】**

91点 『白仏』(1997)

文学史に残る傑作。筑後川下流の島で鉄砲職人だった自らの祖父の精神的ルーツを辿りつつ、夥しい人の生と死、家族と共同体の濃密な物語が、国家の遠く近い幻影の明滅と共に描かれる。村の祖先たちの遺骨で仏を彫るという、晩年の祖父が人生を懸けた一種異様な事業の意味が読み解かれる中で、絶えず問われるのは生の意味であり、それを問い返す死のあらゆる残響である。神秘体験や輪廻が当たり前に語られ、テーマが生に出過ぎる部分もあるが、全体として、真の魂の物語たり得ている。簡素だが、濃密。　　　　**【フェミナ賞 外国小説賞｜集英社文庫】**

85点 『サヨナライツカ』(2001)

『白仏』の著者がなぜこんな定型的な通俗小説を？と思う間もなく、滔々と歌われる愛の賛歌に体ごと

押し流される。あらゆる夾雑物を取り去り、美しい男女がひたすら求め合う運命だけに筆致を集中させ、描き切った。中途からの筆圧の昂り、文勢の耀きは尋常ではない。三島由紀夫の『金閣寺』と『白仏』では、さすがに前者に軍配を上げることになるが、『潮騒』と『サヨナライツカ』なら私は躊躇なく後者に軍配を上げる。通俗にして真を穿つ永遠の恋愛小説。　　　　　　　　　　　　　　　【幻冬舎文庫】

77点 『代筆屋』(2004)

読むだけで心が洗われる──出版社が感傷的な通俗小説の帯にする典型的な宣伝文句だが、この小説は、それが本当に、それも飛び切り優しく、しかしいささかも安易・凡庸に流れず、格調と深みをもって実現されている。若い駆け出しの小説家が、手紙の代筆を頼まれる。その連作が紡ぎ出す十の物語が収められているが、切り取られた人生模様の多彩さ、そして手紙を出す、受け取るという行為の持つ深い情趣に満ちており、短編集としても美しい。辻がそれぞれの手紙で見せる機転やエチケットはまるで魔法のよう。　　　　　　　　　　　　　　　【幻冬舎文庫】

66点 『愛情漂流』(2019)

密度の濃い傑作というわけにはゆかない。文章が瘦せ、書割に従って進むやや生硬な作ではある。だが、それでも現代日本の50代から下の世代を広く領している愛と家族の最も切実な主題──性と愛との乖離──を正面からとらえ、しかも妥協ではない美しい解決を導いている。精神的な愛を求める人間と性愛を強く求める人間が結婚し、子供をなした後、互い

の愛と欲求のずれを感じ始める。そうした二組の夫
婦とその娘たちの間に生じる不倫、葛藤、開き直り、
争い、それぞれに納得できぬずれを背負いながらの
傷心。これはまさに現代の夫婦に広くみられる苦悩
の一つであろう。　　　　　　　　　　　**【竹書房】**

辻原 登 Tsujihara Noboru

1945年生

様々な主題で高水準の「小説」を書き続けている。『東京大学で世界文学を学ぶ』によれば、19世紀の小説、とりわけトルストイに小説の頂点を見ている。透徹した史観である。だからこそ暴力・セックス描写や脱構築・過度な実験性などに安直な逃げを打たず、伝統的な技法の内側からその殻をいかに破るかに腐心し続けてこれたのだろう。絶えず作風を更新させ続け、ロマン、リアリズムの現代小説、時代小説、ハードボイルドのいずれにおいても新たな文学世界を切り開いている。小説を読む愉しみを裏切ることの滅多にない、数少ない作家の一人だ。

87点 『翔べ麒麟』(1998)

阿部仲麻呂を玄宗皇帝時代の唐政府要人として、壮大な布置の中で描く。仲麻呂を、楊貴妃—楊国柱派の専横を倒す新政樹立の柱とし、吉備真備ら遣唐使、安禄山、顔真卿、王維らを配し、安史の乱、楊貴妃失脚をクライマックスに、大伽藍を構築してゆく。新羅、鮮卑、ソグド、ペルシャらの混在する古代宇宙を描いて、日本に偏しない大きさには感服する。構想は壮大、緻密な描き込み、世界帝国としての唐の豊麗さと近代性、他方で支那のグロテスクさ、残虐さをも適切に描き、国粋主義、媚中いずれにも加担しない強靭な知性と、活劇としての充分な魅力を併せ持つ傑作だ。

【読売文学賞 | 角川文庫】

86点 『ジャスミン』(2004)

日中を跨ぎ、第二次大戦中から阪神大震災時までを

架橋するスパイ小説。主題はいわば悠久の時そのものであって、人の生を泡沫と捉える点で典型的な日本の文学である。上質の詩でもある。読み飛ばしを許さない厳しい高さに貫かれている。主人公男性に明確な個性がないのも、例えば『雪国』の島村がそうであるように、彼自身が時を映す鏡だからだ。味読を重ねる他、近づく道はない。　　　　【文春文庫】

61点 『許されざる者』(2009)

日露戦争に材を取った壮大な小説。小説として筋立てや登場人物を絞った司馬遼太郎の『坂の上の雲』よりも、トルストイの『戦争と平和』を思わせる全体小説である。力作だが、散漫のきらいを免れない。主舞台は紀伊半島の新宮(作中では森宮)、主人公のモデルは大逆事件で処刑された医師で社会主義者大石誠之助だが、ボンベイ留学からの帰路、異国情緒溢れる開始から、一貫して穏健なヒューマニストとして描かれ、激しい波乱の末、明るく新しい予感の中で小説は終わる。幾筋もの恋愛、日露戦争の戦場での森鷗外、田山花袋、他方頭山満から荒畑寒村、幸徳秋水ら極右、極左、更に任侠、遊郭の世界まで物語に組み込まれるが、筋や世界の広がりに見合うだけの思弁的な深みに欠ける。「戦争」と向き合うトルストイの呆れるほど執拗で退屈な思弁性にこそ『戦争と平和』の文学としての凄みがある。本作では歴史が作品のアクセサリーに堕している。

【毎日芸術賞｜集英社文庫】

91点 『冬の旅』(2013)

シューベルトの『冬の旅』どころではない、地獄図

の曼陀羅だが、それは同時に穢土浄土であり、仏の御心には地獄もまた極楽と言える——いや、そんな風には決して人生の地獄が片付くものではあるまい。阪神大震災前後の大阪を舞台に、犯罪と死、宗教、カルト、バブル崩壊後の青テント、人生の転落図の数々が数珠のように組み合わされ、照応し合いながら、真の自由とは何か、生きることの罪と罰を人はどう背負うのかという根源的な主題に迫る。

犯罪も背徳も狂気も重たいが、哀切極まる。

救済の物語は、熊野の海から、阿弥陀仏へと身を捨てて躍り出す有名な説話を下敷きにするが、作者が読者に突き付けた問いは実に陰惨なものだ。平成という時代——バブル崩壊、政治不在、国家漂流、地縁、血縁のみならず職縁も消えて取り残された「個人」。平成前期のイデオロギー状況への反時代的告発としても歴史に残る傑作と言えよう。

【伊藤整文学賞｜集英社文庫】

72点 『籠の鸚鵡』(2016)

田舎町の平凡な助役のちょっとした出来心、バーの不思議なマダムの色仕掛け——それに端を発する一連の事件を、昭和59年、山口組三代目田岡一雄の死に端を発した山一抗争の展開の中で描く。典型的なアクション・ミステリーに見えるが、端倪すべからざる出来栄えだ。冒頭色仕掛けの強烈な喜劇味、山一抗争のリアリズムに借景しながら、幾重にも重なる裏社会の化かし合いがテンポよく描かれる。末尾がいい。ネタバレになるから書かないが、この手はミステリーのプロには使えまい。

【新潮文庫】

47点 『卍どもえ』(2020)

小説としての粘りがない。谷崎の『卍』に借りてレズビアンを扱い、エンブレム・コンペに応募するアート・ディレクターを軸にしているものの、性愛の濃密な気配はなく、やたらに広がる登場人物の相関図と文化全般にわたる蘊蓄に辟易させられる。

【中央公論新社】

筒井康隆 Tsutsui Yasutaka

1934年生

天才、とりわけ才気煥発な短編小説において。

アイディアも、調子に乗り始めたら止まらぬエロ・グロ・ナンセンスの奔流も、途轍もない博学も——全てが桁違いだ。傑作も多く、駄作も多い。だが、どこを取っても嘘がなく、ひねくれた汚い根性がない。明るい。

洗脳装置としてのマスコミを批判した処女長編『48億の妄想』から、実験性の強い『虚人たち』『夢の木坂分岐点』『残像に口紅を』という飛躍に次ぐ飛躍——しかし、私はそうした才人としての筒井よりも、作品そのものの面白さで読ませる『俗物図鑑』、『家族八景』などを好む。本人からは面白さなど下らんと一喝されそうだが。

下ネタが始まると箍が外れ、凄まじいことになるが、文体に卑しさがない。だが強い抵抗を感じる人も多いだろう。文章で洪水のような下ネタを読むのが耐えられないという人には初期の『家族八景』、新聞小説という縛りのある『朝のガスパール』辺りから読まれることをお勧めする。

74点 『俗物図鑑』(1972)

盗聴評論家、吐瀉物評論家、月経評論家から飛行機の墜落評論家など奇体な評論家たちが自在に活躍し、権威ある従来の「評論家」たちを徹底的に嘲る痛快な長編小説。もっともらしい風刺小説というより、痛快、滑稽な筆の滑走で、人間の本性を暴いてゆく起爆力がただならない。終盤、物語を『水滸伝』に近づけ過ぎて、活劇風になってから興趣が失速す

るのが残念。　　　　　　　　　　　　　　【新潮文庫】

76点 『家族八景』(1972)

人の心が読めてしまう超能力少女七瀬が家政婦先の家族の心の闇に巻き込まれる、家族の心象風景八編の連作。単に家族内の偽善や、口と裏腹な内心などなら、どんな小説でもおなじみだが、若く美しい家政婦を通じて心の内がト書きとして描かれるだけで、平凡な心象風景が一転、醜悪さ、哀れさ、滑稽さに変じ、家庭の日常が心の歪みの壮大なダンスとなる。文体の魔術。　　　　　　　　　　【新潮文庫】

55点 『虚人たち』(1981)

虚構内の人物つまり小説の登場人物が、自分が虚構であることを自覚したらどうなるか――。虚構内の人物を、虚構の事件の方向に展開させるのでなく、虚構という平面に織り込まれてしまったこと自体を生きさせてみる――空前の実験小説として名高い。が、私は余り評価できない。着想と力技には感服するが作品として面白くないからだ。時空間の確定性への抵抗という、量子論や現象学以後の世界観に影響を受けた小説は数多い。だが、私たちの言語意識が、古典的な社会の構造性そのものに依拠している以上、古典的枠組みの解体は、文体によって抵抗を擬装する他ない。筒井の場合文体そのものが古典力学的で、そうした時空の歪みを仮構しきれていない。実験としての完成度の高さは認めるけれど……。

【泉鏡花文学賞｜中公文庫】

48点 『旅のラゴス』(1986)

地球が壊滅した後、宇宙船で別の惑星に移住した人々が、科学技術を失い、再び古代化した未来を描くSF。それなりに面白いが、アイディアの覚書のようで、文学としての肉汁がほとんどない。【新潮文庫】

62点 『文学部唯野教授』(1990)

文学部で印象批評からポスト構造主義までの文芸批評史を講じる講義と、大学の文学部をコケにするパロディを各章に配して物語は進行する。パロディ部分は誇張が極端すぎ、ドタバタ感だけが残る。文芸批評論は分かりやすく、私の理解の届く限りで言えばエリオットを除き概ね正確と感じた。【岩波現代文庫】

50点 『ロートレック荘事件』(1990)

著者の珍しい推理小説。仕掛けがトリックや犯人の心理よりも、文章の中にある点が筒井らしい創意だが、作品としての厚み、旨味がない。 【新潮文庫】

81点 『朝のガスパール』(1992)

新聞に連載中、読者たちを創作や論評に参加させ、創作のアイディアにそれを用いたり、読者への過激な反論を載せながら物語を進行させる空前絶後の試み。SFの次元、現代家庭小説の次元、紙面に登場する作者の分身である榩沢の次元、実在の筒井の次元が緻密に交叉し、そこに更に参加読者の次元が付け加わって、メタ小説＝メタ批評の濃密な空間が現出する。アイディア倒れに終わらず、小説としても堪能させる。 【日本SF大賞｜新潮文庫】

79点 『エンガッツィオ司令塔』(2000)

断筆宣言の解除後に発表された短編集。表題作は捧腹絶倒、スカトロ、幻想、ペーソス……濃縮と爆発、天才のどうしようもない渙発の前に拝跪する外なし。それ以外も人間の闇を描く傑作断章、七福神を用いた掌話集、歌舞伎のパロディ、北朝鮮指導者のパロディなど衰えを知らぬ怪調ぶり。　　　【文春文庫】

43点 『聖痕』(2013)

変質者に性器を切断された美少年の青年時代までの一代記。設定は筒井らしく、最初は何か不穏な雰囲気が多少漂うが、その後は真面目、穏健、べったりとした筆致で進み、躍動感や飛躍がない。【新潮文庫】

65点 『モナドの領域』(2015)

「我が最高傑作にして、おそらくは最後の長編」とのことで、著者最高傑作と言うのは無理としても、才気溢れる作品である。宇宙に遍在する絶対者の降臨という主題を、軽みのある筆致で、しかし思想史の文脈の適切な理解をもとに、巧みに乗り切り、楽しく、美しい思想小説たり得ている。筒井の関心は実存的なものではなく、汎神論的宇宙観にあるから、ドストエフスキーの「大審問官」などのような粘着的な人間存在への問いには向かわず、むしろ、世界認識も人間描写も静謐で、しかもかつて筒井にあまりない作中人物への愛惜がある。末尾は美しい。

【新潮社】

中沢けい Nakazawa Kei 1959年生

18歳の時の「海を感じる時」は天性の輝きと、内向する性の目覚め、粘り強く女の生理に寄り添う文体が耀いていた。が、その後、私小説とその延長上で書かれてゆく作品は、いつもどこか、歌を忘れたカナリアの趣があるのはどうしたことだろう。田山花袋を模して街のくすんだ叙景と私小説の組み合わせを狙う『首都圏』の線も、どうしても小説で表出しなければならぬ「何か」を感じさせない。現代のメルヒェンというべき『楽隊のうさぎ』も、息が続かない。

67点 『海を感じる時／水平線上にて』(1978)

18歳の作者が16歳の主人公の女の目覚めを描いた「海を感じる時」。処女のみに宿る不思議な成熟と美しさ、そして文学としての鮮度を併せ持つ。母との複雑な関係、恋人である先輩男子の葛藤を客観化し、自身の内に蠢く「女」の生理を海の暗喩で枠取りながら語っている。若干残る後半の冗漫さが惜しまれる。【群像新人文学賞、野間文芸新人賞｜講談社文芸文庫】

46点 『首都圏』(1991)

前作の延長線上、結婚・離婚を経た後までの私小説を、各章ごとに、随筆的要素、小説手法のヴァリエーション、人物構成の変更を加え、引っ越した街々の風景の中で点描してゆく。散文詩としての美しさ、東京の叙景に見るべきものはあるが、くすんだ色調の私小説を読むに足るものにする作者自身の自我への固執、悶えがない。【集英社文庫】

39点 『豆畑の昼』(1999)

房総半島を舞台に同棲中の男女や、豆畑と海の街の生活風景が描かれる。『首都圏』に較べ、きちんと目の詰まった記述が目指されているが、冗長さは如何ともし難い。

【講談社】

57点 『楽隊のうさぎ』(2000)

中学生ブラスバンド部の部員たちを描く成長小説であり、音楽小説でもある。対象への愛と優しく生き生きとした作者の視線が素晴らしい。小学校高学年でも高校、大学でもない、中学生固有の成長をぴたりと捉えている。練習、演奏風景は、ペダンティックな知識のひけらかしでなく、音楽への真の造詣がなければ書けないものだ。中沢の作品はいつもそうだが、冗長なのが残念。

【新潮文庫】

27点 『動物園の王子』(2013)

高校の演劇部以来の女友達三人組の50代の日常を描く。筆は軽妙で読みづらさはないが、本質的に書くべき言葉を既に持っていない惰性から来る停滞感が作を覆っている。書くということ、語るということに取りつかれていた『海を感じる時』からずいぶん遠く来てしまったものだ。中沢自身が、今やもう、書くことよりも、人生そのものに満たされているのではないだろうか。

【新潮社】

コラム6　子供が主人公の小説の大量発生は何を意味するのか

　本書執筆のために現代小説を読み続けている内に気づいたことだが、近年主人公が高校生以下の子供である小説があまりにも多い。反して、成熟した年代の成熟した人間が主人公である小説が少ない。いや、古典的な意味での青春小説も、また、30代までの若い世代を主人公にした小説さえも少ない。

　これは一体なにを意味するのか。

　私は児童文学の選をしているのではなかったはずである。児童文学というジャンルは別にあり、優れた作品が子供向けに書かれ続けている。私も子供時代に随分世話になったものだ。

　成人を相手にした通常の文学において、高校生以下が主人公という作品が、若い世代の作者に急増している。しかも、重松清の『ゼツメツ少年』に見られるように、周到に組み立てられた成熟した作品の主人公が少年というのではなく、作者自身の精神年齢がほとんど登場人物と同じに見えるような、子供の書いた子供の小説の類いが多い。

　女性作家に多い。そこではしばしば女子中学生から女子高生が主人公で、しかも俗にスクールカーストと言われる学校内の女の子同士の差別待遇、陰湿ないじめ、排除が主題になる場合が多い。

　現代の学園生活で、かつての校内暴力など、若い男の血の荒れ狂いとは違う陰湿な差別が、余程深刻なテーマになっているということであろう。

　が、それにしても、異様な光景だ、作者が、30代、更に40代になっても、高校生が主役の小説が多いということは。

　若い女優を起用した作品は、テレビドラマ化しやすいことも与（あずか）っているのだろう。処女作がヒットしたものの筆力の続かない作者たちに、学園ものを書かせ、タレントの出演作品につなげることでビジネスにする。たちの悪い話だが、充分ありそうなことである。

　だが、そこには、若い世代の日本人の精神年齢の急激な低下が重なっているようにも思われる。大人になれない社会、いや、大人に

なることが汚点のようにさえ見える社会。何かにつけ、責任ある立場の大人が糾弾され、攻撃され、責任を取らされ、もはや、疲れ切った大人たちは、そのような責任から逃げるのが精いっぱいであるような国……。

　高校生小説の増加は、責任ある大人、公的なありようを自信を以て示せる倫理的存在としての大人を扼殺してきた現代日本の病理の帰結でもあるのではないか。

長嶋有 Nagashima Yu

1972年生

正統の「近代小説」を継ぐ若手世代の第一人者。批評的知性の欠落した作家だらけの中で、ペダンティックな哲学や文学史的知識のひけらかしでなく、文体そのものに生き生きとした批評を含む、今の日本では稀な存在だ。

物語の紡ぎ手としても充分魅力的である。自然な語りの能力、伸びやかな文章を繰り出す能力がある。古いところではイギリスのジェーン・オースティン、あるいは我が井伏鱒二のように、決して誇大な主題やドラマを創り出すでもなく、さして緊密な文体というほどでもないのに、言葉の紡ぎ出しによってだけ可能な市井の平凡な暮らしを描く。ただし近作の筆の荒れが気になる。

69点 『猛スピードで母は』(2002)

芥川賞受賞の表題作と文学界新人賞受賞の「サイドカーに犬」。いずれも親の不和、離婚、葛藤を子供の視線から描き、軽妙だがペーソスと過敏な心の動きが柔らかく描かれる。母なる存在への恐れと憧憬、母なる者たちの傷心と心の揺れが、一言一句のニュアンスの中から立ち上る。やや軽いが、現代の『母を恋ふる記』と言えるであろうか。

【芥川賞｜文春文庫】

79点 『パラレル』(2004)

現代の結婚、男女を描いた本当に小説らしい小説。ゲームデザイナーを語り手に、現代の風俗、成功と失敗の持つ、何とも言えぬ空虚さといがらっぽさを

正面から描きながら、結婚という制度——作者はそれを作中人物に「文化」と言わせている——の儚い、それゆえの美しさに徐々に迫ってゆく。時間軸の今・昔、男の主人公二人、幾つかの男女の交際を「パラレル」に描く構成に数学的なリズムがある一方で、文体は精妙、一見軽い運びだが作者の問いの射程は長い。

【文春文庫】

82点 『夕子ちゃんの近道』(2006)

街外れの古道具屋の二階に下宿する「透明な背景のような」主人公の青年と店主、隣家の若い姉妹、年増の魅力的な女性。家庭生活の崩れや挫折の孤独さが折り合わさりながら、精妙に呼吸する文体で静かに紡がれる「暮らし」の物語である。ポスト家族時代の日本人の息遣い、優しさが互いの小さな違和感へのユーモラスな掛け合いの中で、一つの信頼の物語へと昇華してゆく。予定調和すぎる結末が物足りないが、一点一画揺るがせにせぬ研ぎ澄まされた仕事であって、その完成度は高い。

【大江健三郎賞｜講談社文庫】

56点 『佐渡の三人』(2012)

書くことに手慣れてきた油断、何か微妙に「いい気な感じ」を感じる。祖父母の世代の相次ぐ死と納骨の旅に焦点を当て、孫娘の視点から家族の微妙なずれを描き、現代人にとって死とは何かを問い掛ける。重たい問い、軽妙な筆致——そこまではいい。が、筆を動かせば書けてしまう所まで来てしまった以上、別の道に進まねばなるまい。佐渡が舞台とのことで北朝鮮拉致被害者の曽我ひとみさんが執拗にネ

タにされているが、これは頂けない。　　**【講談社文庫】**

27点 『もう生まれたくない』(2017)

箸にも棒にもかからない駄作。元X JAPANのTAIJIの変死に始まり、スティーブ・ジョブズ、ジョン・レノン、ダイアナ妃らの死と作中人物の暮らしを重ねてゆくが、生理的でしなやかだった文体は跡形もなく、筆に粘りはないし、ゲーム談義なども小説の読者には煩わしく、作中人物がいつまでも生きて立ち上がってこないし……。長嶋さんどうした!?**【講談社】**

中村文則 Nakamura Fuminori

1977年生

「全ての多様性を愛する」ことを信条告白だと言いながら、「こんなところでたむろしているクズ達」（「土の中の子供」）、「お前らはゴミだよ」（「何もかも憂鬱な夜に」）、カルト教団の強制捜査に入った警察官を「このクズども」と、作中である特定の種類の人間たちを「クズ」「ゴミ」と呼ぶ／呼ばせることに躊躇しないのは、暴力小説の書き手たちにもあまり見られない。独善の臭気が付き纏う。小説に、ドストエフスキーやカフカのような形而上学性を持ち込みたがる乳臭も鼻につく。

人間を知る前に作家になってしまった典型例と言えるだろう。

実はこの作者、面白い話をそれにふさわしい快適なテンポで描く筆力は豊かなのである。「正義」「良心」や「観念」から自由になり、人間という奇妙な生き物の生態を存分に描くこと――それに徹すればいいのにと思う。

31点 『土の中の子供』(2005)

暴力、虐待、底辺で生きようとする男女の葛藤……。しかし想像力が大雑把すぎて、細部の辻褄が合わない。意識不明になるまで嬲られた主人公が、殴る蹴るの暴行を受けながら明晰な思考をし、翌日には早速セックスしている冒頭だけで、私は鼻白む。飛躍はいいし、小説は何もリアリズムだけが能ではない。が、虐待児としての幼少期から始まり、暴力に満ちた人生を描くならば、それを真と信じさせる繊細な注意力は必要だろう。底辺を知らないで底辺

を描く甘さ、傲慢を感じる。自分がそうした人間を描く無資格者ではないかという自問や痛覚が文章のどこにもないのである。【芥川賞｜新潮文庫】

27点 『何もかも憂鬱な夜に』(2009)

少年施設出身の刑務官と20歳の死刑囚の心の交流の物語だが、沈鬱な暴力性と抑圧に満ちた記述から、最後に急に御涙頂戴のエンディングになる唐突さに説得力がない。【集英社文庫】

58点 『掏摸』(2009)

天才掏摸師と巨悪の黒幕の対決を描くハードボイルド。黒幕の吐く「絶対悪の哲学」が浅薄過ぎて失笑するし、現代の東京で掏摸は職業として成立しないから、掏摸の天才が生まれるはずもない。基本的なリアリティが欠落している。だが、物語は快適なテンポで進み、スリ師と売春婦の息子である少年との交情は美しい。【大江健三郎賞｜河出文庫】

50点 『教団 X 』(2014)

初期仏典から量子論、脳と意識のニューロン仮説、超紐理論などを盛り込んだ独自の人間論を語る風変わりな教祖と、そこからの信者引き抜きを狙うカルト教団との対決を描く前半は高い評価に値する。哲学的な記述もこなれているし、人間像も物語としての興趣も一流。このまま仏教的世界観を通じて、単純な善悪二元的な割り切りを超えた人間性追求に向かえば、全く新しい宗教文学の傑作誕生となったろう。ところが、後半になると反政府・反安倍政権的言説の洪水となり、その落差に唖然とさせられる。

重層的なテロの仕掛けはエンターテイメントとして
も一級品なのに、結局、その一番裏にいるのが公安
で、保守政権の選挙や支持率のためにカルト教団の
テロ事件をでっちあげるなどという筋書きには失笑
するしかない。フリーセックスと武装をこととする
カルト教団の信者には「罪はない」のに、警察官は「ク
ズ」呼ばわりするという人間観・社会観は、それ自
体が一種のカルトではないか。

根源的な人間への問いを描く時、現代日本の政治や、
戦争認識、靖国問題などは全く適さない。これらは
いずれも、「問題設定」そのものが、人間としての
根源的問いを忘れた国民と政府、左右イデオロギー
に属する論客からネット世論──その全ての共依存
的甘えの餌に過ぎまい。宗教の可能性を通じて人間
を描こうとする作者が、そんな低次元の構造の一部
に自らすっぽりはまり込んでしまってどうする。

【集英社文庫】

西村賢太 Nishimura Kenta

1967年生

大正的な私小説作家と評される。

本当にそうだろうか？

私はそうは考えない。

物書きとしての才能と技量は充分にある。その作品は、私小説としては面白すぎるくらい、どれも面白い。だが、日本の私小説は「面白い小説」ではなく、人生を賭けた「つまらない小説」だったのではなかったか。

西村が、大正末の私小説作家藤澤清造の没後弟子を任じ、偏執的な藤澤狂いとして、私小説書きとなったことは、今では広く知られていることだろう。

が、私小説が、自己の醜悪や滑稽な哀れさを剔抉し、告白することで、自らが返り血を浴びる——その「傷」を通じて人間の真実に迫るのに対し、西村は私小説のそうした自己告白の構図を利用してはいても、作中で実際に「傷」を受けているのはいつも周囲の人々である。

暴力を振るわれる母や同棲相手の女、非常識な振る舞いに翻弄される友人や編集者に対して、作者と擬される主人公はあくまでもふてぶてしい。

このふてぶてしさは日本の私小説伝統とは明らかに異質で、西村は、むしろ私小説に体裁を借りた悪漢小説の名人と見た方がよい。

小説は充分面白いのだから、それはそれでいい。が、「私小説」に甘えてはなるまい。

71点 『どうで死ぬ身の一踊り』(2006)

一連の初期出世作が収録されている。久世光彦、坪

内祐三ら読み巧者たちが「ほかの現代作家たちとは
『物』の違う本物」という調子で絶賛し、話題になっ
た。藤澤清造の忌日祭を執り行う藤澤狂いを描く。
私小説の系譜を引き、写生力も見事、自虐的なさらけ
出しに満ちている。しかし同居する女への執拗な
暴力は私小説伝統にはなかったものだ。自己の悪を
赤裸々に描くことが一種の免罪符になっていないか
どうか、もしそうした構造があれば、むしろこれは
葛西善蔵、嘉村礒多、宇野浩二、近松秋江から坂
口安吾らの厳しいピューリタニズムと正反対のもの
になる。　　　　　　　　　　　　　　　【角川文庫】

73点『苦役列車』(2011)

作者と擬される北町貫多もので、19歳の人足時代が
扱われる。人足の現場での出会い、友情、破綻を、
貫多の一見卑屈に見えて、むしろ徹底的に図太くし
たたかな生の暑苦しさを通じて描く。自分が自分で
あることへの根源的な不吉と悲惨を抱え込む私小説
とは正反対の、溢れるばかりの自我肯定の文学。

【芥川賞｜新潮文庫】

54点『無銭横丁』(2015)

19歳の人足時代、30代の女との同棲時代、作家生活
が始まってからの文芸誌の編集者とのやり取りなど
年代の異なる短編小説集。西村の場合、「私小説を
生きる」には日本の経済環境が底上げされ過ぎてい
る上、西村の生活力や才覚は、どこか人並み外れて
いる。彼が描いている通りの男なら、苦しい生活環
境の中で藤澤全集を編纂するなどできるはずもな
く、青テント暮らしに転落していたはずだろう。惨

めさも無礼な我が儘ぶりも、そうであらざるを得ない必然を背負った者の悲哀より、「私小説」を演じる作為を感じさせる。作品としての本作はさほど良い出来栄えではない。

【文春文庫】

67点 『夜更けの川に落葉は流れて』(2018)

筆致は堂に入り、最早北町貫多は私小説の主人公と言うより、私小説作家西村賢太というフィクションを演じる連続物の名物主人公になりおおせている。振る舞いから何からふてくされて呑んだくれている時の寅さんに酷似する。小説としての芸はたっぷりある。

【講談社】

69点 『瓦礫の死角』(2019)

いかがわしさや禍々しさの中に知命を越えた作者の諦念が漏れ始める。自身の悪を意匠にできる余裕が消えた後の作者に期待したい。最後の「崩折れるにはまだ早い」はいい。

【講談社】

羽田圭介 Hada Keisuke

1985年生

神童と言ってよい17歳での『黒冷水』。

あの「恐るべき子供」のデビューから倍の年輪を重ねた35歳での最新作『ポルシェ太郎』は、充分に成熟を語っているか。──そこは疑問だ。

力量に疑う余地はない。

物語る天性の力量、シニカルな批評眼と人生への愛の独特の混淆（こんこう）は不思議な魅力を持つ。

何を書いても現代作家の中では水準以上の仕事になるが、これだけの才能はむしろ徹底的な質の追求に振り向けてほしい。経済的余裕を得たら、本格小説の巨匠へと邁進（まいしん）してもらいたい。

その可能性を秘めた現存で数少ない若手作家である。

73点 『黒冷水』（こくれいすい）(2003)

17歳でのデビュー作。中学生と高校生の兄弟の確執を兄が弟を圧伏する側から描く。世界を語る客観的な視座、人間観の成熟、筆致の非情な正確さ、複眼的で周到な作品構成など、17歳にして先輩著名作家ら多数の顔色を無からしめる水準だ。正気（まさき）という名の兄、その兄は本当に正気なのか、狂気なのか──物語としての興味を充分に刺激しながら、その問いを丁寧に織りなしてゆく。ディテールの一部は書き込み過ぎだし、後半無理な展開があるが、物語を競り上げてゆく力感に天性の作家を見る。

【文藝賞｜河出文庫】

68点 『ミート・ザ・ビート』(2010)

19歳の予備校生が土木作業のバイトに打ち込む。バ

イト仲間たちとの友情、車、デリヘル嬢、地方都市の暮らしが描かれる。淡白な筆致で、大きな事件もなく、特徴の明確な作でもないが、現実の地方都市の若者たちの、昔変わらぬ尋常で地に足の着いた生活、希望、性欲の描出は見事。青春群像のみならず、自ずから社会が浮かび上がる筆力は現役の純文学系作家には稀な資質である。　　　　　【文春文庫】

82点 『メタモルフォシス』(2014)

SMを主題にした二編を収める。SMクラブに通う証券会社の中堅社員を主人公とする表題作、SMクラブに通う民放キー局アナウンサーを主人公とする「トーキョーの調教」、いずれも圧倒的な筆力に唸らせられる。SMという特殊な素材の性的興奮と共に、そこで生じる倒錯性を人間存在そのものの問題へと描き抜く主題性、エンターテイメントとしての魅力が並立する。また証券会社や民放アナウンサーを取り巻く「社会」を描く眼力、正確な描写力も卓越している。表題作のSMプレイの冷徹な描写、その滑稽さと興奮、それを死生観の根源を穿つ観念小説にしてしまう力量、文体の安定──見事だ。欲を言えば、これほどの力量があるなら文体に香気が欲しい。三島由紀夫、安部公房、古井由吉、村上龍中期までにあったあの香気が。　　　　　【新潮文庫】

59点 『スクラップ・アンド・ビルド』(2015)

長く病床にある祖父が、ことある毎に「死んだ方がいい」と呟くのを聞いている内に、その願いをかなえ、尊厳死を遂げさせることを企み始める孫。主題はシリアスで、現実に高齢社会の抱える大きな闇だ

し、主人公の短絡的な思考へのスパイスも利いているが、小説としてはさして面白くない。この人の身上であるディテールがいささか雑なのである。結末も中途半端だ。デビューから12年も経って、なぜこの天才からよりによってこんな水準の作品が芥川賞？

【芥川賞｜文春文庫】

68点 『ポルシェ太郎』(2019)

イベント会社を起業した35歳。小さな成功を収めたものの、人生の成功とは何かを考え始めた主人公の成長小説だ。主人公の多分に独善的で稚気に満ちた社会観察を通じて、成功譚が描かれてゆくが、いつしか世間から背負い投げを食らう羽目になる。いかにも風俗小説的な筆致だし、作者と同年の主人公の幼さが気になるが、時代批評の力で、作を読ませてゆく力量は凡百のものではない。

【河出書房新社】

平野啓一郎 Hirano Keiichiro　　　　1975年生

小説を書く営みにおいて真面目な取り組みを崩さない。

しかし長編小説を読むに足るものにする文学的感興、文章の粘りと勢いに欠ける。文体が凡庸で読ませるだけのディテールに欠ける上、批評にも欠けている。社会を見る見方が、天声人語か岩波ブックレットで物を覚えた優等生のまま。作風が平凡なのは、書割（かきわり）を作った後で、人物を動かしてゆくからだ。ディテールに数多（あまた）の難があるものの構造的な力技である『決壊』が、今のところ頂点である。

28点 『日蝕（にっしょく）』(1998)

擬古文的な小説で、三島由紀夫の再来などと喧伝（けんでん）されて芥川賞を受賞したが、稚拙な文体、思惟（しい）、構想力のないまま目慣れぬ漢語を大量に使用しているだけで、文学としての水準を満たしているとは言い難い。　　　　　　　　　　　　　【芥川賞｜新潮文庫】

49点 『葬送（そうそう）』(2002)

ショパン、ドラクロア、ジョルジュ・サンドらロマン派初期の芸術家群像を描く大長編歴史ロマンだが、文章が凡庸。だらだらした説明文が続く。大規模な長編を持たせるだけの人物造形力、起伏と興趣に欠ける。頻出する芸術談義も素人くさい。又吉直樹の『劇場』『人間』のそれと較（くら）べてみてごらんなさい。力量の差は歴然たるもの。　　　　【新潮文庫】

64点 『決壊』(2008)

力作である点を評価するが、文体や人間観、語られる思想の幼稚さは如何ともし難い。現代社会の荒涼が生んだ無差別テロ、少年を巻き込んだ犯罪、ネットによる繋がりの危うさを逆説的な兄弟のあり方を通じて描く構造的な力技は賞賛に値する。ただしドストエフスキーばりの絶対悪と無差別殺人を結びつけようとする悪の形而上学には失笑させられる。文体、人間観を錬磨し続ける古典的なリアリズムを突き進めば、形而上学的な問いは作品の内部から射すはずなのである。なお拙著『小林秀雄の後の二十一章』（幻冬舎）で、本作を詳論している。興味のある方は参照されたい。

【芸術選奨文部科学大臣新人賞｜新潮文庫】

48点 『マチネの終わりに』(2016)

クラシックギタリストと国際ジャーナリストの恋だが、二人に魅力がなく、芸術を巡るペダンティックな会話も平凡。それでも二人の心理の綾や襞を通じて物語が紡がれると思いきや、中盤での筋のとんでん返しが極端に強引で、後半、真面目に作品に付き合う気持が萎える。　**【渡辺淳一文学賞｜文春文庫】**

35点 『ある男』(2018)

落ち着いた良い滑り出しなのだが、長編小説を持たせるだけのディテールの感興が——文体、思索、アイディア、道具立てなど全般に——足りない。戸籍売買で過去を消し去り「ある男」になった人物、その行方を追う在日三世の弁護士——ヘイトスピーチ

や死刑廃止論など作者の持論を織り交ぜて物語は進行するが、謎解きの興奮の全く生じないミステリーに、能力の限界を感じる。　　　**【読売文学賞｜文春文庫】**

古井由吉 Furui Yoshikichi

1937年生

将来にわたる世界文学の古典となるべく約束されている、数少ない現代日本の作家である。残念なことに本書執筆中鬼籍に入られたが、衰弱する一方の日本の書き言葉の力と良心との粋を生きた生涯だった。

面白い小説、読みやすい小説ではない。小説はプロットではなく、劇の準備をするものだと考える古井の小説は、アンチ・ドラマであり、演劇や映画に置き換え得る前の、心で演じられる劇、劇を成立させる時空の安定を奪われた状態での精神、それも外界を喪い孤立した自我ではなく、深海魚が独自の交感を演じるような心のやり取りの原風景、他者感覚の最も裸形のありようを解き明かす。

分かろうと思い、急ぎ通読しようとするより、言葉の呪縛力に身を委ねることだ。そのうねりの中に一度でも入れさえすれば、古井の文学が期待を裏切ることは滅多にない。

74点 『杳子・妻隠』(1971)

神経を病んだ大学生杳子と主人公「彼」の邂逅から愛と葛藤を描く「杳子」は、ムージルの研究者だった作者が、日本語を完全に馴致して女の心像と生身の肉体を自在に描く、作家としての第一歩であった。杳子の神経の揺れと共に、それに向き合う主人公の自我も揺らぎだす。この目眩のするような神経戦に読者の高い集中度が試されるが、後半杳子の姉が入ると途端にそこに「社会」が出現し、客観的な物語空間が現出する。その呼吸も見事。「妻隠」は「結婚」

「婚姻」「同棲」いずれでも表せぬ、男女が共に営む生活を、『古事記』以来の「妻隠」という一語に託した、これまた見事な一編。がさつな生活や品のない人間を描いても小説世界は言葉による厳然たる美の光を放っている。こうした作者は今やほとんどいなくなった。

【芥川賞｜新潮文庫】

82点 『聖・栖』(1976、79)

初期の代表作。全体にテンポの速い、明快な輪郭を持つ。『栖』は日本文学大賞を受賞したが、私は『聖』の方を採る。『聖』は旅乞食を堂に住まわせて村から出た死者を土葬させ、それを「聖」と呼ぶ村の風習を、現代の青年の登山の旅と重ねる。青年が登山中驟雨に襲われ、堂で雨露を凌ぐ印象的なデッサンから始まる。この描写力があって初めて『槿』以後の心理の内奥を探る文章が可能になる。青年は運命の女性佐枝と出会い、交わる。佐枝はさながら『雪国』の葉子と駒子の後裔のようだ。祖母の臨終、それに伴う村人たちの、死と性を巡る風習が描かれ、その中で、二人の不定形な青春の情動が細密に辿られる。『栖』は続編。東京での二人の同棲、結婚が描かれる。アパートという「栖」で、社会を捨象した男と女の原初に還った姿——性、寝、食が蠢きだす。しかしこの作の大きな主題である佐枝の発狂の経緯は充分説得的とは言えない。子育て、労働生活が事実上抜けている。男女の間での閉鎖鏡像空間での狂気はもたれあい、甘えでもある。作の終結にその甘えが露呈する。

【日本文学大賞｜新潮文庫】

94点 『槿』(1983)
あさがお

読者には忍耐を要求する作だが、それに値する傑作
だ。四十過ぎの主人公杉尾の前に出現する「男に付
き纏われる女」と「死んだ級友の妹」。意識の流れ
の手法で粘り強く、離人的な人格の揺らぎと性愛、
他者感覚の違和感、記憶と現在の不分明さが辿られ
る。男と女の潜在する性欲、潜在記憶が、深海で微
光を発しながら交渉する深海魚さながらに描かれ、
共生する意識の辿り、飛躍と夢幻とは、息詰まるよ
うな濃密な時間感覚を読者の深奥に呼び覚ます。後
半五分の四ほどに至り、ようやく物語は明瞭な隈取
と世俗的な現実に向けて動き出し、意識の細密画の
ような悪夢が「解決」に向かう。驚くべき力技であり、
現存の作家らにとって、緻密に研究し、乗り越えら
れるべき巨峰と言えよう。

【谷崎潤一郎賞｜講談社文芸文庫】

90点 『仮往生伝試文』(1989)
かりおうじょうでん し ぶん

平安時代末期の往生伝を素材に、現在進行形の作者
の日記、随想、創作、私小説を自在に織りなしつつ、
人の死生の行方を尋ねる。コラージュ風の技法への
幾分の懐疑と共に読み始めたが、圧倒的な筆圧に押
され、遂には活字に目を近づけ、文体の内部に潜り
込むよう強いられるに至った。作者近辺の死や病と
の向き合いは、鬼気迫る様相を呈している。作者の
宗教観にはこれと指し示せる決したものはないが、
それゆえ死生への凝視と観想を辿る文章の力が際立
つ。現代に書かれた新たな仏典か、それともこれこ
そ虚仮の一念か。
こ け

【読売文学賞｜講談社文芸文庫】

84点 『楽天記』(1992)

まず冒頭数ページの密度の濃い、目の詰まった言葉に撃たれる。その夢が覚めて作は始まる。私小説的な筆の運び、主人公である50代前半の作家と若い編集者、先輩のドイツ文学者らとの名人芸的な会話、日々の季節の移ろい、雨、匂い……。他方、気圧される剛毅さもあり、夢が描かれ、老いと病の凄絶な内面描写も、言葉の呪術かと思わせる。ただし、作品最終場面で、主人公の入院と手術の場面が、作品としての統一を欠く。　　　　　　　　　【新潮文庫】

96点 『辻』(2006)

現代の市井の小さな暮らしの事々を描きながら、さながら黙示録を思わせる圧巻の連作短編集だ。筆の潤い、粘りは年齢相応に失われている。だが、何と武骨で逞しく生々しい視力、言葉の届き方の強さであろう。長編を設える時には、筋書きの面白さを生み出してしまうことを警戒するあまり、読者に強い負荷をかけるのが古井の常だが、短編連作は想像の羽ばたきがむしろ自由で、ゆとりが出る。辻——人が出会い出発する交点としてのそれでなく、消失点としての辻。人の記憶、過去、出会いが全て幻であるかのようで、そのまま最も確かな時の経験となる。辻文学後期の頂点であろう。　　　　　　　【新潮文庫】

採点不能 『この道』(2019)

遺作だが採点不能。冒頭「たなごころ」は小説と随想、回想を往還する感嘆の作だが、その後は身辺雑記、随想だからである。帯には「古井文学の到達点」と

あるが、これは「到達点」ではない。古井の文章が絶品で、随筆と創作のあわいを行き交う自在境にあるのは数十年前から変わらない。古井文学後期の「到達点」は『辻』で、後は美しい余業だ。志賀直哉の「早春の旅」や「万暦赤絵」を「志賀文学の到達点」だの「唯一孤高の文業」だのと言って売るだろうか。節度ある賞賛もまた大家への礼節であろう。【講談社】

保坂和志 Hosaka Kazushi　　　　1956年生

いわゆる近代小説の建付けやリアリズムを懐疑する作風で、自己と他者の揺らぎ、古典的な時間秩序への懐疑を主題にしているが、その揺らぎを文体で表現できていない。日本近代文学の栄光の終焉と、平成後半からの新たな世代の橋渡し的な存在と言えるのだろう。そうした文学史的な意識がどこかで保坂を意気阻喪させ、本来古典的で緻密な仕事が可能なこの人から、「表現」を奪ってしまっているように見えるのが残念だ。

47点 『プレーンソング』(1990)

平成改元直後に発表された脱力系の青春小説だ。注意深く書き流されている。四人の若者が寄り合い所帯風に同居する穏和な風景が平易に流れてゆく。そのこと自体はいいが、文章の速度と描かれている対象たちの姿の淡さがずれていて、語りが冗漫に感じられる。文学的日常、文学的退屈は、あくまで本当に退屈、冗漫であってはならないだろう。古典のそれのように言葉が深い堆積と眠りの底から立ち上がってくる力がなければ、日常もまた文学で救うことはできまい。　　　　　　　　　　【中公文庫】

53点 『季節の記憶』(1996)

鎌倉を舞台に、父と子、兄妹のゆったりとした暮らしが描かれる。微妙な亀裂や小さな発見、日常の中に秘められた時間そのものの豊かさが主人公と言えるだろうし、それがまるで成功していないわけではないが、それでもやはり、文章の力が足りず冗漫の

感は免れない。ディテールやエピソードに魅力がない。世界観や人間とは何かという哲学的な問いが会話で多数交わされ、それは私の世界観と近いが、それが文体として時間化され、流れていない。

【谷崎潤一郎賞｜中公文庫】

32点 『残響』(1997)

日常の時間、から脱小説へ……。しかしこれは散漫というもので、何か読む手掛かりになる言葉に出会えないまま作品が終わってしまう。　**【中公文庫】**

37点 『未明の闘争』(2013)

これまた雑談のような小説。それが小説の概念を超える前衛小説だと言うなら、それはそれでいいが、そうなれば要は雑談が面白いかどうかが全てで、私には面白くなかった。エピソードや会話、断片は若い頃に較べ、ずいぶん冴えてはいる。最終場面手前、やるせない美しさがあって胸を突かれた。その意味で面白い細部を拾いあげることはできるのだが、それで上下750頁の大長編小説を通読する理由にはならない。長編小説には長編小説なりの読者への作法と約束がある。力量はあるのだから、斜に構えていないで腰を据えた小説、あるいは腰を据えた評論を書いては如何？　**【野間文芸賞｜講談社文庫】**

堀江敏幸 Horie Toshiyuki

1964年生

『雪沼とその周辺』の冒頭二つの短編などをみれば、筋のよい美しい小説を書く能力を持ち合わせていないとは思えない。

ところが、文体も筋立ても人物造形も、ほとんどの作品で不発に終わっている。古典的名作の引用や批評が多用されるが、批評家の才には乏しいから、それも不発。

堀江に限らず、概ね現在50歳から70歳辺りまでの純文学系男性作家の文章は、読者の頭に気持よく入る基本的な作文としても、自らの独自の文体という点においても、訓練、魅力共に大きく不足する。若い世代はくれぐれも、この人たちによる「失われた二十年」を模倣しないでほしい。

50点 『熊の敷石』(2001)

芥川賞受賞の表題作をはじめ三編を収録している。表題作は印象的な書き出しだが、全体に芥川賞受賞作品に典型的な優等生型の作文だ。プレーンな写実で好感は持てる。フランスでの友人との邂逅、短い旅、強制収容所を巡る深い闇が端麗に表現されている。が、それ以上でも以下でもない。中では「砂売りが通る」が感傷小説として佳品。

【芥川賞｜講談社文庫】

39点 『いつか王子駅で』(2001)

王子駅周辺の下町の人間模様を描いた作品。と言いたいところだが、それはほとんど不発。折角魅力的な登場人物を何人も配しているのに、王子を舞台に

した小説が始まりそうで、始まらぬまま、雑談と過去の作家たちの作品の紹介と批評との折り合わせに終始している。雑談や批評が面白ければいいが、残念ながら興趣を掻き立てられる水準にはない。引用されている島村利正『残菊抄』や徳田秋声『あらくれ』の文章が瞬時に読者を惹きつける濃度と、自身の文章の力の落差を、作者がどう思っているのか不思議な気がする。　　　　　　　　　　【新潮文庫】

59点 『雪沼とその周辺』(2003)

川端康成文学賞を受賞した「スタンス・ドット」を含む冒頭二編は素晴らしい。古典的な短編小説の粋と言うべく、平易で美しく深い。雪沼という裏寂びれたスキー場の街を舞台に、閉店するボーリング場、レコード店、書道教室など消えゆく風景、そこで生きる人々の暮らしが描かれる。後半は創意の伸びが足らず、端正と言えば端正、文体らしい文体がない作文風の文章が平板な印象を与える。

【川端康成文学賞、木山捷平文学賞、谷崎潤一郎賞 | 新潮文庫】

36点 『河岸忘日抄』(2005)

フランスの河に繋留された船に住む日々を描く。小説家としての想像の羽ばたき、文体の牽引力共に乏しい。エセーであるならそれだけの文章でなければならないし、小説として育てるなら、たとい微妙であってもいい、風波が立ち、匂いが行き交い、人の息遣いが聴こえるようでなければ話にならない。こういうものを小説として認めていいとはとても思えない。

【読売文学賞 | 新潮文庫】

49点『その姿の消し方』(2016)

留学生時代に手に入れた1930年代の絵葉書に記されていた、シュールレアリズム風の詩断片の書き手の人生と係累を辿る。書き出しが期待を持たせる分だけ前作より高い得点を与えたが、その後は前作と同工異曲。

【野間文芸賞｜新潮文庫】

又吉直樹 Matayoshi Naoki

1980年生

現存する最も優れた作家の一人。彼の出現が純文学の可能性を一気に奪還したとさえ言いたい。

まず「物語る」能力と訓練が桁違いに高い。それも単なるお話作りではなく、静かな残酷さをもって自己を凝視する節度とモラルがある。近代小説の典型的な主題である自我の葛藤を正面から取り上げる一方で、現代の作家が無反省に濫用する性描写を極力用いない。その意味で厳しく反時代的存在であり、文学本来の機能を果たそうとの志を保持する数少ない作家と言える。

自らの自我を問うのは、何も近代小説の発見した主題ではなく、古今東西の思想と文学が扱ってきた人間論の中核的な主題である。ポストモダンの呼び声の中で、近代的自我の解体が叫ばれたが、ポストモダニストらの生き方、ありようを見れば、所詮、その多くはイデオロギーと出世欲の奴隷に過ぎなかった。時代思潮がどう変わろうと、小説家が最も厳しく対処しなければならないのが自我であることに変わりはない。

又吉は現代の若い世代の生々しい生活＝社会を正面から取り扱って近代文学に回帰することで、文学の新たな可能性の橋頭堡を築いた。一作毎に丁寧に作りこんでゆく今後を切に期待したい。

84点 『火花』(2015)

傑作である。小説で表現しなければいられない切実な言葉の溢れがあって、その上で、十分な完成度がある。そして「語り」がある。言葉で何かを語るこ

とへの渇望と文体！　現代の小説家たちから何と失われてしまっていることだろう！　22歳の漫才師が見出(みいだ)した24歳の師匠。ストイックな「あほんだら」、芸の道と世間との難しい渡り合い、芸に体当たりして生み出す生きた思想。若き師匠が実に美しい。人間としての尊厳と優しさに溢れている。ごく一部、少し感傷に流れ過ぎているが、目立たぬ瑕疵(かし)だ。

【芥川賞｜文春文庫】

86点 『劇場(げきじょう)』(2017)

脱帽した。凄(すご)い小説だ。近代小説の古典的リアリズムをキリッとした表情で堅持しているのに、あり得ないほど残酷に登場人物それぞれを追いこんでゆく、静かな狂気がある。劇団「おろか」を旗揚げした主人公の永田と大学生の沙希が、シュールな出会いを通じて恋をする。永田の途轍(とてつ)もない独善も沙希の天使のようなありようも現実に存在するとは思われないが、読後、これ以上ない実在感を読者の心像に残す。

売れず、酷評され、仲間から徹底的に否定される演劇青年としての永田の描出は芸術家小説のヴァリエーションとして非常に高い水準にある。その葛藤や嫉妬と演劇哲学は有機的で生きた思想を語っている。恋愛小説と芸術家小説とが途中何度も危うい分裂を生じながら、美しい大団円を迎える。【新潮文庫】

73点 『人間(にんげん)』(2019)

又吉の「告白」であり「弁明」であり、反吐(へど)でもあり、私小説でもある。思い切り吐き出したい言葉の数々を吐き出したもの。彼自身の分裂する自我を救うた

めにも、文壇や批評の扱いへの強烈な反発と憎悪からも、一度書いておかねば気が済まなかったのであろう。作者の外的な像として芸人からベストセラー作家になった影島と、内的な分身である漫画家永山による自己内対話が軸となる。芸術談義は非常に高度。もっともらしい語り口に直せば、『ゲーテとの対話』の一節、小林秀雄の講演の一節だと言っても通用する。普遍的で借り物でない言葉になっているということだ。が、作品としてはあえて暴走したり甘えたりを自ら許したもので、この先はもう一度、徹底して緻密な言葉の構築物――構築物と思えないほど生きてうねるそれ――を編み出してもらいたい。

【毎日新聞出版】

町田康 Machida Kou

1962年生

半端者である。

半端者が、半端者であることへの激しい含羞と開き直りとに揺蕩しながら、言葉の海に身を投げるようにして、言葉の結晶を奪還してくる——初期作品のきらめき、特に『夫婦茶碗』のほとんど高雅な緊張を思う時、文壇の名士に収まりかえって言葉遊びに堕してゆくその後の堕ちようが残念でならない。『告白』は冗漫とはいえ、対象に肉薄する愚直さと語り手としての才とがまだ作品を真っ当なものにしていた。喪った若さを再び奪還できる者はいない。が、才芸は命ある限り、伸ばせる。町田が作家であり続けるならば、今彼に必要なのは愚直さだ。

69点 『くっすん大黒』(1997)

噺家のような語り。ほとんど恥ずかしいまでに誇張と崩しの不器用なさまを見せ続ける自虐芸と照れが同居しているが、話芸として充分成立している。大黒を抱えて家を抜け出すナンセンスな出だしは鮮烈だ。アナーキーな暮らしが描かれるが、含羞と優しさがこの人の真骨頂であろう。併収されている「河原のアパラ」も同工異曲だが、こちらはやや冗長。採るとしたら「くっすん大黒」の永遠の無垢とでも言うべき古典的造形の方だろう。

【野間文芸新人賞、Bunkamuraドゥマゴ文学賞｜文春文庫】

83点 『夫婦茶碗』(1998)

前作と同工異曲だが、ここまで来れば天晴。読む内に、読者も作品と共に真っ青な空に向けて突き抜

けてゆくような爽快な解放感がある。主人公の生き方も文章もハチャメチャだが、光彩陸離たる詩になっている。「夫婦茶碗」は妻を見る主人公の視点によって、世界像の歪曲と客観化とが同時に成立しており、後半幻覚の度合が増す中で叙情もまた痛いほどの結晶と化する。「人間の屑」はしどけない勝手放題、造形無視、滾々と凡そ最低の男を最低の作家が描いてゆく風情だが、読者を摑む力が尋常ではない。自爆テロのような結末には笑ってしまった。

【新潮文庫】

59点 『きれぎれ』(2000)

ハチャメチャな書きようが、ここでは客観世界を失い、狂気の独白に近づく。その語りと幻想は面白くはあるが、当初の緊張感や話芸を支える紬のような手触りが褪色し、自己模倣に近づいている。

【芥川賞｜文春文庫】

52点 『告白』(2005)

文庫本で800頁。せめて三分の二ほどに凝縮すればよい小説になったろう。冗漫で飽きる。明治時代の河内十人斬りに材を取った極道者の一代記だ。真面目に書き込もうとしているし、語りの才はあるから、絶望的に退屈という訳ではない。興に乗った箇所は読ませる。だが、社会を描出する筆はやや幼稚だし、主人公が、村の貧乏百姓としては例外的な思弁的性質を持ち、それゆえに人々と言語不通となり凶暴な復讐劇を演じるに至るという肝心の主題が、心理描写ではなく心理の説明に堕している。巧みな語りと説明的な心理小説とが、作の中で分裂している。

十人斬りの場面も不発で、800頁かけて心理的に辱められ続けた主人公の悔しさに応じた復讐としての残虐さがまるで不十分。　【谷崎潤一郎賞｜中公文庫】

0点 『ギケイキ　千年の流転』(2016)

義経記の翻案だが、ただの虚しく工夫のないだらけた駄弁り。完全な紙の無駄遣い。ハチャメチャに見えて緊張感と言葉の高い感度を湛えていた初期作品からは考えられない末路。

ついでにこんなだらけきった作品を「日本古典の王道を走る『音』の文学」などと持ち上げる解説を寄せている古典エッセイスト大塚ひかりの不見識の迎合ぶりをも厳しく叱責しておく。　【河出文庫】

松浦寿輝 Matsuura Hisaki

1954年生

仏文学者、文芸評論家、詩人。然る後、徐々に小説に取り組み、間違いなく幾つかの佳品を残している。初期作品で成功しているのに、キャリア後半ガタガタに崩れる作家が多い昨今だが、松浦の近年の小説の評点が低いのは、枯渇や堕落のためではなく、新作ごとに自分の守備範囲を広げ、実験を繰り返しているために他ならない。小説の文章としての安定度は近年増しているが、その分前半にあった揺らぎ、どうしても書いておきたいという切実さが消え、それに代わる魅力が生じているとは言い難いのである。松浦の資質は批評家＝小説家であるよりも詩人＝小説家であり、また女を描くことにたけている。実験もいいが資質を深める方向への集中も必要ではなかろうか。

73点 『幽／花腐し』(1999、2000)

初期の短編小説で編まれている。葛飾や墨東、大久保など場末での荷風的な舞台設定と魅力的な遊女の登場、文体は吉田健一張りで、酒飲み話がそのまま文明論になる構え、古井由吉のように性の暗がりに降り立ち……と先人の模倣のコラージュだが、単なるエピゴーネンではなく、そこから松浦固有の華は既に咲いている。40代で何らかの意味で人生——生きる情動——を喪った男の私小説的な想像世界がそれであって、この固執は高く買いたい。作品としては芥川賞受賞の「花腐し」の出来が一番よいが、他の作品にも読後そくそくと背に迫る風情がある。ただし吉田健一風の文明論は愚痴か説教になってしま

289

い、あの香りからはほど遠い。むしろ女の娼婦性がよく書けている。**【芥川賞｜講談社文芸文庫】**

76点 『半島』(2004)

様々な意味で危うい小説である。定職を辞め、半島とも島ともつかぬ瀬戸内海の鄙びた町に逗留する——吉田健一の文体模写に始まるのだから、『金沢』のようなユートピア小説であるかと思いきや、吉田のように陶然と流れる時間の逆に、葛藤と疑問と劇的結構が続く。徐々に島自体が奇怪に変容し、主人公の幻覚と現実の区別がつかなくなり、ユートピアに見えたものがディストピアそのものであるという喪失感へと転落してゆく。楷書で書かれた真昼の怪談の如し。**【読売文学賞｜文春文庫】**

49点 『名誉と恍惚』(2017)

野心作だが不発。文章は成熟、安定の度が著しいが、その分この作者特有の危うい艶は全く消えている。支那事変勃発頃の上海が舞台、その公安警察官が主人公だが、主人公に魅力がなく、かと言って周辺に磁力のある人物がいるでもない。これだけ作中に「人材」が払底していては750頁の大作は持たない。横光利一の『上海』は生硬で下手な小説ではあるが、往時の魔都の強烈な官能はしっかりと作に封じ込められている。この精巧に書かれた小説にはその官能がない。史観も東京裁判史観を大きく出ず、大国の興亡のエゴ、その中での民族の入り乱れ、悪辣な西洋人、暖簾に腕押しの支那人、共産党の謀略が描かれている割に、躍動感がない。物語の速度が遅く、描かれる事件に刺激が乏しい。第二部で主人公の第

二の人生が始まるが、これが第一部に輪をかけて魅
力を欠く。

【谷崎潤一郎賞、Bunkamuraドゥマゴ文学賞｜新潮文庫】

32点 『人外』(2019)

野心作にして失敗作。人間ならず、獣ならず、神な
らぬうつろう集合意識である「人外」が、シュール
レアリスティックな舞台設定の中で、人に遭い、意
識を交わし、哲学的な思索に耽る。作の設定が独白
に近い言葉の交わし合いであるのだから、事実上
——ニーチェや小林秀雄、吉田健一のような意味で
の——哲学エセーとしての魅力がなければ話は始ま
らない。松浦にはその方面の資質はさほどない。む
しろ、情念と叙情の交叉をゆっくりと育てる私小説
的な資質が本領であろう。還暦を過ぎて実験に挑む
姿勢は買いたいが、作品として評価するのは難しい。

【野間文芸賞｜講談社】

松浦理英子 Matsuura Rieko　　1958年生

資質の高い作家である。だが、初期の奔出する剥き
出しの自我と性の耀きが、長編を試みる度に色褪せ
てゆく。『親指Pの修業時代』や『犬身』はいずれ
も設定が異常な割に、その設定でなければ書けない
だけの中身を満たしていない。アイディアだけで書
き始め、着想の奇抜さに終始した挙句、竜頭蛇尾に
終わっている。むしろ、『セバスチャン』の私小説
的な資質を中編までの規模で追求する方が、この作
者の資質には適合するように思われる。

83点 『セバスチャン』(1981)

私小説として群を抜いて真摯——もし三島由紀夫の
『仮面の告白』を「私小説」と言えるならば、同様
の意味において。20歳前後の男女の自意識と性とが、
静謐なコンテンポラリーダンスのようなイメージ豊
かな文体で紡ぎ出される。自我と性の暑苦しさや欲
望の汚れを、潔癖に拒否しようとする、ほとんど痛々
しい脱色の試みとしての青春群像が、鋭敏な遠近法
で描かれている。聖セバスチャンは単なる三島的モ
チーフでなく、ストイシズムの象徴として新たな意
味を付与されている。平成版恐るべき子供たち——
その軸にいるのはレズビアン、それも性愛抜きの単
性生殖的なストイシズムだ。三島の稚拙な模倣者は
数多いが、松浦は生理的に「ミシマ」が板について
いる。　　　　　　　　　　　　　　　【河出文庫】

74点 『ナチュラル・ウーマン』(1987)

体当たり的な連作性愛小説。レズビアン、肛門性愛、

マゾヒズムと括ると作者に叱られそうだが、性交を描くのが軒並み下手な現代作家の中で、ここまで性的興奮を掻き立てる小説は稀である。もっともエロ小説を除き、私は性行為を直接小説が描くことはよしとしない。フルトヴェングラーの指揮した『トリスタンとイゾルデ』を聴いて「勃然として、立ってきた」とのたもうた五味康祐に対し、小林秀雄が「そんな挑発的なものじゃないよ。……ワグナーは意識的大職人だと思うね」と応じている。芸術の経験はあくまでも「意識的大職人」の世界を経験することであって、現実の疑似的な体験ではない。したがって、本書においても、それを優れた文学たらしめているのは、性行為と、ひりつくような恋愛感情、「好き」だという感覚との乖離と同調を描きぬく、その筆の艶と精確さによる。レズビアンの女性群像もそれぞれに魅力的だ。 【河出文庫】

47点 『親指Ｐの修業時代』(1993)

22歳の女性の足の親指がある日突然ペニスになっていた。物語はそこから始まり、性愛探求の様々なヴァリエーションが続く。ゲーテの『ウィルヘルム・マイスターの修業時代』をもじった成長小説のパロディだが、いかんせん長い。長すぎる。この作者の身上は性愛との不思議な距離の意識である。中盤、性器に関する興行団体〈フラワー・ショー〉の人間模様に入ると俄然退屈になる。この作者の、性と人との葛藤や親和力についての真のモチーフは、前作までに出尽くしているようだ。性愛の様々をデパートの様に開陳しても、それで面白さが増すわけではない。 【女流文学賞｜河出文庫】

39点 『犬身』けんしん(2007)

全くの愚作である。文章も構想力も充分あるのに、小説としてはひどい代物となっている。犬しか愛せない人間が、自ら犬になって献身的な愛を人間に捧げるという異常な設定だが、軽妙な書き出しに反して、意味なくひたすら陰惨だ。犬になった主人公の愛は言葉も行動も伴わないのだから、献身からほど遠く、小説の主筋は犬を飼う女とその兄との悲惨な近親強姦になってゆく。主人公を犬にしないと書けない主題でない上、なぜ女がひどい性的暴行に耐えているかが分からず、読者の共感を繋ぎ止める普遍性がない。人間を犬に変える力のあるメフィストフェレス的な人物が冒頭では文学的可能性を感じさせるが、それも不発に終わっている。

【読売文学賞｜朝日文庫】

66点 『奇貨』きか(2012)

45歳の男性私小説作家と34歳のレズビアンの女性のルームシェア生活を描く。軽妙で成熟した筆致、私小説批判のメタ小説としても機能していて、性と恋愛感情と友情との人間関係、距離感の変容が節度を以て描かれている。

【新潮文庫】

水村美苗 Mizumura Minae　　　　　　1951年生

見事な小説の書き手だが、その本質は小説の形を
とった小説批評と言うべきであろう。水村は幾つか
の形式の小説を発表しているが、自身、どうしても
小説の形において表現したいのは私小説の領域であ
るように見え、事実その最も高い達成は『私小説
from left to right』だが、他方、イギリスの女流作家
たちに典型をみる本格小説への憧憬と擬古典的な試
みが同居してもいる。資質としての私小説作家が本
格小説に強い憧憬を抱く――これ自体、大正期以後
日本の近代小説を貫く一つのエートスであって、志
賀直哉から第三の新人までの山脈をなしているが、
水村はその後裔と言えよう。

73点

『續明暗』(1990)

漱石未完の遺作『明暗』を書き継ぐ野心作で、私は
こうした試みを高く評価する。冗長で筆の衰えの目
立つ『明暗』より面白い。文体模写は七割方成功し
ている。相当の腕前と言ってよい。『明暗』は漱石
作品の中でも「俗物を描く」ことに徹した作だ。『こ
ころ』の高雅、『道草』の緻密な諦念と違い、つま
らない俗物たちの心理戦を執拗に描き続けた。そう
した心理戦において、俗物中の俗物である主人公津
田がどう破綻するか、そのとば口まで書いた所で漱
石は死ぬ。水村は的確に津田を追いこみ、妻のお延
を追いこんでゆく。が、元々『明暗』そのものの境
位が低いので、「解決」も余り深遠なものにならな
いのは致し方ない。水村は筋立てを劇的にする一方
で、津田、お延の追いこみ方は多分に外面的で、夫

婦間の欺瞞という『明暗』最大の主題は、結局この続編でも「未完」に終わった感が強い。

【芸術選奨新人賞｜新潮文庫】

79点 『私小説 from left to right』(1995)

クリティカルで、反「私小説」として巧まれた「私小説」だ。10歳でアメリカに家族で移住しながら、日本を渇望し続け、英語ではなく日本語の小説家志望となってゆく作者の自画像。30代の現時点で、アメリカに暮らす彫刻家崩れの姉との日英両国語が入り交じる会話と、アメリカでの半生を織り交ぜながら、物語は進行する。日本的な「しがらみ」を緻密に辿る「私小説」と違い、どこにも帰属する場所のないアトムのような四人の家族それぞれの孤独が点綴されるが、筆法はほとんど回想録と体験的文明論である。いささか冗長なのが惜しまれるが、実験性と古典性とを併せ持ち、しかも文学への情熱をてらわずに打ち出す凛とした文体は好ましい。

【野間文芸新人賞｜ちくま文庫】

69点 『本格小説』(2002)

日本では何故私小説が真実味を感じさせるのに、本格小説が作りものになってしまうのか――。私小説的な長い前置き、それに続きエミリー・ブロンテの『嵐が丘』を意図的に模した本格小説を、名家とその使用人たち、身分差を超えた道ならぬ恋によって狙っている。相変わらず方法論的で野心的な作だが、中盤が薄味になり、だれる。緻密に編みこまれてゆく純愛的な場面は美しいが、クライマックスは人間性の表現として真実離れがし過ぎていて不発。全体

として19世紀のヨーロッパの本格小説の傑作が概し
てそうであるように、いささか退屈な頁を多く含み
つつも、複雑に絡み合う人生の時、時の経過と過ぎ
去った後の大きな空白を浮かび上がらせている点は
評価できよう。 【読売文学賞｜新潮文庫】

46点 『母の遺産——新聞小説』(2012)

前作までの同工異曲で、小説としての魅力は従来作
に較べて落ちる。母の老衰の中で、母の早い死を願
いながら看病する中年の姉妹。母の死と遺産相続、
その後滞在した箱根のホテルで何組かの長期逗留
客の人間模様を描く、古典的な舞台の設えだ。老母
との葛藤と介護、看取り、熟年離婚、独り身になる
中年女の財産計画など、まさに現代的な主題を扱う
が、小説としての魅力は断片的なものに留まる。

【大佛次郎賞｜中公文庫】

宮本 輝 Miyamoto Teru

1947年生

これほど読む喜びを与えてくれる作家も珍しい。19世紀ヨーロッパで成熟した「近代小説」が、今でも充分有効な表現力を持つことを、衒いなく証明し続けてくれている。バルザックやスタンダールについて、それが純文学かエンターテイメントかと問うことは意味があるまい。人間にとって人間の研究ほど面白いことはない。言葉という道具を自在に操る名人が綴る人間劇ほど面白いものはない。それで充分ではないか。宮本輝はそのような意味で、ドストエフスキーの影響が歪めてしまった、人間研究としての小説の、本来の素朴な姿を生き生きとした現代日本の人間と言葉を駆使して、描き続けている。

とりわけ『流転の海』に始まり37年の歳月をかけて完成された九部作が、いささかも弛緩せずに、壮大な交響楽をなしている壮観さは現代文学史上、最大級の成果と呼ぶべきであろう。

89点 『螢川・泥の河』(1978)

いずれも讃嘆する外ない名作である。当たり前の日本語で、当たり前に物語が紡がれ、豊かな人間の哀歓があり、上滑りもせず、抑えも利いていて、小細工を弄さずに、しかし丹念に語られる。丹念な語りが、そのまま人々の生の微妙な綾に読者を誘う。『泥の河』の、大阪下町の人いきれがそのまま読者を包み込む哀切さ。『螢川』の、「死」の重なりの中から生を浮かび上がらせつつ、驚くべき絢爛たる末尾……。昭和53年刊行だが、昭和53年の日本には人間がいて、今の日本には人間がいなくなったなととい

うことはないだろう。昭和53年にいたのに今いなくなったのは、こうして真直ぐに、真っ当に、人間の生を言葉にしようとする作家やそれを育てる編集者、出版社の方に違いあるまい。

【太宰治賞、芥川賞｜新潮文庫】

79点 『幻の光』(1979)

表題作の中編の他、短編三作を収める。いずれも人の死、それも不慮の死に取り残された人の心に寄り添って語られた美しい鎮魂歌である。出来は表題作が一頭地を抜いている。風景描写が素晴らしい。深い叙情と精確な叙景を併せ持ち、作品を美しく染め上げる。表題作の舞台である奥能登の海辺の町や海の描写は出色である。

【新潮文庫】

77点 『錦繡』(1982)

離別した夫婦の書簡体小説である。平易で、初期作品のような濃密な文体は失われている——あるいは意図的に取られていない——が、やがて二人の過去と現在とが織り合わされ、没落した夫と、別離してもなお夫を愛し続けてきた妻の間で、共鳴が生じ始める。この共鳴が始まると、もう文章や思弁がいささか表層的に思われるというような不満は消え、作品自体が静かな諧調を奏で始める。モーツァルトがモチーフとして使われるが、実際の作品の諧調はブラームスに近いと言えようか。

【新潮文庫】

83点 『流転の海』(1984)

作者の父をモデルにし、実に37年の歳月をかけて第九部で完結することになる連作の第一作だ。終戦直

後、焼け野原の中で乱立する闇市の大阪を発端に、長男の誕生と事業の立て直しの波瀾万丈を描いて読ませる。九作を通じての主人公松坂熊吾50歳、その魅力が作の中心をなし、脇も生彩ある人物にこと欠かない。生き馬の目を抜く騙し、騙されの戦後の世相や花柳界、時代の流転の様が総合的に描かれ、その幅広さと物語の文勢との両立は類稀。【新潮文庫】

90点 『優駿』(1986)

これぞ「小説」の中の王者というべき傑作。読者は作者の叙述の力に引かれながら、心をときめかし、落胆し、怒り、期待し、時に立ち止まり、人間と馬の生の織りなす壮大な交響に酔えばいい。つまるところは、人間という生き物の面白さであり、人生の不思議であり、物語りたい人の心と、掻き口説かれたい人の心との交歓である。

北海道の小さな牧場で生まれた競走馬を巡る人々の夢、競馬という最も人間的な情念と欲望の渦巻く世界、馬主の会社経営、絶えざる死、それらのエピソードと馬の成長のプロセスが自然に感応しあっている。人を描くだけでは描けぬ生の営みの不思議を、サラブレッドという自然と人智のかけ合わされた精妙な生き物を軸に描く。競馬界やサラブレッドはここでは素材ではない。生の営みを明らかにする主軸である。

結末は早くから読めている。それでも全く弛緩することなく大団円を迎え、苦い複雑な余韻を添えることで、甘く流れることも避けている。見事な大小説と言う他ない。

【吉川英治文学賞｜新潮文庫】

69点 『彗星物語』(1992)

コミカルな家庭人情小説だが、楽々と物語の泉が湧くようで、読ませる。祖父、父母、四人の兄弟姉妹、叔母一家、愛犬、そこにハンガリーからの留学生がホームステイし、実に賑やかな人間劇が開幕する。時代は冷戦末期、ソ連圏の大崩壊直前に設定し、共産主義の理不尽さや欧米人と日本人の対人関係の違和感を表現しつつ、日本人の大家族の包摂力を巧みに描いている。村上春樹以後、日本的な大家族、その湿度や家父長的な構造は、徹底的に解体、否定されるが、そんな不自然な小説ばかりの中で、一貫して家族という人間集団の根源的な喜びと尊さを描く宮本の仕事は、歳月を越えて普遍性の光を帯び、今、むしろ新しい。 【文春文庫】

85点 『地の星　流転の海 第二部』(1992)

『流転の海』第二作。戦後大阪の混乱と熱気を描いた前作に対し、本作では主人公松坂熊吾は病弱の息子の健康のために郷里 南 宇和に戻る。村社会の因循 姑息さを濃密に描き、前作以上の文学的感興がある。登場人物らの相次ぐ死、熊吾の人間観の成熟、妻房江像の深まり、菜の花畑を舞台にした絢爛たる結尾まで、弛緩と自己模倣の跡を一切留めない。

【新潮文庫】

79点 『約束の冬』(2003)

作者はあとがきで、『約束の冬』を書き始める少し前から日本の民度がひどく低下している、言い換えれば「おとなの幼稚化」が進んでいる、そうした中「現

代の若者たちは如何なる人間を規範として成長して
ゆけばいいのか」を小説家として具現すべく、「こ
のような人が自分の近くにいてくれればと思える人
物だけをばらまい」たと、執筆のモチーフを語って
いる。その結果は虹のような人間模様を、現代の市
井に描き切って美しい。教条主義の臭味（きみ）は全くない。
老若男女が皆、かくも美しく描かれながら白々しさ
や浅薄（せんぱく）さが微塵（みじん）もない。人間に裏切られ、苛酷（かこく）な運
命に傷ついた何人もの人生の重みが、隠し味となっ
て小説を深く荘厳している。前半はいささか通俗小
説的だが、後半四分の三辺りから作品は艶（つや）を増し、
深い陰影で読者の内奥を照らし始める。末尾は鮮や
かなうっちゃり。　　　**【芸術選奨文部科学大臣賞｜文春文庫】**

63点 『骸骨（がいこつ）ビルの庭（にわ）』(2009)

終戦直後の大阪のビルで路頭に迷う戦災孤児たちを
引き受け、育てた二人の男と孤児たちを、それから
数十年後の平成6年を舞台に描く。育ての親が、彼
が手塩にかけた女性から、幼少期多年にわたって性
的暴行を受けたと告発され、非難と失意の中で死ぬ。
物語は、孤児たちの現在と追憶を往復しながら、謎
解きのように、また心の深みに降り立ち、親とは何
か、戦争とは何かという主題が、人間の愛と業（ごう）を巡
り徐々に深まる。

ただ、文体にいささか粘りがない。宮本文学らしい
筆の奔（はし）り、あるいは濃厚な言葉の畳みかけに欠け、
終盤に至ってもいつものあの密度に達しないまま終
わるのが残念。　　　　　**【司馬遼太郎賞｜講談社文庫】**

67点 『灯台からの響き』(2020)

最新作である。亡妻の残した一枚の葉書の謎を巡って物語は悠然と進む。ゆったりと寛いだ文章は弛緩の気配もあるが、しかし現代社会の中から、物の見事に、美しい人間たちの物語を紡ぐ力は立派。死生一如の家族の心の情景を、日常の風景の中に自然に歌い上げてゆきながら、この作品では後半、緊張の度を高め、静かで深い感銘が来る。　【集英社】

村上春樹 Murakami Haruki 1949年生

文学者としての資質の高さは処女作に明らかだが、村上春樹が選んだ道は、文学者のそれというより、才能ある文学者によるアメリカ型ビジネスの成功だったように見える。村上春樹の「成功」により、昭和までの近代日本文学は次世代に継承されず、決定的に終わったが、新しい「何か」は始まらなかった。むしろ、真に新しい文学は、昭和文学の成果の真只中から、古井由吉や村上龍、川上弘美、まだ未知数ながら絲山秋子、又吉直樹、吉田修一らによって細い命脈を今に保っている。

村上作品は多くの定型的な意匠──音楽、セックス、異世界、日本の戦争悪──を纏い、形而上学的な問いを巡る小説風に作られているが、彼の作品に真に切実な人間的、時代的な問題や思想的な問いを見出すことは、私にはできない。

意匠の新しさは芸術の真の更新にはならない。村上春樹の文学は純文学ではなく才気溢れる娯楽小説として位置付けられるべきであろう。が、娯楽小説としても、群を抜いて高い達成とは思えない。その構想やディテールには感心させられるが、セックスや命がけの冒険のような、実人生で本来誰にとっても非常に困難な主題が、余りに都合よく設定、処理されてしまっているからである。だから、村上作品の「冒険」や「危険な場面」は、読者をハラハラさせることがない。シャーロック・ホームズ、鬼の平蔵ら多くの文学的ヒーローたちの「不死身」や、水戸黄門の「印籠」は、あくまでも最後の切り札である。その永遠性を輝かしいものにするために作品経過に

最大限の緊張を創り出すのが、娯楽小説の技術の核心だ。ところが、村上春樹は、ほとんどいつも「印籠」を濫用し過ぎるのである。

ただし最新作『騎士団長殺し』で、『1Q84』の失敗を挽回しようと、作風を更新する努力を怠っていないことには感心した。村上の才腕をもってすれば、次作以後も、新たな可能性は絶えず開かれている、それだけは間違いあるまい。

78点 『風の歌を聴け』(1979)

30歳、充分な年齢に達してからのデビュー作だが、今尚新しい。ヴォネガットらの影響を過大視する必要はない。受容でもコピーでもなく、これは「村上春樹の世界」に他ならないからだ。1979年現在の新しさでなく、ここには青春の、永遠の新しさがある。もっとも、私の好きな作風ではない。衒学、一見自意識過剰でいながら感傷的な哲学談義、根深いところで徹底的に独善的なのに人類愛風の味付けを好むことなど。しかしこれらこそは青春の特性でもある……。

【群像新人文学賞｜講談社文庫】

50点 『羊をめぐる冒険』(1982)

読み口が悪く、後味も悪い。ここには「冒険」はない。冒険を仕組んだ作者のプログラムと思わせぶりがあるだけだ。物語は三島由紀夫の自死をコケにするところから始まる。対象が三島であれ天皇であれ、スターリンであれ毛沢東であれ、対象をコケに扱うところからろくな物語は生まれない。

羊は狂気と権力の結合の暗喩、アメリカによる間接支配の暗喩で、大物右翼がその暗喩的な霊力を使っ

て戦後日本の巨大な裏権力機構を築き上げた。その戦後日本の権力構造の継承を打ち砕くのが、1980年代、無為の中で自分を見失った無垢な青年であるという構図が、まず安っぽい。この主人公は、明日の金も職もないのに、大物右翼に大きな態度で注文を付けながら、平穏に「冒険」を完遂し、多額の報酬小切手を受け取りながらそれを気軽に友人にくれてやる。幾らなんでも自分に酔い過ぎであろう。こんなできすぎたファンタジーの中には、仮構された冒険はあっても、人生をめぐる真の冒険はあるはずもない。「戦後の欺瞞」を、その養分をたっぷりしゃぶりながら育った人間が、自分だけはその欺瞞の外部にいるかのように告発する——これが偽善でなくて何であろうか。

では、小説のディテールはどうか。才気が疾走し、レトリックが湧出するが、作者の手の内で言葉が転がっているという印象。作者自身の手に負えないものがここにはない。好悪を超えて漱石や太宰、川端らをどこまでも問題ある作家にしているのは、作者を超えた言葉の力なのだが。

作家の技術は満点、作家の態度は零点。それで50点。

【野間文芸新人賞｜講談社文庫】

69点 『世界の終りとハードボイルド・ワンダーランド』(1985)

同一の主人公が生きるパラレルワールドを交互に描きながら、徐々にその二つの世界の接点が明らかになる。意識、脳、心とは何かという主題が語られるが、実際にはドストエフスキー以後の魂の問題を扱った小説でもなく、本格的なSFとして心論に魅力的な仮

説を投じるものでもない。豊かな発想力が描き出す
ファンタジーだが、愛や信頼、絆の基盤としての「心」
は決して崩れない基準とされており——その象徴は
ハードボイルドシーンでの老博士の太った娘がデウ
ス・エクス・マキナになっていること——良くも悪
くもハリウッド映画的な作品と言うべきだろう。
その仕掛けの壮大かつ精緻であること、とりわけ会
話の尽きない機知など匠の技だが、それ以上のもの
があるとは私には感じられない。

【谷崎潤一郎賞｜新潮文庫】

81点 『ノルウェイの森』(1987)

死と性に覆われた陰鬱な感傷、作者の好き放題の自
慰に近い小説でありながら、非常に美しい。欠点だ
らけと言えば欠点だらけの小説だが……。まず人を
殺し過ぎる。死と不在を残された者が乗り越えると
いうのは、こんな透明で非日常的なものではないだ
ろう。抽象化された死はよほど慎重に扱わないと安
直な文学的感傷に堕す。また、性欲の処理と愛の関
係に生々しく触れているのに、作者にも読者——と
いうより男の読者——にも多分にご都合主義的な女
性の扱いが気になる。村上作品の性と愛は基本的に
主人公にとって居心地のよい極めて便宜的なもの
で、作者もその投影たる主人公も他者に出会って傷
つくということがない。この作品は作者自身の内心
に思い切って踏み込んでいるだけに、自己正当化の
傾向も非常に強い。だが、それらを帳消しにするほ
ど、美しくよどみなく豊かに流れてゆく清流のよう
な作品の美しさと、文芸としての品格や芸境の高さ
は疑えない。

【講談社文庫】

71点 『ねじまき鳥クロニクル』(1994-95)

三部作。村上春樹最大の問題作である。第一部はこの作者の手腕がマジックとして働き、期待を持たせるが、第二部はだれる。第三部は人間の尊厳を侵す暴力性——その象徴が綿谷昇。『罪と罰』のスヴィドリガイロフを想起させる——とその根絶のための殺人は許されるかという主題小説になる。全体に、謎解きとしての興趣はあるが、主題に肉薄しているとは感じられない。

現代の平凡な夫婦の暮らしが、突如激変し、妻は夫のもとを去り、夫の前には不思議な人物が次々に現れる。霊能者、人格移動、時間感覚の変容、そしてキーとなるねじまき鳥と井戸。更に、満州、シベリア抑留などでの悲惨な戦争・戦後体験と現在を架橋し、記憶、輪廻、無意識、トランスポーテーションなどを駆使して、村上作品として最大の構想を有する。ファンタジーとして純粋に楽しむにはいささか重すぎ、戦争や暴力を巡る切実な問いを問う小説としてはいささか軽い。「謎」が設定され、主人公の通過儀礼が続くが、通過儀礼であるはずなのに、デウス・エクス・マキナのような都合のよい運命が作者によって設定されてしまうため、作者も作中人物も、作の中で変化も成長もしないのは相変わらず。

【読売文学賞｜新潮文庫】

56点 『海辺のカフカ』(2002)

手法、趣向、思想ともに従来と変わらず、自己模倣のプロセスに入っている。文学的密度は従来作より薄い。「世界一タフな十五歳」の少年が主人公。父

親を殺し、母を犯し……オイディプスの現代版だが、この少年の固執する「怒りと恐怖」にリアリティが全くない。とだい、15歳の少年を主人公にすること自体、まともに人間や世界観を扱うには無理な設定であり、成長小説と見ようとしても、既にできあがった完璧な誘導者が存在するのだから、マンネリズムは免れない。ただし末尾はメロドラマとして美しい。この程度の小説が、「ニューヨーク・タイムズ」紙で年間の「ベストブック10冊」及び「世界幻想文学大賞」に選出された。リベラルメディアがオピニオンリーダーを演じる現代地球世界全般の精神的貧困を思わせる事象と言えよう。

【世界幻想文学大賞｜新潮文庫】

42点 『1Q84』(2009-10)

前半は村上作品の最高水準を更新する野心作と思わせるが、折り返し地点から後の失速がひとすぎる。全体としてはひどい駄作、しかも幾つかの点で致命的に後味が悪い作品だ。

男性の性暴力への復讐を正義の遂行と考える富裕な老女とくのいち的な主人公女性、他方で予備校講師を務めながら小説家を目指す主人公男性が10歳の時の一瞬の出会いを成就する──これが、最も大きな物語のラインである。そこに、ジョージ・オーウェルの『1984年』に登場する全体統御者であるビッグ・ブラザーに対して、リトル・ピープルという、人の心身に潜り込む邪霊的な存在をこの世に呼び込むカルト教団と、その試みを阻止しようとする教祖の娘という副筋が交差する。

暴力とは何か、リアルな時間とは何かというお馴染

みの主題が、お馴染みの表層的な思わせぶりで展開し、別段深まらないのは毎度のこと。が、この作品では前半で全ての見せ場が終わってしまい、文庫本4冊目からは、種明かしと物語の成就への退屈な遅延が延々と続く。日本・世界同時発売となり、発売前の書店に行列ができるなど、世界的な話題作となったが、文学的には致命的な失敗作だったというべきだろう。

【毎日出版文化賞｜新潮文庫】

67点 『騎士団長殺し』(2017)

画家が主人公で、対象となる人間存在に肉薄する肖像画を軸とする構想は、魅力的だ。二部構成、文庫本で4巻だが、3巻までは、従来の村上作品のルーティンを打破しようとする新たな挑戦と可能性を感じさせる。何よりも、特定の人間や霊的存在が突出して物語を支配してしまう「水戸黄門の印籠」の濫用が影を潜めた。迷える子羊たる主人公のみならず、副主人公たちも皆、それぞれに葛藤を抱え、未知の人生を生きており、文体は簡素になっているが、久し振りに文学的密度と精気を取り戻している。

ところが、残念なことに最終の4巻が致命的に弱い。村上は自ら生み出した人物たちに、従来にない弱さと葛藤とを与え、作品に未知の可能性を設けたが、結局、そのことのもたらす「謎」を、従前通りの作法で回収しようとしてしまう。が、生きた人間としての奥行きを与えられた人物たちは、そうしたステレオタイプの回収にはなじまなくなっている。作者が作品に無惨に敗れる顛末と評することもできようか。

【新潮文庫】

村上龍 Murakami Ryu

1952年生

途轍（とてつ）もない天才であり、昭和に書かれた幾つかの作品は世界文学上の傑作と呼ぶべきであろう。しかし平成以後、彼自身の実存的なモチーフと、SF的世界観や日本国家という大主題とが乖離（かいり）し、壮大な連作構想は頓挫して今に至っている。

だが最新作である『MISSING 失われているもの』で、強烈な自我不安を積極的に引き受けているのは、注目に値する。この大きな癒しと克服の後、実存の物語を通じて国家という主題を謳（うた）いあげる困難な試みに、改めて立ち向かう時が来たのではないか。今や世界的なリベラルイデオロギーの専制により、人間的な自由の可能性の牙城であった「国家」は、大いなる危機に瀕（ひん）している。イデオロギーの虚妄と戦い得る強靭（きょうじん）な思想と創造のマグマを併せ持った作家は、今の日本には村上龍しかいまい。

83点 『限りなく透明に近いブルー』(1976)

セックス・薬・暴力・米兵……今や無数の模倣者によって陳腐化した素材だが、ここには本物の文学、本物の言葉のパンチがある。言葉が緊迫しながら、緻密にうねり、生きて、読者の生を深いところから絡め取る。誰もが獣のように精気に溢（あふ）れ、しかし誰の心も飢え乾いている。若き雌雄の獣たちの叙情は哀切で、甘やかだ。【群像新人文学賞、芥川賞｜講談社文庫】

89点 『コインロッカー・ベイビーズ』(1980)

世界文学水準の傑作。若さと天才の奇跡のような結合があり、一方で詩的なイメージの奔流がそのまま

文章の緻密さ、構造の強化に繋がる巨匠の仕事でもある。作品の冒頭暫くがかなり読み難いが、一点一画も揺るがせにされていない文体を辛抱強く辿ると、その先には驚くほど開放的で倫理的な──つまり自由な世界が開かれている。

コインロッカーに棄てられた孤児二人が主人公である。最も愛されるべき母親に遺棄された子供に仮託して、母の崩壊、潜在的な対人恐怖と暴力、殺人願望、深層心理に横たわる音、色、匂いへの本能的な反応が作品を牽引する。主人公、副主人公らの鮮やかで成熟した人間像、引き締まり耀く文体で歌われる凄愴な修羅場。片や人気歌手になりながら破綻し、片や直情径行な陸上選手から一転して母親殺しの殺人犯になる主人公たち。が、それは敗北ではない。人間を暴力的な本能の解放で浄化しようとする物語の大きな枠組みを、緻密な想像力が支えきっている。

【野間文芸新人賞｜講談社文庫】

96点 『愛と幻想のファシズム』(1987)

現代文学屈指の偉大な作品。戦後レジームという歪な空間、近代ヒューマニズムの欺瞞、日本を属国化し、世界を美辞麗句と通貨で支配するWASP──。システムという思想を撃ち、人間を奴隷化するヒューマニズムという偽宗教を撃つ、強烈な反時代的な予見の書であり、その人間認識と時代透視力はジョージ・オーウェルの『1984年』を大きく超える。ましてオウム真理教事件などに追随して書かれた大江健三郎や村上春樹の諸作とは比較にならぬ、「本物」の天才が漲っている。

主人公鈴原冬二は極限状況を生き抜いてきたハン

ターで、人間を欺瞞とシステムから野性に解放すべきだというヴィジョンを現実化してゆく。ハンターとして自然界の極限を経験してきたホモサピエンスを主人公としたところが、決定的に秀逸である。近代的欺瞞へのキリスト教圏独自の抵抗であるドストエフスキーやニーチェ以上に、これは根源的な主題設定だからである。奴隷的近代システムに保護されなければ生き延びられない人間は滅べ、人間が動物である以上、強者のみが生き残る部族社会の再生こそが人類の正常化に他ならないと主人公は考える。政治結社狩猟社、武装集団クロマニョン、世界の情報を偽造、遮断するST局を配下に、ファシストと呼ばれつつ、合法的な政権奪取と、世界通貨を牛耳る巨大金融集団「ザ・セブン」に対峙（たいじ）してゆく過程も、唖然（あぜん）とする他のない見事な筋運びと思想的な問いに満ちている。

ホモサピエンスが人類になりおおせたことを否定したら、そもそも村上龍の営為は成立しない。人間論は必ずその根源的な矛盾に突き当たる。

本書はその座礁と共に終わる。

座礁せぬ思想はない。本書は現代日本屈指の思想書でもある。【講談社文庫】

46点 『トパーズ』(1988)

主としてSMの風俗嬢を描く短編連作。表題作はよく書けているが、全体にガサツに書き流されていて、性や女、そのパワーや闇に迫るという仕事になっているようには思えない。【角川文庫】

66点 『イン ザ・ミソスープ』(1997)

これは甘ったれた作品だ。それでも凡百の作家とは比較にならぬ強烈な表現力で、私が思わず作品の力に引きずられたのは確かだが、快楽殺人、多重人格などを刺激的に描いたところでそれ自体、文学としての魅力となるわけではない。【読売文学賞｜幻冬舎文庫】

48点 『半島を出よ』(2005)

北朝鮮の対日侵略を描く2005年段階の近未来小説だが、冗長で現実性、ヴィジョンともに著しく低下しており、通読に堪えない。戦後日本で進み続ける痴呆化への村上の苛立ちは私も共有するが、村上が政治的たろうとするならばクーデターしかないし、文学者に留まるならば、『愛と幻想のファシズム』を更に超えて、トウジとフルーツとゼロの物語を改めて高い峰において創造する以外になかろう。村上にとってそれ以外の全ては蛇足ではあるまいか。

【毎日出版文化賞、野間文芸賞｜幻冬舎文庫】

56点 『歌うクジラ』(2010)

未来小説。不老不死の遺伝子が発見され、一層技術革新が進んだ後の人間社会に生じた差別や陰惨な未来図を描く。真摯で緻密な取り組みには敬意を表したいが、性衝動と暴力、類人猿から人類への変貌の過程での社会の誕生の意味という主題への肉薄とはなっていない。理想社会を実現しようとして犯罪や脳をコントロールする科学技術至上主義の陥る悲惨な未来図だが、これは月並みな設定だろう。主題の提示が余りにも直接すぎ、文学として有機的に作品

化されていない。 【毎日芸術賞｜講談社文庫】

67点 『MISSING 失われているもの』(2020)

美しい小説として始まり、混乱と閉塞に終わっている。

著者自らの不安の根源への探求が、母との心内の会話、幼児体験、亡父、若き日に同棲した女性との記憶の傷なとと想像の境界を揺曳しながら、そのまま自己への赦し、慰謝となっている。自らへの赦しが、独善や醜態とならず、このように美しい認識の歌となるのは現代日本の作家では稀有のことだろう。だが、作者の精神的な混迷と苦痛が強まるにつれ、作品は、結局、睡眠と覚醒の境界から抜け出す回路として機能しなくなり、そのまま終わる。

苦しい。だがそれこそが村上龍の現在の可能性なのではあるまいか。 【新潮社】

コラム7　文壇は日本文学の高峰を継ぐ矜持を持て

　日本文学研究者のドナルド・キーンは、ブリタニカ百科事典「日本文学」の項で次のように指摘している。

　「質量いずれにおいても、日本文学は世界の主要文学の一つであり、発展過程こそ全く異なるものの、歴史の長さ、豊かさと価値において英文学に匹敵する」

　キーンは日本文学を英文学に匹敵すると言っているが、これは英語圏の読者への媚であろう。14世紀のチョーサー『カンタベリー物語』に始まり、世界文学水準としては16世紀のシェイクスピアを嚆矢とする英文学史を、8世紀に古事記、萬葉集を、10世紀に『源氏物語』を生んでいる日本文学と、少なくとも「歴史の長さ、豊かさ」の点で同等とするのはどう見ても無理だからである。

　萬葉集は詩のアンソロジーとして世界文学上の偉観であり、その後、古今和歌集、新古今和歌集へと500年に渡る美の大きな虹は仰ぎ見るばかりである。『源氏物語』はプルーストの『失われた時を求めて』との類似を指摘されてきた。世界最古にして、世界の小説ランキングでも専門家の多くがベスト10に入れる傑作である。その『源氏物語』に代表される女房文学だけでもどれだけ豊かな彩りがあることか。更には、『平家物語』に始まる戦記文学、世阿弥の能楽、宗祇の連歌、芭蕉の俳諧、文楽、歌舞伎、井原西鶴、滝沢馬琴、鶴屋南北らの小説、本居宣長に代表される国学を経て、漱石、鴎外、露伴から三島由紀夫、安部公房、古井由吉らに至る文学史の高峰は、世界史上の偉観と呼ばずに何といえばいいのだろう。

　その日本の最大の資産を、現役作家は継がねばならず、出版業界、文壇は、そのような作家を発掘、育成せねばならず、そのためには、「作家の値うち」を明確にして、現代作家をきちんと国民共有の財産にせねばならないはずではないのか。

　古事記や萬葉集を紐解いた後に、鴎外の史伝や川端康成『雪国』、

あるいは大江健三郎『芽むしり仔撃ち』や安部公房『砂の女』を読んでも、遜色ない読書体験が成立する。

　作家という職業は、宿命として文学史を背負う。

　小説の制作は、単なる現代の風俗の模写ではなく、文学史との対話でもある。

　小説の制作は、先行する文学史に対する批評的な乗り越えの挑みでもある。

　作家や編集者、出版社にそうした自覚がなければ、小説は、出版ビジネスのための具となり、美も実質も失い続ける他はないだろう。

　文壇全体の矜持の恢復、歴史への敬意の恢復、批評の恢復を、私は切に願っている。

村田沙耶香 Murata Sayaka 　　　1979年生

初期作品を見れば、抜群の筆力と作家としての資質を疑うことはできない。が、近年は自己模倣と停滞に陥っている。本来彼女が自分の感性で十全に捉えていた、性愛や家族というあり方への違和感、「普通」という基準への違和感が、後年になるにつれ、人間社会を生殖と生産による管理と洗脳とみるイデオロギーの定型的な主張に置き換えられてしまっている。イデオロギーによる人間支配を批判する別のイデオロギーの小説に堕している。帯をみると「村田沙耶香最大の衝撃作はコレだ！」「『普通』とは何か？を問う衝撃作」「『コンビニ人間』をはるかに超える衝撃作！」などとB級映画のコピー並みなのも、気になる。

村田さん、「衝撃」はもういい。こんな先の知れた俗受け路線から離れて、『しろいろの街の、その骨の体温の』の筆の柔らかさ、柔らかい筆がそっと描き出す、人間の本当の傷と毒とに戻り、「本格小説」の路線を追求し直したらどうだろう。資質だけでなくそれだけの余力があなたにはあると、私は思います。

67点 『授乳』(2005)

群像新人賞を受賞した表題作他、計三編の短編が収められている。小憎らしいほど安定した、自在な筆力で、作家としての卓越は疑えない。男性の場合の充たされぬ性欲という単純な構図とは違う、女性の自我肥大と若さの暴力性、性への複雑な関係性を描く。家庭教師を密室の性戯で飼いならしながら、母

親への強烈な生理的反発を持つ女子中学生を描いた「授乳」、ぬいぐるみへの「愛」に閉ざされた「コイビト」、他者性を拒んだところで性を持て余す「御伽（とぎ）の部屋」。閉塞感の先に救いがないところが正直でいい。

【群像新人文学賞優秀賞｜講談社文庫】

77点 『しろいろの街（まち）の、その骨（ほね）の体温（たいおん）の』(2012)

これは素晴らしい。高度成長時代のニュータウンを舞台にした少女の成長小説で、主人公は昨今のスクールカーストではブスと見做（みな）される女の子だが、その子の自意識のドラマ、友達関係が、何の誇張や虚偽もなしに、読者の心を子供時代に投げ返す。主人公の過剰で密度の濃い自意識が、小学生時代には小学生相応に、中学時代にはその年齢相応に描かれていながら、しかも作品として全く成熟した世界をなしている。性的に一見突飛に見える行為が重要なモチーフとして描かれるが、文学的リアリティとして遺漏ない。

【三島由紀夫賞｜朝日文庫】

63点 『殺人出産（さつじんしゅっさん）』(2014)

いずれも思考実験的な未来小説で、性と死という人間の根源的な二大テーマを扱う。構想は興味深いが、作品としては粗削りである。

表題作は十人出産した人間は一人の人間を殺していいという社会を描く。前者は「産み人」と呼ばれ、後者は「死に人」と呼ばれる。強い殺意を動機にして多くの命を誕生させ、それによって人類の種としての存続を図る。こうした殺意は崇高だとする社会——これは正義か狂気か。殺意と多人数の出産を結びつける社会政策的必然性はないが、そこに疑問を

呈しても意味はないのだろう。現代イデオロギーへの痛烈な問題提起であり、種の存続から演繹された合理的な死生観を設定することで、あらゆる正義のおぞましさと、生と死とに引き裂かれた人間のありようを一義的に解決することの不可能を描いている。思考実験として様々な可能性を感じさせる。

他に男子二人と女子一人との恋愛＝セックスを描く「トリプル」、性交と家族生活とを完全に切り分けた夫婦を描く「清潔な結婚」。前者はある種の性的嗜好を描いているに過ぎないので問題小説とは呼べず、後者はセックスレス夫婦の増加に応じた合理的な解決を提示する。

これは男性に限れば妻妾二重の性生活として歴史に一般的な話だが、男女ともに家庭と性を切り分けるとなると、家庭とは何か、親と子とは何かという根源的な問題が生じる。

他方、奔放な性生活なるものも、現実に手に入れたらそこまで面白いわけでもない。奔放な性生活の代表格、光源氏も、性そのものへの耽溺は早く卒業したし、正妻紫の上は現代の女性に普通に理解できる妻としての嫉妬をしばしば見せている。世界の性の歴史を渉猟しても、源氏的な性と夫婦の棲み分けは、人類が自ずと見出した古典的な社会モデルと言えるだろう。では、これからは新しい社会モデルが可能か、いやそれ以前に必要なのか。これは、当然追求されて然るべき主題である。だからこそ作家はイデオロギーの走狗となることなく、人間の側に留まり続けなければならない。村田が自分の素質に踏ん張り続けられるかどうか。注視し続けたいと思う。

【センス・オブ・ジェンダー賞少子化対策特別賞｜講談社文庫】

49点 『コンビニ人間』(2016)

これは嘘っぱちだ。寓意小説と言うべきだが、設定も細部もナンセンス。

子供の頃から普通でなかった＝社会的に異物だった主人公が、結婚も就職もせずにコンビニで「バイト」を続けるのに違和感を覚えた周囲は、彼女を「普通」にしようとする。なるほど日本の同調圧力は増すばかりだが、それは主としてイデオロギーやマスコミの作る風潮としての圧力であって、恋愛、性生活、結婚、職業選択など個々人の私的領域においては、互いに無関心、不干渉であるような対他関係が主流となりつつある。その意味で、奇妙な男女二人への周囲の干渉は今は昔の懐かしいおせっかい社会を思い起こさせる。二人の異物が現代社会で現実に直面するのは、むしろ完全な無視であろう。

【芥川賞｜文春文庫】

27点 『地球星人』(2018)

全くダメ。異常と普通、性交と夫婦などを巡る自己模倣的な駄作。主題がどんなに興味深かろうと、変態的嗜虐的な場面を創り出そうと、小説の命は文章であって、文章がそれ自体生きて、うねり、光を発し、発声しなければ、所詮アイディアの残滓に過ぎない。過去作と同工異曲の話が、密度の薄い文章で綴られている。こんな道を進んではダメです。

【新潮文庫】

本谷有希子 Motoya Yukiko 　　1979年生

劇作家から小説家へと活躍の場を広げているが、作家として言うべき言葉を持ち、社会や人間への批評眼も確かな上、想像力に強い飛翔がある。作品の傾向も幅広く、しかもいずれの方向でも質の高い表現力があり、自己への厳しい眼差しを持つ。現代作家の多くは大江健三郎、村上春樹をはじめ、余りにも自分に甘く、自己弁護と他者断罪に余念がないため、文学的なペーソスや毒を生み出せない。本谷の鋭い批評性は稀有のものだ。今、最も新作が待望される作家のひとりと言ってよい。

76点 『腐抜けども、悲しみの愛を見せろ』(2005)

不器用な、しかし熱い小説である。小説の文体を生み出すべく、しっかり書き込もうとしながら、デッサンや状況設定などで身悶えしている印象。会話に至っては肝心なところで平凡かつ舌足らずだが、それもこの作品の魅力だろう。両親を凄絶な自動車事故で亡くした兄弟たち、異母兄姉妹と兄嫁との複雑な関係、その中で主人公女子高校生の抑圧と自我の成長、美貌で女優志望だが才能の全くない姉の超絶的に自己肯定的な生き方とその脆さ――皆が切実に自分の生を生きようとしている全力の有様を立体的に描き出そうとする姿勢は、脱力系の人間観が風靡する現代小説の中で際立っている。とりわけ主人公女子高校生が印象的だ。　　【講談社文庫】

69点 『ぬるい毒』(2011)

田舎に残った女子大学生と、東京の有名大学に進学

した男子大学生。後者が主人公の女子大学生をからかい、いたぶり、そのことに気づきつつも男への呪縛的な性欲から逃れられず、その嗜虐に合わせて演技をし続ける主人公。男子大学生の、田舎の女の子を小馬鹿にしたあしらいが、辛辣に——つまり「ぬるい」毒として描かれている。主人公の中にぬるくないホンモノの男の毒に徹底的にやられたいという強烈な自我があり、それがこの作品の美しさなのだが、結末には割り切れないもどかしさが残る。それ自体、作者から読者への毒を含んだプレゼントということか。

【野間文芸新人賞｜新潮文庫】

71点 『嵐のピクニック』(2012)

怪異小説の短編集。長短があり、出来不出来も大きいが、才気煥発、何とも不気味な笑いが横溢する。大江健三郎が文庫の解説で示しているような人間観や社会観を深読みするより、人間の抱える小さな矛盾や違和感を拡大鏡で誇張してみせて、そこから悲惨な阿鼻叫喚の哄笑を生み出すこの人の才能の伸びを楽しめば、それで私は充分だ。

【大江健三郎賞｜講談社文庫】

64点 『異類婚姻譚』(2016)

表題作は、結婚生活の伝染性、それが日常化してしまう中で生じる違和感がシュールレアリズム的な着想で描かれる。ただし文章が説明的で感興が持続せず、やや不発。文庫本の裏表紙に「夫婦という形式への強烈な違和を軽妙洒脱に描いた」と書いてあり、うんざりさせられた。そういう硬直したイデオロギーに着想した作品ではない。夫婦という形式を脱

すれば、何か理想的な形式が出てくるわけでもない。人間の生そのものの持つ根源的な違和や悲しみ、滑稽さ、それを抱えながら生きてゆく他のない実存的な主題がこの作者が何とか表現しようと格闘しているものであろう。**【芥川賞｜講談社文庫】**

68点 『静かに、ねぇ、静かに』(2018)

人生の不条理を軽快に、しかし強烈なパンチで描くブラックジョーク三連作。アラフォーの男女三人を登場させ、エコロジー、人類愛とポジティブシンキング、インスタ中毒などの未成熟さをこれでもかというほどコケにして、戦後平和主義に飼いならされた善意の日本人がどのような目に合うかを描く「本当の旅」。夫婦のずれを滑稽さと悲惨さとを平然と折り合わせながら描く「奥さん、犬は大丈夫だよね？」「でぶのハッピーバースデー」。いずれも安定した適切な筆力と筆圧で描かれたコントだ。これ自体は軽い乾いた作品だが、作家として今後創作の世界を広げるだけの技量を手に入れた証と評してよい。**【講談社文庫】**

山田詠美 Yamada Eimi

1959年生

黒人相手の性欲小説からスタートした。私はその主題は好まないが、初期作品には体当たりして書くべき主題、情熱のみならず、安定した技量があった。だが、平成に入ってからは文壇の堕落の象徴でしかない。才気あるセクシーで勝気な女性が、だらしのない同業の男たちにちやほやされながら他者感覚を失い、いい気なB級女王に堕してゆく。そういう人生があってもいいだろうが、そういう作家が地位と名誉を得る社会における小説の読者は不幸であろう。

若い世代の女性作家のみなさん。くれぐれも真似をしないように。

62点 『ベッドタイムアイズ』(1985)

米軍相手のバーの日本人歌手が、黒人脱走兵に首ったけになる。全編がひたすら「ファックして！」という懇願とほとんど清潔なまでに言葉や思考を欠いた性欲に埋め尽くされている。終盤、三角関係の波が立ち、美しい──予想された通りの──エンディングが来る。しっかり書けてはいる。セックスに奥手な日本人の女性に対して、ペニスへの直接的な欲望を放射して生きる強さと輝きを教えるよい教科書になるかもしれないと、皮肉なしに思うけれど、文学として何か価値を持つ作とまでは感じない。

【文藝賞｜河出文庫】

68点 『蝶々の纏足／風葬の教室』(1987、88)

古典的な小説作法をきちんと身に付けた作品で、ま

ずほっとさせられる。「蝶々の纏足」は主人公女子高校生が、幼馴染みの美しい親友との間で長年心の葛藤を演じ、内心で苦しみ、憎み、脱出しようとしてできない壁を、男と寝ることで脱却する。女二人の葛藤の扱いが、生で素朴過ぎるように感じるが、最後の数頁がとても美しい。「風葬の教室」は美しく早熟な小学五年生女児がいじめに遭う中で自信を取り戻してゆく。他一編、いずれも私小説的な自己確認、自己確立の手堅く真面目な仕事だが、それ以上の価値は認め難い。　**【平林たい子文学賞｜河出文庫】**

76点 『ソウル・ミュージック・ラバーズ・オンリー』(1987)

黒人の男を主題とした連作短編集。一つ一つの短編がソウル・ミュージックの音調を響かせるという意匠だが、技巧に優れ、成熟して洒落た短編としての味わいを持つ。ただし、「私」がほとんど山田自身と重なる幾つかの作は、単に黒人の体が好きな女の性欲の一人語りで、いささか正視に堪えない。

【直木賞｜幻冬舎文庫】

44点 『A2Z』(2000)

痛々しくて通読に堪えない。並みいる文壇の男性有名作家らの近作のように、絶望的に退屈というわけではない。だが、ほとんど中年女の性欲発散生活であって、文学としての他者感覚が余りにも欠落している。気の利いているつもりの下ネタの噴射を聞かされて、ご馳走さまという気にもなれない。作家を内輪ネタでいい気にさせる現代の文壇の腐臭をそのまま突き付けられるようだ。　**【読売文学賞｜講談社文庫】**

29点 『風味絶佳』(2005)

短編小説集。自らの短編小説を風味絶佳とはよく言ってのけたものだが、表題作には気障で野暮なばあさんが出て来て興ざめする。これが風味絶佳な人間模様ですか。しかしそれ以外の作は、才気を振り回す臭気を漂わせる箇所を除き、手堅い。が、それ以上のものはない。高橋源一郎が文庫解説で神西清、三島由紀夫、吉田健一を持ち出して絶賛している。不道徳の極み。　　　　　　【谷崎潤一郎賞｜文春文庫】

22点 『ジェントルマン』(2011)

『ソウル・ミュージック・ラバーズ・オンリー』の作者がここまで退化してしまえるものかというほど稚拙な小説である。『A2Z』はいい気な小説ではあったが稚拙ではなかった。が、この作品は文章といい、構想の雑さといい、幼児退行と評するほかのない落ちようだ。一応悪漢小説だが、現実離れした完璧な青年が、強姦の常習犯だったというだけ。この青年への同性愛の青年の愛が描かれて、風俗官能小説としての興趣はある。文庫解説の星野智幸によるとこれが「言葉で作り上げられた一個の美術品」だそう。それを言うなら『ソウル・ミュージック・ラバーズ・オンリー』の方でしょ。　　　【野間文芸賞｜講談社文庫】

柳 美里 Yu Miri

1968年生

真摯な作家である。才気は充分あるのに中途から手抜きのルーティンを重ねる作家が多い中、近作まで緊張と矜持を維持してきた数少ない作家と言ってよい。作家として、イデオロギーや社会風潮に毒されず裸の眼で人間を見て描く姿勢は高く評価したい。が、文章が読みにくい。状況の描写や、人物の相互関係などを含め、基本的な描写の不整理が原因で、読む気持ちが失せるような場面が頻出する。また、状況設定に無理があって、人物の心理にリアリティのない飛躍がしばしばみられる。にもかかわらず、とりわけ『JR上野駅公園口』は現代日本文学の可能性を開示してみせた意義ある仕事。ぜひ、挑戦を続けてほしい作者である。

56点 『フルハウス』(1996)

大江健三郎や第三の新人らの初期作品の衣鉢を継ぎ、人生や家族という重荷が、生真面目に描かれるが、題材や描写を整理せずに投げ込んでいる感が強く、読みにくい。家庭崩壊した後にそれを取り戻そうとし、最新設備の家を建て、娘姉妹を呼び寄せたものの、娘たちに同居の意思がなく、ホームレス一家を呼び込んで同居を始めるという表題作。設定が荒唐無稽な上、ホームレス一家に家を乗っ取られるままになる展開も意味不明。

職場で不倫する男女、嫉妬の狂気と化した妻、狂気と神経衰弱で覆われた「もやし」。これもリアリズム小説としては成立し難い無理な設定である上、文体が独りよがり過ぎて、理路を辿り難い。

【泉鏡花文学賞、野間文芸新人賞｜文春文庫】

53点 『家族シネマ』(1997)

芥川賞受賞の表題作他三編。主題も同工異曲、前作と同じ問題を抱え、それが改善しているわけでも、作品としての読みやすさや深度、魅力が増しているわけでもない。【芥川賞｜講談社文庫】

62点 『ゴールドラッシュ』(1998)

少年による殺人事件を扱った現代版の『罪と罰』である。渾身、真摯な取り組み、かつての自己作品を乗り越えた精進には敬意を表したいが、如何せん読みにくい。横浜市黄金町の裕福なパチンコ屋経営者の息子とその周囲の人物を描く。酒、薬、汚れた売女、場末の饐えた臭い、暴力と狂気が丹念に描かれるが、読ませてゆく勢いに欠ける。少年の常軌を逸した人間像の描出は健闘しているが、結末で逃げてしまっている。

【木山捷平文学賞｜新潮文庫】

68点 『JR上野駅公園口』(2014)

東北からの出稼ぎの主人公が、上野公園のホームレスになった顛末、戦後日本の時代相、更に天皇をそこに重ね、コラージュ風の手法で描く。主人公は平成の天皇と同年齢、昭和天皇の全国御巡業に参じた記憶が何度かフラッシュバックされ、息子も皇太子（今上天皇）と同年同日の誕生で、名前は浩一。君臣一体の国体が単なる権力側の演出ではなく、ホームレスの人々の中にも息づき、両陛下自身もそれを生きている一方で、皇室の上野公園訪問の時にホー

ムレスが強制退去させられた事実を静かに告発する。時代や社会全体を一人の人間の生に照射する古典的な手法による手堅い作品だが、根本となる主人公のホームレスになる顚末、心理などに無理があり、細部に文学的な輝きが欠ける。が、天皇への違和感と共感をイデオロギーや権力に還元しない心の柔らかさは評価したい。原武史の文庫解説はその逆をいっており、感心しない。　【河出文庫】

吉田修一 Yoshida Shuichi

1968年生

『パーク・ライフ』に見られる初期作品の平板な文体、平板なヒューマニティの表出は、凡庸な先行きを予想させるが、案に相違して、作品ごとに成熟と深み、物語作者としての腕を上げ、近作『国宝』は歴史的傑作の名に値する。中途、通俗小説への退行も見られるものの、物語としての面白さ、人物造形の確かさにおいて、どの作品も水準を超えている。登場人物の心理や行動に時に納得できかねる飛躍が見られること、物語最終局面に大きな仕掛けを作りたいための無理な作為が説得力を弱めることなどを克服すれば、国民作家となり得る大器ではあるまいか。

61点 『パレード』(2002)

凡庸な第一章に失望しかけたが、その後はよく書けている。五人の若い男女が同居しながら繰り広げる生活を五章に分け、五人それぞれの視点から重ねて描いてゆく。高橋留美子の『めぞん一刻』の平成版とも言え、ありそうな日常を描きながら、実際にはあり得ない平凡さのユートピア。平易な文体だが、描き分けも丁寧で熟達している。ただ文体が香らない。陰影、体温、体臭がないプラスチックな善良さ——これもまあ一つの文体なのだろうけれど。ユートピア小説が終わりにディストピアに転じるところに創意の上のミソがあるが、それがあまりピンとこないのも、文体ゆえであろう。

【山本周五郎賞｜幻冬舎文庫】

56点 『パーク・ライフ』(2002)

現代サラリーマンの日常を描きながら、ちょっと不思議でナンセンスな非日常の亀裂をさらりと描く。試みが悪いわけではないが、文体、着想、構成ともに生ぬるい優等生感が漂う。

【芥川賞｜文春文庫】

59点 『悪人（あくにん）』(2007)

殺人事件を扱い、緻密に書き込まれているが、ひねくり過ぎた結末ですべてが台無しとなる。単なる娯楽物としての推理小説ではなく、人間を問う作品を書こうという志も、構成も、ディテールも評価に値する。が、どうしても文体の平板さが、作品を限界づけてしまう。この作品では全ての主要人物の行動に無理があり、それが筋を引っ張ってゆくのだから、その無理を超えた文学的真実がなければ、結末が近づくにつれ、白けてしまうのは当然だろう。自立した小説というより、よくできた映画の原作という印象だ。

【毎日出版文化賞、大佛次郎賞｜朝日文庫】

53点 『横道世之介（よこみちよのすけ）』(2009)

完全な通俗小説。テレビの良質なホームドラマを彷彿とさせる。気の利いた構成、笑いと涙の適切な配分、粒だちつつも読者を安心させる、定型的な登場人物たち……。しかし書き言葉を一語一語丁寧に追って初めて味わえる「文学」の世界とは異質である。どんな通俗的な面白さに横溢（おういつ）していても、宮本輝や北方謙三には、言葉の芸術としての独自性と固有性がある。逆に文章は下手で不器用でも金原ひと

みや柳美里には小説で己を語ろうとする固執のもたらす内面から射す光が言葉に宿っている。吉田は本作では、そうした「文学」への固執を捨てている。

【柴田錬三郎賞｜文春文庫】

89点 『国宝』(2018)

自身の限界を大きく乗り越えた傑作。歌舞伎役者の一代記で、前半三分の二までならば、谷崎潤一郎『春琴抄』、川端康成『名人』などと並ぶ芸道小説の歴史的な最高峰となる見事な出来と言えよう。東京オリンピックの年に物語は起筆され、極道と梨園に生まれた好一対の女形二人の生涯を描く。極道、梨園いずれも、実に周密に、しかもその世界がありありと現出するような語りの力が漲る。語りは『春琴抄』を模したかのようだが、その精妙さが、吉田修一の人間観、社会観を従来とは別次元に高めている。作家が文体を作るのではない、文体が作家を作る。文体が美のみならず思想をも作るのである。

惜しむらくは、時代が現在に近づくほどに、日本人のスケールが小さくなり、小説の道具立てが陳腐化すること、それに後半で国家による栄典——芸術選奨、芸術院賞、文化功労者、人間国宝——に過度に軸を置いていることだ。

私たち芸や学問の道を生きる者は、国家を軽蔑してみせる必要などないが、栄典は人生をいささかもかすめはすまい。芸道小説に国家の栄典など不要と私は思う。【芸術選奨文部科学大臣賞、中央公論文芸賞｜朝日文庫】

リービ英雄 Levy Hideo　　　　　　1950年生

日本語で創作するアメリカ人作家。日本の私小説の文体を自家薬籠中の物にした初期作品のリービが懐かしい。近年は小説家とは言い難いのかもしれないが、小説の古典的な形式と主題に再び戻ってほしい作家であり、あえて取り上げた。

76点 『星条旗の聞こえない部屋』(1992)

アメリカ領事の17歳の息子が横浜の領事館から家出し、W大学の日本の友人宅に居候しながら、日本で暮らし始める。1960年代後半の作者自身の実体験である。当時の時代相、アメリカ人としての異文化経験が実に深みのある日本語の文体——とりわけ私小説伝統の中で培われた土俗と詩情と客観描写が混然となった文体で描かれている。現存最も日本の近代文学伝統を体得した作家の一人がアメリカ人であり、しかも17歳で片言の日本語から出発した人であることは興味深い。三部連作短編集の第二作「ノベンバー」がケネディ大統領暗殺を扱っているが、アメリカでの生活経験の乏しいためであろう、最もリアリティに欠けている。逆に言えば、残りの二編の描き出す「日本」、そしてアメリカ人を遇する1960年代の日本人の濃密な気配は嘆賞に値する。日本語で小説を書くことの必然性とその深い表現力を駆使できることへの作者の喜びが全編に漲っている。

【野間文芸新人賞｜講談社文芸文庫】

78点 『千々にくだけて』(2005)

9.11テロを扱った小説だ。日本とアメリカの間で揺

れ動きながら、9.11に圧倒的な衝撃を受ける主人公のありように、際立った思想や洞察があるわけではない。しかし日本からアメリカへの飛行の過程でテロが発生しカナダに足止めを食うことに象徴されるように、危機に際して、自身がどの国にも属していないのではないかという空無感への苛立ちは、見事に表現されている。小説としての安定は前作から増している代わり、日本の私小説伝統からはむしろ遠ざかった文体となっている。

【大佛次郎賞｜講談社文庫】

42点 『仮の水』(2008)

日本在住のアメリカ人作家が中国大陸の奥深くを旅する。小説というよりは紀行文であり、言葉が充分堪能でない上、複雑な出自を隠し、気圧されながらの旅なのだから、交渉も観察も文章も思索も、すべて表層に留まっている。

【伊藤整文学賞｜講談社】

採点不能 『模範郷』(2016)

前作よりも作意は明瞭になっている代わり、ほとんど評論に近づいている。作者の生地である台湾の梅原という地を再訪する「模範郷」も公刊されたリービ英雄論が出発点になっており、台湾の「宣教師学校五十年史」、自身と対比してパール・バックはなぜ『大地』を中国語で書かなかったのかを問う「ゴーイング・ネイティブ」も、小説とは呼び難い。

【読売文学賞｜集英社文庫】

綿矢りさ Wataya Risa

1984年生

19歳での芥川賞受賞と可愛らしい容姿で知名度は高いが、結局処女作である『蹴りたい背中』がピークであり、近年の作品は読むに堪えない。素質はあるし、真面目な人だとは思うが、文壇のタレント扱いの中、本当の主題を手に入れたり、作家として成熟してゆく過程を踏めず、自身の内なる作家の素質を潰された典型かもしれない。人間観が年を経るごとに幼稚になり、作品の設定にも大きな無理が生じている。同年に受賞した金原ひとみが、下手糞な体当たり派から、小説を書くことにこだわり、成熟に向かっているのに対し、書くべき言葉に出逢えぬまま、勤勉に駄作を量産してきた感が否めない。

69点 『蹴りたい背中』(2003)

高校に入学して間もない女の子の自我、大人から子供へ、恋、性などを羽毛のようなセンスのいいタッチで描く。それでいて、現実と小説空間の違和を言葉の力で浮き立たせる。これはもう天性という他ないのだろう。少女漫画のように現実を綺麗にしてしまうのではなく、現実の16歳の男女の不器用な肉体がしっかりとあるのに、読後は清涼である。清涼なのに物語としての後半の展開には確実に積み増してゆく緊張感の糸が見事に張られている。ただ、天性以上の物、あるいは天性以外のもの、がない。小説においては雑味がそのまま意義や味や感銘になる。素質の美しさがそのまま出過ぎている感じ。

【芥川賞｜河出文庫】

60点 『勝手にふるえてろ』(2010)

26歳のOLが主人公。中学の時の初恋の人をいつまでも心の中で追い続け、告白された会社の同僚の恋情は受け入れたくない……。『蹴りたい背中』の不器用だが男女関係を人生を賭けて大切にしている女の子の後日談か。話はうまいし、テーマが切実でないわけではないのだが、何か薄い。　【文春文庫】

28点 『かわいそうだね?』(2011)

中編集。「かわいそうだね?」は主人公のOLが交際し同棲している男のアパートに、その男の元カノが居候を始めた。この倒錯的な状況を許す男と主人公がまるで理解できない上、最後の爆発がひどすぎる。「亜美ちゃんは美人」も設定の無理と作者の幼稚な非社会性に疲れる。　【大江健三郎賞｜文春文庫】

38点 『生のみ生のままで』(2019)

二組の男女のカップルの26歳女子同士が、相思相愛になり、男を振って女同士で付き合う。文体や人間観が幼稚な上、展開も唐突、濡れ場にも読ませる力がない。女性の同性愛は既にお馴染みの主題で、今更社会との軋轢を描いても仕方あるまい。

【島清恋愛文学賞｜集英社】

評価を終えて

　以上505作、100人の評を全て終え、私は今大きな疲労の中にある。

　二年にわたり、これだけ大量の現代小説を読むのは、未知の経験だった。傑作であればその力に圧倒され、駄作であればその空疎さに耐えかね、何とも判じかねる作品をどう位置づければいいのかに頭を悩まされ、文字通り、全日程が試行錯誤の連続だったと言っていい。

　私は、どの作品に対しても、極力、読書体験のプロセスを重視する行き方を取った。実際に読むという体験の中で、作品は変容する。冒頭面白かった小説が、ある場面を境に突如停滞することもある。停滞したまま終わる場合もあれば持ち直す場合もある。逆に、開始がつまらなくとも、段々筆が伸びてゆく作品もある。そうした作品の命を重視する読み方をするのは負担だったが、多くの傑作、佳作に出逢えたことは幸せだった。

　本書において、70点以上の評価をつけた作品は、充分読むに値すると断言したい。そしてそのような作品が、実に183作もある。更に、文学史上で評価に耐えるという基準を設定した80点以上の作品さえ85作もある。

　もちろん私と違う評価もあり得るわけだが、少なくとも私は、現存の作家を100人に絞ってさえ、これだけの数の作品を傑作と判じたのであり、今回私の目に触れなかった作品、作家が膨大に積み残されていることを思えば、傑作と言える小説の数は増えるであろう。

　その意味で、現代日本の文学は、まだまだ捨てたものではないということになる。

　と同時に、高評価の作品の多くが、平成前半までに書かれていることは看過できない。100名の内には、既に高齢の作家も多い。さほど年齢のゆかない人たちも、この15年の間に、筆

が荒れているケースが目立つ。

　それに取って代わるだけの若い世代の登場は、正直言って見られない。表現媒体の拡大と、小説の衰退が、じわじわと日本の文芸の基盤を弱らせているように思う。漫画、ライトノベル、ゲーム、ケータイ小説など、あらゆる表現媒体の拡大があり、古典的な小説という表現形態に、人材と読者が十分に行き渡らなくなるのも無理からぬことだろう。

　しかし私は、近代小説という物語の形式は、歴史的蓄積、技芸の極限的な錬磨、そこにこめられた社会や人間への批評的な眼差し、言葉の美への鋭い意識を含め、価値規範や人間関係、国家の安定が急激に失われゆく今のような時代にあってこそ、益々不可欠な知的営みであり、表現手段であると考える。

　その意味で、私は、新しい世代に小説を読む魅力とその深さを伝え、優れた小説作家たらんとする若者を多く生み出す責務を、日本文学史の末席を汚す批評家の一人として痛感している。

　優れた小説を生み出すことは、充実した読書体験や文学史的な知見がなければ難しい。神話、古典、そして近代文学の傑作の渉猟を経ない作家が、腕を磨くのは難しい。文壇・出版関係者には、見識や技芸、覚悟のない若者をデビューさせ、授賞システムと映像化によって消費する空疎なビジネスを、まずやめてほしい。本書に対するいかなる反発、批判も甘受するが、私は何を言われようと、あるいは黙殺されようと、文化の殺戮をこれ以上看過することはできない。

　日本文学の偉大な伝統を殺し、若い作者らを殺し、読書好きを悲しませる。誰のことをも豊かにしない。

　小説家が書き言葉に自分の命を削れる環境を整備し、真の傑作が正当に評価され、質によるビジネスモデルを再確立すること。面白い小説についてのささやかなガイドブックを世に問うことを通じて、批評家としての私が真に意図したのは、実はそのことなのである。

INDEX （作品・評点一覧）

74点

73点

72点

71点

70点

60点以上
読んでも損はない作品